그날 무슨 일이 있었냐는 질문을 들을 때마다
영혼의 상처를 되새겼을 그 소녀들,
그리고 그 아이들을 부둥켜안은 채 무너져 내렸을 부모님들은……

……

이 글을 보지 말았으면 좋겠습니다.

2011년 성범죄 신고 건은 1만 9천 496건.
그중 아동, 청소년을 대상으로 벌어진 신고된 성범죄는 2천 54건.
이는 4년 전과 비교해 2.4배 증가한 수치이다.

단, 연간 실제 범죄 건수는 통계보다 24배 많은 것으로 추정되며,
성범죄 피해자가 경찰에 신고할 확률은 4.2%라고 한다.

돈 크라이 마미

돈 크라이 마미

1판 1쇄 발행 2012년 11월 13일
1판 2쇄 발행 2012년 11월 27일

각본·연출 김용한, 이상현
소설 박이정

발행인 김성룡
펴낸곳 도서출판 가연
주 소 서울시 금천구 가산동 37-50 에이스하이앤드 3차 1407호
구입문의 02-858-2217
팩 스 02-858-2219

ISBN 978-89-966824-7-9 13810

* 이 책은 도서출판 가연이 저작권자와의 계약에 따라 발행한 것이므로
  본사의 서면 허락 없이는 어떠한 형태나 수단으로도 이 책의 내용을 이용할 수 없습니다.
* 잘못된 책은 구입하신 서점에서 교환해 드립니다.
* 책 정가는 뒷표지에 있습니다.

돈 크라이 마미

김용한, 이상현 각본 | 박이정 소설

가연

차 례

1. 송민정 · 008
2. 이혜진 · 037
3. 유은아 · 067
4. 오수민 · 106
5. 유은아 · 137
6. 이혜진 · 171
7. 송민정 · 215
8. 김유림 · 255
에필로그 · 284

송민정.

 이제 막 고등학생이 된 민정이에겐 민종이라는 별명이 붙어 있었다. 키 156센티미터 정도의 자그마한 체구에, 어딘가에 정신을 집중하고 있으면 입을 헤 벌리고 있기 일쑤고, 같은 중학교 출신의 친구들만 보면 동그란 눈으로 눈웃음을 치며 강아지처럼 반가워하는 성격 탓이었다.
 민정이는 그날 그 시간에도 입을 헤 벌린 채 서서 동그란 눈을 깜빡거렸다. 하지만 눈가에 웃음기는 담겨 있지 않았고, 발은 슬금슬금 뒷걸음질을 치고 있었다.
 마음속에 망설임이 일었다. 뒤로 피하느니 차라리 밀치고 달려 나가?
 그러기엔 문제가 있었다. 상대는 셋인데 정작 이쪽은 100미터 달리기 21초. 뛰다가 잡히면 맞기만 할 것 같다. 심지어 막상 이 상황이 되니, 비명을 지를 용기조차 나지 않았다.
 순간, 핸드폰 줄에 달려 있을 호신용 호루라기가 떠올라 재빨리 꺼내 들었다. 호루라기 정도는 불 수 있을 것 같아서였다. 물론 착각이었다.
 낚아챈 핸드폰 줄 끝에서 하얀 호루라기를 목격한 애들은 한껏 비웃음을 터뜨렸다.

그중 한 녀석은 도리어 한번 해보라며 호루라기를 민정이의 입에 대주기까지 했다. 반사적으로 고개를 돌리자 따귀가 날아왔다. 제대로 안 불면 시멘트에 얼굴을 갈아버리겠다는 위협도 들려왔다.
　아까부터 이게 무슨 상황인지를 이해할 수 없었던 민정이는, 따귀를 한 대 맞자 정신이 돌아온 건지 나간 건지도 분간이 안 갔다. 아무튼 일단은 호루라기를 입에 물고 불어야만 했다. 그런데 진짜 세게 불어야 하나? 그럼 또 맞지 않을까? 불안감 속에서 결국은 호르르, 힘없는 소리가 흘러나왔다.
　풍선 바람이 빠지는 듯한 그 소리를 듣고 애들은 미친 듯이 웃어댔다. 민정이는 울지 않으려고 애쓰며 주위를 힐끗거렸다. 인적 드문 공사장 근처엔 그 흔한 편의점조차 없었다.
　"보…… 보내주세요."
　울음을 삼키고 간신히 부탁했더니 애들은 한바탕 웃은 후 알았다고 했다. 정말 보내줄까 싶어 잠깐 눈이 동그래졌던 민정이는, 그 직후에 붙은 욕설과 수식어들을 듣고서야 애들이 어떤 의미로 보내준다고 한 건지를 제대로 알아들었다.
　어디가 잘못되었던 건가, 민정이는 잠시 생각했다. 그냥 오늘은 학원 끝나고 곧바로 집에 갔어야 하는 거였다. 독서실에 간다고 이 길을 때마침 지나가선 안 되는 거였다.
　"사, 살려……!"
　본능적으로 소리를 지르려던 찰나, 눈앞이 번쩍이더니 숨이 턱 막혔다. 명치를 감싸 안고 주저앉는데 이번엔 머리채가 잡혀 얼굴이 홱 젖혀졌다.

몸이 곧장 뒤로 넘어가면서 시야 한가득 검은 하늘이 들어왔다. 숨을 헉 들이키는데 누군가 거센 힘으로 입을 틀어막고 찍어 눌렀다. 연이어 찌이익 소리가 들리더니 끈적끈적한 테이프가 민정이의 입에 둘러졌다. 반사적으로 팔다리를 버둥대봤지만, 배를 한 번 더 밟히고 나니 머릿속이 하얘지면서 힘이 쭉 빠지고 말았다.

가물가물해지는 민정이의 시야 한쪽에 누군가의 얼굴이 나타났다. 차갑고도 열에 들뜬, 멸시와 열망이 뒤섞인 시선.

어이없게도 민정은 그 시선과 마주치는 순간 엉뚱한 것을 떠올렸다. 언젠가 할머니와 함께 갔던 수산물 시장에서, 아구 다듬는 모습을 지켜보며 할머니가 짓던 표정. 비린내를 풍기며 아구 내장이 왈칵왈칵 쏟아지는 그 흉물스런 모습을 보면서도 못 참겠다는 듯 입맛을 다시던 할머니의 시선.

핏발 선 눈으로 굵은 눈물을 흘리면서 민정이는 깨달았다.

아 이제 난 끝났구나.

뭔지는 몰라도 끝났구나.

반항하던 다리의 움직임을 멈추고, 민정이는 그저 덜덜 떨었다. 거칠게 떨리는 손들이 민정이의 몸을 이리저리 뒤척이면서 한 꺼풀 한 꺼풀씩 다급히 벗겨갔다.

차가운 시멘트 바닥에 몸이 쓸리고, 검은 하늘이 무너져 내릴 듯 왈칵왈칵 흔들리는 것을 느끼며 민정이는 서서히 눈을 감았다.

흔들리는 몸에 몇 개의 손이 달라붙어 있는지 더는 느껴지지도 않았다. 민정이는 주문을 외웠다. 이건 아니야. 이건 진짜가 아니야. 이건 지독하게 더러운 악몽일 뿐이야. 시간이 지나면, 조금만 지나면…….

"비켜. 새끼야. 내 차례야."

누군가 소녀의 머리맡에 서서 말했다. 철컥, 소리가 났다. 킬킬거리는 웃음소리가 귓가를 떠나지 않았다.

그날 이후, 민정이는 더 이상 친구들을 발견해도 웃지 않았다. 웃지 않았을 뿐 아니라 누구와도 눈을 마주치려 들지 않았다. 민쫑이라는 별명이 사라지는 데는 그리 오랜 시간이 걸리지 않았다. 한 달도 채 되지 않아, 민쫑이가 사라진 자리에는 민따가 어깨를 움츠리고 앉아 있었다.

1

 사람 마음이야 어떻게 되었든, 빌어먹게도 날씨가 좋았다. 햇빛 쨍쨍한 하늘을 슬쩍 올려다보다 유림은 있는 대로 인상을 찡그렸다.
 이렇게 좋은 날 이혼이라니……. 남편은 지금쯤 하늘을 날아다니는 기분일 것이다. 어쩌면 그 여자랑 둘이서 차 안에서 샴페인이라도 따고 있을지 모른다. 날 좋은데 어디 놀러 가서 자축하자고 쑥덕거리며.
 반사적으로 떠오르는 망상에 유림은 확 열이 올랐다. 이럴 줄 알았으면 얼굴에 철판 깔고 법원에서 난동이라도 한번 부려볼 것을. 똑같은 사람이 되기 싫어서 너무 우아하게 물러나준 건 아닐까. 바보같이.
 신경질적으로 울리는 유림의 구두 소리에 그녀의 뒤를 따르던 여고생 하나가 푹 한숨을 내쉬었다.

"엄마, 좀 천천히 가."

유림이 고분고분 물러났던 이유 중 하나이자 가장 든든한 아군, 딸내미인 은아의 볼멘소리였다.

하지만 유림은 들은 체도 하지 않고 전화기를 꺼내 들었다. 핸드백을 뒤지는 손에도 신경질이 한 가득이다. 전화기가 한 번에 잡히질 않자, 애꿎은 핸드백을 세게 뒤흔들었다.

"그런다고 핸드폰이 뿅 나와? 엄마, 오늘 도대체 왜 그래?"

은아가 뒤에서 쩨려보든 말든 유림은 입력해둔 번호로 얼른 전화를 걸었다.

빠른 걸음으로 거리를 가로질러 가는 모녀의 모습이, 지나가는 행인들의 시선을 잡아끌었다. 뭐가 그렇게 바쁜지 전화를 받으면서 조급하게 걸어가는 엄마와, 잔뜩 부풀린 볼을 하고 그 뒤를 따르는 교복 입은 소녀.

은아는 올해 고등학교 1학년이었다. 열 살 때부터 배운 첼로를 세상에서 두 번째로 좋아하는…….

은아가 세상에서 가장 좋아하는 건 엄마였다. 집에 잘 들어오지 않던 아버지와는 그다지 살가운 느낌이 들지 않았기에 엄마와 첼로에만 온통 정을 쏟던 은아였지만, 심술이 오른 지금만큼은 잠시 순위를 바꿔도 좋을 것 같았다. 지금은 좀 전에 근처 대학에서 긴 레슨을 마치고 돌아가는 길. 하루 종일 악보와 씨름한 탓에 피곤하다고 그렇게나 애원을 했건만, 엄마는 왠지 짜증만 부리며 계속 자신을 못 본 척했다.
"예, 알아요. 거기."
전화를 하며 주차장을 가로지르던 유림은, 상대적으로 걸음이 느린 은아를 잡아당겼다.
"아, 엄마! 좀 천천히 가자니까."
"예, 알겠습니다. 그럼…… 한 시간 안에 갈게요."
유림이 드디어 전화를 끊더니 칭얼거리는 은아의 첼로 가방을 대신 들어주었다. 그녀는 그제야 딸의 얼굴이 퉁퉁 부어 있다는 사실을 깨닫곤 살짝 미안해하는 얼굴로 멋쩍게 물었다.
"오늘 레슨 어땠어? 배는 안 고파? 뭐 먹을 것 사줄까?"
주차장 한가운데서 걸음을 멈춘 은아가 한숨을 푹 쉬었다. 할 말이 없을 때면 엄마, 유림은 늘 저렇게 묻는다. 배 안 고프니? 뭐 먹고 싶은 것 있어?
그리고 꼭 뭔가를 먹이면서 머뭇머뭇 말을 꺼내는 거다. '사실은 말이야…….'라든가 '이건 엄마 생각인데…….'로 시작하는 말을.
왜일까. 왜 꼭 뭔가를 먹이지 않으면 말을 못 꺼내는 걸까.
은아는 그런 엄마가 좀 딱하다고 생각하며, 다 큰 딸로서 이젠 그 번거로운 과정을 생략해주기로 했다. 그래서 되도록 삐딱한 자세로 다 안다는 듯 교복 주머니에 손을 찌르고 물었다.

"엄마."

"응?"

"아빠 만났어? 오늘 한 거야? 그거……."

뜻밖의 지적에 유림의 얼굴이 설핏 굳었다. 유림이 보기엔, 은아는 아직 어렸지만 누굴 닮았는지 눈치도 빠르고 어른스러운 아이였다. 이기적인 아빠와 철없는 엄마, 어느 쪽도 닮지 않은 야무지고 착한 딸이었다. 때문일까. 따로 말해주지 않았는데도 오늘 유림이 이혼 서류에 도장을 찍었다는 사실을 눈치챈 모양이었다.

"음…… 어. 너는? 레슨 어땠어? 얼굴이 핼쑥한데 뭐 안 먹어도 되겠어?"

머뭇거리다 얼렁뚱땅 긍정을 해버린 유림이 얼른 말을 돌렸다. 은아는 왠지 시무룩해 보이는 표정으로 대답했다.

"레슨은 뭐…… 그냥 그랬어. 빨리 집에나 가자."

"레슨 별로였다고? 전에는 재미있어 했잖아."

유림이 걱정스런 표정으로 바라보자 은아는 그저 피곤해서 그렇다며 고개를 흔들었다. 사실 첼로는 재밌었다. 하지만 아빠의 외도로 오랫동안 고통 받았던 엄마를 생각하니 도저히 그렇다고 대답할 수가 없었다.

"……엄마."

한참을 망설인 끝에 은아가 다시 입을 열었다. 차를 향해 걸음을 옮기려던 유림이 고개를 돌렸.

"엄마야말로 괜찮아?"

유림은 난처한 표정으로 은아를 바라보았다.

한창 예민할 사춘기임에도 은아는 별로 속을 썩이지 않는 아이였다. 오랫동안 지겹게도 싸우는 부모를 보며 비뚤어지기는커녕, 오히려 일찍 철이 들어버렸다. 지금도 얼굴 가득 유림을 걱정하는 마음이 드러나 있었다. 유림은 그 사실이 참 고마우면서도 미안했다.

"……미안해, 우리 딸."

"왜 엄마가 미안해? 엄마는 잘못한 거 하나도 없는데. 엄마만 괜찮으면 난 괜찮아."

은아가 중얼거리며 고개를 숙였다. 유림은 크게 숨을 들이쉬었다. 정말 누가 엄마고 누가 딸인지. 좋은 부모가 되지 못한 것도 미안한데, 아이한테 걱정까지 끼치고 있었다. 유림은 못난 자신에게 속으로 비난을 퍼부었다. 그리고 짐짓 밝은 표정으로 말했다.

"하긴, 그렇지? 남들도 많이 하는 이혼인데 뭐 그리 큰일이라고. 너 그거 알아? 이혼 서류에 도장 찍는 순간 그동안 막혔던 속이 뻥 뚫린다더니, 얼마나 속이 후련하던지!"

그러니까 엄마 걱정은 하지 말라는 듯, 유림이 빙긋 웃었다. 고개를 숙였던 은아가 피식 짧은 웃음을 터뜨렸다.

"그래서, 속이 후련해?"

은아가 물었다. 유림은 차 문을 열고 씨익 웃었다.

"응. 완전 후련해."

"거짓말. 나 같으면 그 여자 찾아가서 따귀라도 한 대 치고 왔을걸? 엄만 너무 착해."

"뭐? 따귀?"

멍해진 얼굴로 반문하자 은아는 짐짓 인상까지 써가며 고개를 끄덕였다.

"그럼! 머리채도 꽉 잡아서 이렇게 앞뒤로 흔들어주고!"

"얜 무슨 어린 애가 못하는 말이 없어!"

기가 막힌 유림이 꽥 소리를 지르자, 은아가 혀를 쏙 내밀고는 얼른 조수석에 올라탔다. 당돌한 은아의 말에 혀를 차며 유림은 뒷좌석에 첼로를 밀어 넣자마자 운전석에 올라탔다.

"아무튼 넌 나중에라도 절대 너희 아빠 같은 사람 만나지 마. 알았어? 변변찮은 놈 만났다가는 내가 아주 스토커처럼 그놈 쫓아다니면서 괴롭혀줄 거니까."

"참 나, 전 알았으니까 엄마나 잘하세요."

"잘하긴 뭘?"

"엄만 요즘 드라마도 안 봐? 바람 난 남편한테 버림받은 불쌍한 아줌마들, 죄다 젊고 잘생기고 돈 많은 남자주인공이랑 사랑에 빠지잖아. 우리 엄마라고 못할 거 뭐 있어. 나도 그런 새 아빠 생겼으면 좋겠네."

은아가 짓궂은 얼굴로 웃으며 말했다. 유림은 두 손으로 핸들을 잡고 못 말리겠다는 얼굴로 고개를 저었다.

"아빠 이혼하기도 전에 새 출발했는데 뭐. 그러니까 우리도 출발~!"

밝은 은아의 말에, 잔뜩 쌓여 있던 우울함이 서서히 뒤로 밀려나는 게 느껴졌다. 유림은 결국 큰 소리로 웃음을 터뜨리고 말았다.

* * *

엄마의 새 출발은 은아에게도 새 출발이었다.

전학 가기 싫다는 말을 꺼냈을 때 엄마의 얼굴을, 은아는 잊을 수가 없다. 그 무거운 죄책감이라니. 솔직하게 말하라고 해서 말했을 뿐인데 말을 꺼낸 자신조차 덩달아 미안해졌다. 은아는 결국 괜찮다고, 까짓 전학 가면 된다고 고개를 끄덕이고 말았다.

집을 옮기고 학교를 옮기니, 은아의 세상이 변했다. 정말로 처음부터 다시 시작하는 기분이었다.

새 학교는 전에 다니던 학교보다 조금 삭막한 분위기였다. 칙칙한 회색 건물도 그랬고, 무미건조한 담임선생님의 목소리도 그랬다.

전학 첫 날. 은아는 1학년 3반 교실 뒷문 앞에서 마른침을 꼴깍 삼켰다. 잘 지낼 수 있을까. 어쩔 수 없는 걱정이 들었다. 긴장으로 손바닥이 축축해졌다.

드르륵. 은아가 조심스레 뒷문을 열고 들어가자, 한창 설교를 늘어놓고 있던 담임교사가 한숨을 내쉬며 핀잔을 던졌다.

"넌 전학생이 첫날부터 지각이냐."

은아는 민망한 얼굴로 고개를 수그렸다. 전학 처리가 늦었을 뿐이지 늦잠을 자거나 한 건 아니었지만, 너무 당황해서 차마 변명할 생각조차 하지 못했다.

한차례 은아를 훑어보던 담임이 빈자리를 가리켰다.

은아는 고개를 꾸벅 숙이곤 담임이 가리킨 자리로 가서 앉았다. 짝이 빈자리에 늘어놓았던 짐을 치워주었다. 은아가 살짝 웃으며 눈짓하자, 그 아이도 생글거리며 손을 흔들었다. 어딘가 씩씩하면서도 야무지게 생긴 아이였다.

"자기소개 같은 건 나중에 알아서 하고. 자, 수업하자."

담임이 교탁 위에 책을 올리더니 분필을 집어 들었다.

전학생이 오면 으레 하기 마련인 첫인사나 자기소개 시간 따윈 없었다. 자기소개를 어떻게 하면 될지 전날 밤 내내 누워서 고심했던 은아는, 뜻밖의 현실에 어리둥절해진 얼굴로 주섬주섬 가방을 열어 교과서를 꺼내기 시작했다. 아무래도 고된 학창시절이 될 것 같아 한숨이 삐져나왔다.

"하여간 저 인간. 융통성 없다니까. 전학생이 왔는데 수업부터 시작하는 게 어디 있어?"

옆자리 아이가 속삭이는 목소리로 투덜거렸다. 은아는 가슴속 깊이 공감하며 저도 모르게 고개를 끄덕였다.

"난 수민이야. 오수민."

담임은 은아를 무시했지만 수민은 그럴 생각이 없어 보였다. 손가락으로 명찰을 가리키며 자신의 이름을 가르쳐주었다. 은아도 살짝 웃으며 아주 작은 목소리로 말했다.

"응. 나는 은아. 유은아."

두 소녀는 서로를 보며 살포시 미소를 지었다.

지루한 수업이 이어졌다. 수민이 꾸벅꾸벅 조는 사이, 은아는 천천히 새 교실을 둘러보았다. 교실 안의 풍경은 전의 학교와 별로 다를 게 없었다. 미지근한 바람이 불어오는 창가와 먼지 낀 커튼, 그리고 책상 위에 늘어져 있는 아이들.

조금씩 시선을 돌려가며 교실을 구경하는데, 문득 은아와 눈이 마주친 아이가 하나 있었다.

창가 끝자리에 앉아 있는 남학생이었다. 그는 무심한 얼굴로 턱을 괸 채 창밖을 보다가 어느 순간 은아와 눈이 딱 마주쳤다.

새카만 머리에 또래 남자애들치곤 하얀 얼굴, 하얀 교복 셔츠 안에 입은 검은 라운드 티셔츠가 보였다. 눈매는 서늘하고, 호리호리한 체구를 가지고 있었다. 똑같이 짧은 머리에 똑같은 교복을 입은 남학생일 뿐인데, 다른 아이들과 분위기가 전혀 달랐다. 혼자만 다른 공간에 있는 듯 가라앉은 눈빛이 낯설었다.

은아는 조금 당황했다. 남학생이 시선을 돌리지 않았기 때문이다. 눈이 마주친 채 꽤나 오랜 시간이 흘렀다. 그렇게 한참이나 물끄러미 서로를 바라보던 둘은, 중간에 앉아 있던 아이가 잠결에 숙였던 고개를 번쩍 들어 올려 시야를 가릴 때까지 계속 서로를 바라보았다.

은아는 다시 축축해진 손바닥을 교복 치마에 문질러 닦았다. 갑자기 긴장이 된 탓이었다. 그 후로도 담임의 수업이 끝날 때까지, 은아는 몇 번이나 그 남학생을 훔쳐보았다.

쉬는 시간, 은아는 자꾸만 부르르 진동하는 핸드폰을 들고 풋 웃음을 터뜨렸다.
- 학교 어때? 애들이 잘해줘?
- 선생님이 뭐래? 인상 별루던데. 인사는 잘했어? 짝 누구야?
- 괜찮은 남자애들은 좀 있고?

죄다 엄마의 메시지였다. 어지간히 걱정이 됐는지, 집에 가서 물어보면 될 것을 굳이 쉬는 시간마다 하나씩 보내고 있었다.

"왜 웃어? 누군데?"

다음 시간 교과서를 꺼내놓던 수민이 다가와 물었다. 은아는 동그란 눈에 웃음기를 가득 담아 말했다.

"응. 우리 엄마."
"왜? 학원 꼭 가래?"

"우리 엄마 그런 소리 잘 안 해. 그냥…… 학교 어떠냐고. 나보고 괜찮은 남자애들은 있냐고 묻는데?"

"너희 엄마 되게 신세대다!"

수민이 부럽다는 얼굴로 말했다. 은아는 은근히 뿌듯한 마음에 웃으며 답장을 보냈다.

그때였다. 은아가 재빨리 핸드폰 키패드를 누르고 있는데 누군가 옆으로 다가오더니 일부러 그런 것이 분명한 태도로 몸을 부딪쳤다. 앉아 있던 은아가 깜짝 놀라 고개를 들었다. 들고 있던 핸드폰은 이미 바닥으로 추락한 뒤였다.

"아! 아오…… 이 씨발년아, 밀지 말랬지. 아프다고!"

딱 봐도 불량해 보이는 두 명의 여학생이었다. 교묘하게 염색한 초콜릿색 긴 머리와 피어싱 자국만 봐도 그랬다. 은아의 자리로 넘어진 여학생이 벌떡 일어나더니 피식 웃었다.

"야 일부러 그런 거 아니다? 밀려서 넘어진 거야."

은아는 아무 말도 하지 못했다. 넘어진 쪽이나 민 쪽이나 똑같은 비웃음을 머금고 있었기 때문이다. 상대하면 안 되겠다는 생각에 조용히 핸드폰을 집어 올리려는데, 건들거리고 서 있던 여학생이 재빨리 은아의 핸드폰을 낚아챘다.

"뭐, 뭐 하는 거야!"

"어쭈, 요거 소리 지르는 거 봐라. 야, 주워주려는 거잖아. 어?"

억지였다. 은아가 분개한 얼굴로 자리에서 일어나려는데,

수민이 잽싸게 은아의 팔을 붙잡고 늘어졌다.
"그냥 가만히 있어. 쟤네 건드려서 좋을 거 없어."
은아는 어쩔 줄을 모르고 여학생의 손에 들려 있는 자신의 핸드폰을 바라보았다.
어딜 가나 있는 평범한 불량학생이었지만, 전학 첫날부터 이렇게 시비를 걸어올 줄은 몰랐다.
"유은아라고? 난 심규진이야. 잘 기억해둬. 쟤 말처럼 건드려서 좋을 거 없으니까, 알아서 기라고. 알겠냐?"
화가 났다. 쏘아붙이고 싶은 말은 엄청 많았지만, 잘못하면 일이 엄청 커질 것 같았다. 은아는 망설이던 입을 열고 꾹 참으며 차분하게 말했다.
"돌려줘."
얌전하고 순진해 보이던 얼굴에 옹골찬 고집이 드러났다. 은아에게 내내 무관심했던 아이들도 모두 이쪽을 바라보고 있었다.
"안 돌려주면? 엄마한테 이르게?"
은아의 핸드폰 화면엔 엄마가 보낸 메시지가 떠 있었다. 매니큐어를 칠한 규진의 손가락에 은아의 핸드폰이 아슬아슬하게 끼어 흔들렸다. 조금만 힘을 빼도 바닥으로 추락할 것이다. 분개한 은아는 입술을 앙다물었다. 수민은 은아의 뒤에서 발을 동동 구르며 어쩔 줄 몰라 했다.
그런데 그때, 첫 시간에 은아와 눈이 마주쳤던 창가 자리

남학생이 불쑥 나타났다. 그리고 팔을 내밀더니 규진이 들고 있던 은아의 핸드폰을 낚아챘다.

순식간에 일어난 일이었다. 모두의 시선이 그에게 집중됐다. 그는 핸드폰을 가볍게 빼앗더니 은아의 손에 쥐어주었다.

"야, 윤조한!"

규진이 빽 소리를 질렀다. 은아는 어리둥절해진 얼굴로 남학생을 바라보고 있었다.

명찰이 없어서 알 수가 없었는데, 이름이 윤조한인 모양이었다. 은아는 고맙다는 인사를 하려고 입을 열었다. 하지만 잔뜩 화가 난 규진이 버럭 소리를 지르는 통에 말을 꺼낼 수가 없었다.

"왜 끼어들고 난리야? 안 하던 짓을 하고!"

"하는 짓이 유치해서 그랬다."

"야!"

"시끄러워."

교실 분위기가 순식간에 가라앉았다. 조한이 시끄럽다고 한마디를 했을 뿐인데, 모두가 입을 다물었다. 은아는 여전히 영문 모를 얼굴이었다.

* * *

'쉬는 시간일 텐데 얘는 왜 답장이 없어? 벌써 친구라도 생겼나?'

은아를 학교에 보낸 뒤, 유림은 근처의 부동산을 돌아다니고 있었다.

위자료로 받은 아파트는 서울 시내에 위치하고 있어서, 팔았더니 꽤나 여유로운 자금이 생겼다. 그 돈으로 새 집을 계약하고 남은 돈으로는 가게를 알아보기로 했다. 유림은 커피 전문점을 해볼 생각이었다. 이혼하기 전 취미로 따 놓은 바리스타 자격증이 큰 도움이 됐다. 카페 사장이라니 진짜 멋있다며 은아가 엄지손가락까지 치켜들었기 때문에, 유림은 조금 들뜬 상태였다.

남편은 속 좀 쓰렸을 것이다. 집도 빼앗겼고 다달이 은아의 양육비까지 보내줘야 하기 때문이다. 그렇게 하지 않으면 죽을 때까지 도장을 찍어주지 않겠다고 협박한 덕에 얻었던 성과였다.

남편의 새 여자는 변호사였다. 유림보다 조금 어린 나이의 세련되고 도도한 여자. 하지만 유림은 그 여자가 그다지 증오스럽지 않았다. 드라마 같은 데에선 화난 부인이 친구들을 몰고 가서 그런 여자들 머리채를 쥐고 흔들곤 하던데, 유림은 사실을 알게 되고도 그러고픈 마음이 전혀 들지 않았다. 단지 짜증스럽고 불쾌하고 한심할 뿐이었다.

얼굴도 몸매도 성격도 보통 이하인 여자……. 하긴 뭐라더라. 남편은 그 여자를 선택한 이유가 '남자를 이해해주는 여자'여서라고 했다. 기가 막혀서 웃음도 안 나오는 이유였다. 차라리 직업 그럴싸한 영계여서 그랬다고 하지.

우유부단하고 이기적인 남자. 유림은 스물한 살의 자신을 끌어다가 정신 차리라고 따귀라도 올려붙이고 싶은 심정이었다. 그 한심한 작자의 어디가 좋아서 그 어린 나이에 덜컥 임신부터 해버렸는지. 그 여자 역시 사랑이 현실이 되고 나면 유림처럼 그 남자의 실체를 깨닫게 될 것이다.

결혼을 해서 좋았던 점은 오직 은아를 낳은 일밖에 없었다. 스물한 살에서 서른일곱까지, 유림의 행복은 온통 은아뿐이었다.

2.9킬로의 작은 아이로 태어나 말도 못하고 꼬물거리던 아이가 벌써 열일곱이다. 유림은 거울을 볼 때마다 늘어가는 자신의 잔주름과, 방문을 열 때마다 조금씩 커가는 은아의 모습을 보며 세월을 실감하고 있었다.

열일곱. 품고 있기엔 너무 커버린 딸을 볼 때마다 유림은 말로 설명할 수 없는 가슴 벅찬 뿌듯함을 느끼곤 했다. 소녀에서 여자가 되어가는 과도기에 접어든 아이. 살아가면서 절대로 두 번은 겪지 못할 빛나는 시간을 보내고 있는 아이다. 하필 그 시기에 남편과 이혼하게 되다니. 엄마로서 가슴이 아팠지만 착하고 야무진 아이인 만큼 잘 견뎌낼 거라 믿었다.

'빨리 답장해. 이것아. 궁금해 죽겠네.'

학교에 있을 은아를 생각하며 핸드폰을 만지작거리다 보니 어느새 부동산 앞이었다. 유림은 짧게 심호흡하고 안으로 들어갔다.

　오랫동안 생각해왔던 일이기 때문에 유림의 요구 조건은 까다로웠다. 하긴, 요약하면 간단하긴 했다. 목은 좋고 쾌적하지만 쌀 것. 여기서 '쾌적'의 구체적인 요소들이 상당히 많을 뿐이었다.

　부동산 사람이 유림에게 그저 그런 곳 몇 군데를 추천할 때마다 유림은 그 '쾌적 요소'들을 하나씩 설명해야 했다.

　상담을 하는 내내 땀을 뻘뻘 흘리던 공인중개사는 끝내 너털웃음을 터뜨렸다.

　"이건 뭐…… 안목이 정말 선수 같으시네요. 공인중개사 시험 도전하셔도 되겠어요."

　타박하는 건가 싶어 마주 봤더니 그런 기색은 없었다.

　"그게…… 목이 좋으면 세가 비싸고, 세가 싸면 목이 안 좋아요. 아주 요즘 이것 때문에 머리가 아파요. 장사하고 싶은 분들은 많은데 좋은 자리가 좀처럼 안 나오거든요."

　그의 말이 옳았다. 부동산에 찾아오기 전, 유림도 인터넷으로 찾아볼 대로 찾아본 뒤였다. 좀처럼 마음에 드는 가게를 구하기가 어려울 거란 사실은 잘 알고 있었다.

　"그래도 말씀하신 대로 커피전문점 자리라면 어떻게 구할 수도 있을 것 같고요. 사모님, 일단 가장 중요한 거 하나만 생각하시죠. 제일 중요한 건 '목'이죠, 역시?"

　"그렇긴 하죠. 유동인구만 많으면 뭐……."

"그럼 제가 몇 군데 더 알아볼 테니까 며칠 뒤에 다시 오시죠. 전화 드리겠습니다."

아무래도 당분간은 발품을 좀 팔아야 할 것 같았다. 부동산을 나온 유림은 그 후에도 네다섯 군데 부동산을 더 돌다가 은아의 학교를 향해 차를 몰았다.

은아의 학교는 새로 이사한 아파트와 아주 가까운 곳에 위치하고 있었다. 버스를 타면 세 정거장, 걸어오더라도 이십 분밖에 걸리지 않는 거리였다. 하지만 유림은 한동안 은아를 태우고 다니기로 결심했다.

가뜩이나 남편과의 이혼으로 위축되었을 아이가 걱정되었기 때문이다. 둘이서 살아가는 것에 익숙해질 때까지, 유림은 최대한 은아의 곁에 붙어 있어야겠다고 생각했다.

"엄마?"

교문 앞을 빠져나오던 은아가 유림의 차를 발견하고 잰 걸음으로 달려왔다. 유림은 운전석 문을 열고 밖으로 나가 은아를 꼭 껴안았다.

"우리 딸, 학교는 어땠어? 왜 엄마한테 답장 안 했어?"

"어휴, 핸드폰 갖고 놀지 말고 공부하란 소리를 해야지. 답장 안 한다고 삐졌어? 무슨 엄마가 이래."

은아는 학교에서 있었던 일을 말하지 않았다. 그저 괜찮았다고만, 착하고 좋은 짝을 만났다고만 이야기했다. 실제로 수민이는 좋은 아이여서 새 학교에 적응하는 게 그렇게 어려

울 것 같진 않았다.

유림은 한결 안심이 된 얼굴로 은아와 함께 집으로 향하면서, 하루 내내 가게를 구하러 다녔다고 딸에게 보고했다. 좋은 데를 찾았냐고 궁금해하던 은아는 이내 유림보다도 더욱 까다로운 주문을 풀어놓기 시작했다.

"엄마, 난 2층짜리 카페가 좋더라. 낮은 천장에 창문이 한쪽 벽면을 다 덮었으면 좋겠어. 소파는 푹신하고 테이블은 꼭 나무여야 해. 그리고 조명은……."

"어이구. 바라는 것도 많네. 네가 장사할래?"

은아의 요구 사항은 끝이 없었다. 장식용 꽃도 계절별로 꼭 바꾸고, 종업원은 꼭 하얀 셔츠에 검은 앞치마를 해야 한다고. 이왕이면 잘생긴 대학생 오빠가 좋겠다며 종알종알 말을 쏟아냈다. 유림은 그저 웃으며 듣고 있었다.

기분 좋은 새 출발이었다. 두 사람은 집으로 돌아가는 차 안에서 라디오를 틀어놓고 걸 그룹 노래를 따라 불렀다.

"아 엄마! 노래 진짜 못해."

"넌 뭐 잘하는 줄 아냐?"

"나 이래봬도 음악 하는 여자야. 왜 이러셔."

은아의 맑은 웃음소리가 살짝 열어놓은 차창 밖으로 새어 나갔다. 유림은 볼륨을 좀 더 높이고 은아와 함께 더욱 큰 목소리로 노래를 불렀다.

모녀의 수다는 집에 도착해서도 끊어지질 않았다. 아직 포장조차 풀지 않은 짐들이 여기저기 상자째 쌓여 있었지만, 정리는 천천히 해가면 될 일이었다.

모아둔 머리핀이 한 상자, 플라스틱 팔찌와 시계가 몇 개, 그리고 손수건 동전지갑 등 은아의 잡동사니들이 서랍 한구석에 자리 잡았다. 은아는 엄마와 찍은 사진 액자를 책상 위에 올리고, 새로 받아 온 시간표를 붙이는 등 바쁘게 움직였다.

유림은 자신의 방을 꼼꼼히 정리하는 은아의 뒷모습을 흐뭇해하는 얼굴로 바라보다가 거실로 나왔다. 소파, TV 등의 큰 물건들은 제자리에 놓여 있었지만 진짜 정리는 이제부터가 시작인 상태였다.

"아무래도 벽에 못을 박아야겠어. 액자 좀 걸어야지, 엄청 휑하네."

중얼거리던 유림이 박스 안에서 두 개의 액자를 꺼낸 뒤 다시 은아의 방문 앞에 섰다.

"어떤 거 걸까? 이게 나아?"

하나는 가을의 들판을 그려놓은 유화 액자, 하나는 화사한 꽃 그림이었다.

"그거. 꽃."

"오케이."

여자끼리 살 집이고, 이사 올 때도 두 사람의 짐만 챙기느라 망치 같은 건 넣을 생각을 못했다. 유림은 한 손에 액자를 든 채 난처한 얼굴로 부엌을 뒤지다 할 수 없이 작은 프라이

팬을 들었다.

하지만 문제는 망치가 없다는 게 아니라, 못도 없다는 데 있었다.

유림은 허탈하게 웃음을 흘렸다. 이제 와 생각해보니, 부엌 조명도 갈아야 하고 필요한 것이 한두 개가 아니었다.

액자와 프라이팬을 소파 위에 대충 놓고 유림이 은아의 방문을 다시 열었다. 은아는 정리를 거의 끝내고 걸레질을 하고 있었다.

"은아야, 우리 나가자!"

"어딜?"

"공구상자 사러. 간 김에 장도 보고. 귀찮으니까 오늘은 그냥 사다 먹을까?"

유림의 말에 은아의 얼굴이 밝아졌다. 재빨리 일어나 머리를 높게 올려 묶고 트레이닝복 상의를 집어 들었다.

"엄마, 난 치킨!"

그리고 잰 걸음으로 방을 빠져나와 현관으로 달려갔다. 유림도 카디건을 챙겨들곤 질세라 은아를 따라나섰다.

* * *

전학 첫날부터 지각이냐고 핀잔을 주던 담임이 생각나, 은아는 등교 시간보다 훨씬 이른 시간에 학교로 왔다. 아침부터 바짝 서두르는 은아를 보며 유림이 의아한 얼굴을 했지만 그냥 빨리 적응하려고 한다는 말로 둘러댔다.

후읍. 심호흡하고 교실 안으로 들어서니, 과연 이른 시간이긴 했는지 아침부터 엎드려 자고 있는 아이밖에 없었다. 은아는 조용히 자리로 가서 책가방을 내려놓았다.

밤새 닫혀 있었을 교실 안의 공기가 텁텁해서, 은아는 창가로 다가갔다. 아직 그렇게 추운 날씨가 아니었기 때문에 잠깐이라도 열어두는 편이 좋을 것 같았다. 창가 맨 끝 자리로 다가가 커튼을 젖히고 창문을 열려고 하는데, 등 뒤에서 인기척이 느껴졌다.

조한이었다.

뒤를 돌아본 은아의 시야에, 막 교실로 들어온 듯한 조한의 모습이 보였다. 하얀 이어폰을 귀에 꽂고 책가방을 한쪽 어깨에 둘러 멘 채 은아의 눈앞에 서 있었다.

"어, 저기……."

안녕이라고 말하면 될 텐데, 은아는 저도 모르게 말을 더듬었다. 조한은 가만히 서서 은아를 내려다보다가 자신의 자리를 눈짓으로 가리켰다.

"거기 내 자린데."

당황한 은아가 고개를 끄덕이며 재빨리 자리에서 물러났다. 창문은 아직 열지도 못한 채였다. 할 수 없이 자리로 돌아가 의자에 앉으려는데, 드르륵 하는 소리와 함께 시원한 공기가 밀려 들어왔다.

 조한이 창문을 열어준 것이다.

 그는 창문 하나를 활짝 열어놓고 털썩 자리에 앉았다. 이어폰은 아직도 귀에 꽂혀 있었다. 책상 위로 엎드린 그의 뒤통수에 아침 햇살이 내려앉았다.

 "……고마워."

 한참을 망설이던 은아가 조그마한 목소리로 중얼거렸다. 벌써 잠이 들었는지 조한은 대답하지 않았다.

 "어? 되게 일찍 왔다. 너?"

 때마침 뒷문이 열리며 수민이 들어왔다. 물끄러미 조한을 바라보던 은아는, 수민을 향해 고개를 돌리고 인사를 건넸다.

 "짐 정리는 다 했어? 어제 일찍 갔잖아."

 "내 방은 다 했는데 나머진 아직…… 갑자기 외식하는 바람에. 배부르니까 아무것도 하기 싫다고 엄마도 뻗어버렸어. 오늘도 일찍 가서 엄마 방 정리해야지."

 "효녀다, 효녀. 아님 마마걸인가?"

 "아니거든!"

 장난을 치던 두 소녀가 밝은 얼굴로 웃음을 터뜨렸다. 그리고 잠든 줄 알았던 조한의 얼굴이 어느새 은아를 향해 있었다.

시간이 흘러 수업이 끝날 때쯤. 종례가 끝나자마자 귀신같이 울리는 핸드폰을 보고 은아가 피식 웃음을 터뜨렸다. 옆에서 가방을 정리하던 수민이 뭐냐고 궁금해했다.

"엄마 왔대. 교문이래. 너도 타고 가."

"어? 우리 집 가까운데. 괜찮아."

"그래도 같이 가. 친구 있다고 보여줘야 돼. 안 그러면 오늘도 하루 종일 친구 못 만들었냐고 물어볼 것 같단 말이야."

은아가 팔짱을 끼고 질질 잡아끄는 바람에, 수민은 급하게 가방을 챙겨들곤 함께 교문 밖으로 달려가야 했다.

"안녕하세요!"

두리번거리는 은아를 발견하자마자 차에서 내린 유림에게, 수민이 은아와 함께 달려와 꾸벅 인사했다. 착해 보인다던 짝인 것 같아, 유림은 다정하게 말을 걸었다.

"아아, 네가 수민이구나. 이야기 많이 들었어."

수민은 쑥스러운 듯 웃으며 은아의 옆구리를 찌르고, 은아는 모르는 척 딴청을 부리며 뒷좌석 문을 열었다. 유림은 사이 좋아 보이는 두 아이를 보며 다시 차에 올라탔다.

차가 부드럽게 출발하자, 수민과 장난을 치던 은아가 갑자기 생각났다는 듯 말했다.

"엄마! 있지. 수민이네 집이 바로 우리 옆 단지래. 집도 완전 가까워."

"오, 그래? 잘됐네. 수민이 언제 우리 집에 놀러와. 아줌마가 맛있는 거 해줄게. 아줌마 요리 잘해."

"맞아. 이거 비밀인데, 우리 엄마 초콜릿하고 빵도 잘 만들어. 완전 전문가야!"

은아가 자랑스레 말을 꺼내자 수민의 눈이 반짝반짝 빛났다.

"아, 진짜? 저도 초콜릿 만드는 것 좀 가르쳐주시면 안 돼요?"

"그럴까? 우리 은아 남자친구 생기면 가르쳐주려고 했는데~."

또 무슨 이상한 소리를 하려고 그러냐는 은아의 항의를 웃어넘기며, 유림은 아파트 단지로 차를 몰았다. 아이들끼리도 뒷좌석에서 도란도란 이야기를 나누었다. 그러다 아파트를 얼마 남겨두지 않았을 때, 수민이 창밖을 보며 소리쳤다.

"앗! 저기요. 저기서 내려주시면 돼요."

"응? 집으로 안 가고?"

유림이 의아한 듯 묻자, 수민이 독서실 간판을 손가락으로 가리키며 말했다.

"저기 독서실 다니거든요. 아빠가 매일 늦으셔서요. 집에 혼자 있느니 독서실에서 공부하는 게 나을 것 같아서."

가까이 다가가니 과연 같은 교복을 입은 학생들이 독서실을 드나들고 있었다. 학교도 가깝고, 집에서도 가까운 위치였다. 유림이 은아를 보며 물었다.

"너 안 그래도 독서실 끊어야 되잖아. 이왕이면 수민이랑 같은 데 다니지 그래? 가깝고 좋은데?"

그 말에 고개를 빼꼼히 내밀고 독서실을 바라보는 은아에게, 수민이 좋다고 크게 고개를 끄덕였다.

독서실 앞에 차를 세워 수민을 내려준 뒤, 유림은 은아와 함께 집으로 돌아왔다. 이삿짐 정리가 거의 끝나가고 있었다.

이혜진.

  그날은 그냥 평소와 다를 것 없는 날이었다.
  다 마르지도 않은 축축한 머리로 학교를 갔고, 묶은 자국이 남을까봐 하루 종일 머리를 풀고 다니다가 까다로운 여자 선생님한테 걸려 혼이 났다. 결국 친구에게 곱창 끈을 빌려 느슨하게 묶었다가 종례가 끝나자마자 다시 풀었다.
  스트레이트 펌을 한 지 얼마 되지 않아 찰랑거리는 머리가 기분이 좋았다. 새침하면서도 대가 센 혜진이는, 결 좋은 긴 생머리를 자랑처럼 늘어뜨리고 입시 학원으로 가는 중이었다.
  "야, 거기. 너 이리 와봐."
  남자애들 여럿이 눈앞을 막아섰다. 다들 한 번씩은 봤던 얼굴들이었지만, 혜진이는 본능적으로 가슴이 철렁했다. 그래서 무작정 달리기 시작했다.
  하지만 그건 3초도 가지 못했다. 능숙하게 차낸 다리에 무릎이 꺾이고, 긴 머리를 잡히고 말았다. 여기저기에서 튀어나온 손들이 몸을 결박했다. 하나는 뒤에서 입을 틀어막고, 하나는 손을 붙들었다. 미리 짜놓기라도 한 것처럼 손발이 척척 맞았다.

혜진이는 있는 힘껏 팔다리를 흔들었지만 달아날 수는 없었다. 어디로도.
 누가 먼저 시작한 장난인지는 몰랐다. 마치 잠자리를 붙잡고 날개와 다리를 하나씩 떼어가며 노는 어린애들처럼, 아이들은 천진해 보이리만치 유쾌해하는 얼굴로 혜진이의 팔다리를 꺾었다.
 혜진이가 그렇게나 아끼던 긴 머리칼은 뭉텅이로 뽑혀 나갔다. 반듯하게 다듬었던 앞머리도 눈앞에 드리워진 담뱃불에 조금씩 타들어갔다.
 그리고 계속 버둥대면 눈알을 지져버리겠다고 했다.
 혜진이의 눈동자가 조금씩 공포에 물들수록 애들의 눈빛은 들뜨기 시작했다. 아까 꺾인 왼쪽 팔이 끊어질 듯 아프더니, 이제는 슬슬 감각이 없어질 지경이었다.
 여기서 살아남기만 하면, 저것들 내가 다 죽여버릴 거야.
 공포스럽기는 했지만 혜진이는 원통한 마음이 더 컸다.
 학원으로 가는 길이었고, 머리채를 잡힌 채 질질 끌려 처음 보는 공터로 왔다. 근처에 그렇게 외진 공터가 있다는 사실도 처음 알았다.
 혜진이의 가방은 저 먼 발치에 떨어져 있었다. 교복 상의가 벗겨지고 치마가 뒤집어졌다. 속옷을 끌어내리는 미적지근하고 축축한 손가락에 소름이 돋았다. 허벅지에 올라앉은 무게를 더 이상은 견딜 수 없어질 때쯤, 막혀 있던 눈물샘

이 한꺼번에 터졌다. 비통한 얼굴로 험하게 흔들리던 혜진이의 입에서, 테이프로도 가릴 수 없는 격렬한 울음이 새어 나왔다.

흐…… 으으으…… 으으으으!

다시 한 번 있는 힘껏 발버둥을 쳐봤다.

혜진이의 위에 있던 애가 순간적으로 당황해서 옆으로 기우뚱했다. 물론 그건 잠시뿐이었다. 피투성이가 된 무릎으로 바닥을 두어 번 기어가기도 전에 혜진이는 다시금 머리부터 바닥에 내팽개쳐졌다.

다시 몸이 눌렸다. 이번에는 목을 잡혀서 고개를 돌릴 수도 없었다. 혜진이는 바닥에 납작하게 고정된 채, 순서를 정하는 남자애들을 노려보며 다짐했다.

절대로, 절대로 가만 두지 않겠노라고.

그때였다. 누군가 핸드폰을 꺼내 들었다. 혜진이는 자신을 향해 검은 구멍을 벌리고 있는 카메라 렌즈를 보았다. 찰칵. 처음엔 사진이 찍히는 소리가 들렸다. 엉망으로 파헤쳐진 몸이 적나라하게 렌즈에 담겼다. 혜진이는 소리를 질렀다. 하지만 꽉 틀어 막힌 입에선 부질없는 신음 소리만 흘러나올 뿐이었다. 눈물이 다시 차올랐다.

그들은 혜진이의 울음을 기꺼워했다.

"잘 찍어라. 얼굴이랑 전부 다. 그래야 보는 재미가 있지."

렌즈가 다시 다가왔다.

혜진이는 더 이상 셔터 소리가 나지 않는 이유를 깨닫곤 절망에 빠졌다.
 이번에는, 동영상이었다.

2

 은아는 전의 학교에서 마지막으로 찍은 동영상을 보고 있었다.

 [은아야, 전학 가서도 잘 지내고! 우리 잊어버리면 안 돼!]

 [야, 부천이 뭐가 멀다고. 우리 한 달에 한 번씩 만나. 꼭 만나. 문자 답장도 꼭 하고.]

 [남친 생기면 이 언니들한테 제일 먼저 알려주는 거다?]

 핸드폰 화면 가득한 친구들의 얼굴을 보니 절로 웃음이 나왔다.

 "뭐가 그렇게 재밌어? 엄마도 보여줘."

 차가 잠시 정차한 사이, 유림이 고개를 쑥 내밀어 은아의 핸드폰 화면을 훔쳐보았다. 그러자 화들짝 놀란 은아가 두 손으로 핸드폰을 가리고 빽 소리를 질렀다.

"아, 엄마는 프라이버시도 몰라?"
 "야, 우리 사이에 무슨…… 그런 게 어디 있어. 보니까 별 것도 아니구만."
 유림은 유난스럽게 구는 은아를 흘겨보다가 자신의 핸드폰을 꺼냈다. 그리고 저장된 동영상 중 하나를 재생했다. 입술을 비죽이던 은아가 관심을 보였다.
 "그건 뭐야?"
 "그거 훔쳐봤다고 그렇게 난리를 치니까. 너도 내꺼 봐라. 요 녀석아."
 차가 다시 출발하고, 은아는 유림의 핸드폰을 쥐고 동영상을 구경했다. 화면에 나타난 건 일 년 전, 열여섯 살의 은아였다.
 묵직한 첼로를 안고 무대 위에 등장한 은아가 객석을 향해 꾸벅 인사하곤 조심스레 의자에 앉았다. 심호흡을 하는가 싶더니 이내 활을 잡았다. 곧이어 부드러운 선율이 흘러나오기 시작했다.
 작년 여름, 방학을 전부 반납하고 연습해서 출전했던 청소년 음악 콩쿠르였다. 참가자들의 실력이 워낙 쟁쟁했던 탓에 은아는 입선에 그쳐야 했지만, 그래도 은아와 유림은 그걸로 좋았다. 유림의 핸드폰 화면을 바라보는 은아의 얼굴이 뿌듯해졌다.
 "누구 딸인지 되게 잘하지?"

유림이 능청스레 말했다. 은아는 피식 웃더니 한참이나 더 유림의 핸드폰을 구경했다. 유림의 핸드폰 안에 들어 있는 수백 장의 사진과 수십 개의 동영상, 그건 전부 은아의 것이었다. 얼마나 많이 찍어놨는지, 보고 또 봐도 끝이 나질 않았다.
"하여튼 딸 바보도 이런 딸 바보가 없어요."
"시끄러워, 지지배야."
"어디 나도 해봐? 운전 잘하고 있어. 알았지? 우리 엄마 사진발 좀 받나 어디 보자."

은아가 핸드폰을 들고 유림의 옆얼굴을 찍어대기 시작했다. 찰칵 소리가 몇 번 울리고, 유림은 저 너머로 독서실이 보이자 서서히 속력을 줄였다.

며칠 새 단짝이 된 수민과 같은 독서실을 다니게 된 은아는 문제집과 참고서가 가득한 가방을 품에 안고 있었다.
"다 왔다. 이따가 꼭 전화해. 엄마가 데리러 올 테니까."
"어휴. 집이랑 독서실이 먼 것도 아니고. 15분 거린데 꼭 차타고 다녀야 해? 밤에야 그렇다 쳐도 학교에서 올 땐 걸어와도 되잖아."
"왜. 엄마가 데리러 오는 거 싫어?"
"그런 게 아니라…… 미안해서 그러지."

독서실 앞에 차를 세운 유림은 우물거리는 은아의 볼을 살짝 꼬집었다. 그리고 짐짓 심각한 얼굴을 하고 말했다.
"엄마가 전에 말했나? 점쟁이가 그러는데, 우리 둘이 꼭 붙어 다녀야 운이 트인다고 그랬어. 아주 아침부터 밤까지 찰싹 달라붙어 있으라고. 은아 네가 엄마 복덩이잖아."

"으이그."

말도 안 되는 소리였지만 은아는 웃었다.

"은아 네가 아직 어려서 모르지. 요즘 세상이 얼마나 험한데. 여자 둘이 산다고 그래봐. 아주 세상천지에 나쁜 놈이란 나쁜 놈은 다 얼쩡거릴걸? 이혼녀에, 이혼녀 딸이잖아. 얼마나 얕보겠어. 강해져야지."

"알았어. ……조심할게."

"넌 그냥 엄마만 믿어. 누가 해코지 하려고 하면 짱돌이라도 휘둘러서 머리를 찍어버려! 뒷감당은 다 엄마가 할 테니까."

비장하기까지 한 유림의 선언에 은아는 헛웃음을 흘렸다.

"나 참…… 그게 엄마가 할 소리야?"

"내 새끼 다치는 것보다 낫지!"

* * *

수민은 은아보다 먼저 독서실에 와 있었다. 은아가 자리를 잡고 짐을 정리한 뒤 잠시 쉴 겸 밖으로 나서는데, 복도 음료 자판기 앞에서 익숙한 얼굴을 발견했다. 조한이었다.

은아의 걸음이 멈췄다. 조한은 한 손에 커피를 뽑아 들고 있었다. 은아의 시선을 느낀 조한도 뒤를 돌아보았다. 두 사람은 처음 눈을 마주쳤을 때와 마찬가지로 물끄러미 서로를 바라보았다.

여기 다니는구나.

은아가 저도 모르게 그런 생각을 하는데, 반대편 복도에서 규진이 걸어오는 모습이 보였다. 전학 첫날 은아에게 시비를 걸었던 아이였다.

"윤조한~. 돈 남으면 내 것도 사주라. 어?"

조한에게 다가온 규진이 아무렇지도 않게 팔짱을 끼고 말했다. 조르듯 얼굴을 들이밀고 팔을 흔들자, 조한의 미간이 미미하게 찌푸려지는 모습이 보였다.

"그냥 알아서 사 먹지?"

"씨발…… 쩨쩨하게 구냐? 좀 사줘, 응? 준이 오빠랑 민구 오빠는 잘만 사주던데."

"그럼 걔들한테 사달라고 하든지. 나 너 같은 거 관심 없으니까 그냥 가던 길 가라."

"아 진짜…… 좆나 비싸게 구네. 얼굴 값 하냐?"

조한의 심드렁한 대꾸에 화가 난 규진이 길을 막고 섰다. 조한은 여전히 속을 알 수 없는 표정이었다.

"이럴 시간에 공부나 하지?"

"미친. 넌 그래서 1년 꿇었냐?"

"아무리 그래도 너 같은 게 들이댈 정도로 막장은 아냐.

하긴…… 왜 내가 지금도 1학년인지를 네가 알겠냐."

규진이 복도를 가로막고 선 덕분에 어쩔 수 없이 두 사람의 다툼을 엿듣게 된 은아는, 조한의 나이가 한 살 많다는 걸 알게 되자 동그란 눈을 더욱 크게 떴다. 어른스러워 보이는 분위기라고 생각은 했지만 정말로 나이가 많을 줄은 몰랐던 것이다.

한심하다는 얼굴로 규진을 내려다보던 조한이 슬쩍 건너편에 있는 은아를 바라보았다. 그리고 규진을 밀치고 걸어가면서 말했다.

"꺼져. 가서 공부나 해. 생기다 만 게 머리도 나쁘면 안 되잖아."

규진이 빽 소리를 질렀지만, 조한은 신경 쓰지 않고 은아와 수민이 있는 곳을 향해 똑바로 걸어왔다.

또다시 눈이 마주쳤다. 조한은 이제 아예 노골적으로 은아만을 쳐다보고 있었다.

은아는 부끄러워 고개를 숙였다. 갑자기 손바닥에 땀이 차고 절로 온몸이 긴장되었다. 아무런 생각도 나질 않았다. 팔짱을 끼고 있던 수민 역시 고개를 푹 수그렸다.

"왜? 나한테 할 말 있어?"

조한이 은아에게 물었다. 자판기 앞에서 규진이 이쪽을 노려보고 있었다.

"아, 아뇨. ……그런 게 아니라."

"너희들도 저렇게 안 되려면 가서 공부나 해라."

다 마시지도 않은 커피를 쓰레기통에 버린 조한이 성큼성큼 걸어서 독서실 안으로 사라졌다. 은아는 고개를 들고 그의 뒷모습을 훔쳐보았다. 가슴이 두근거리고 얼굴에 발그레하게 홍조가 피었다.

"왜. 좆나 멋있냐?"

그런데 언제 다가온 건지 규진이 앞을 가로막고 섰다. 은아가 불만스러운 얼굴로 규진을 노려보았다.

"야 범생이. 전학생이라 뭘 모르는 모양인데. 윤조한 우리 학교 일진이거든? 공부 잘하는 건 좆나 남한테 꿀리기 싫어서 하는 거야. 그러니까 괜히 관심 갖지 말고 꺼져라. 응?"

"……남이사."

은아가 조그맣게 속삭인 말에 수민이 흠칫 놀라는 게 느껴졌다. 하지만 규진은 듣지 못했는지, 은아를 한 번 더 날카롭게 노려본 뒤 조한을 따라 독서실 안으로 들어가 버렸다.

한숨이 나왔다. 전학 온 지 며칠이나 됐다고 이렇게 시비를 거는지. 잘못한 것도 없이 미움 받는 일에 은아는 익숙하지 못했다. 전에 있던 학교에서는 중학교 때부터 함께 올라온 친구들이 많았기 때문에, 일진 같은 건 남의 일인 줄로만 알았다.

"심규진 재수 없지."

수민이 중얼거렸다. 은아도 고개를 끄덕였다.

"그래도 틀린 말은 아냐. 윤조한…… 일 년 꿇어서 우리보다 한 살 많거든. 일진이란 것도 진짜고. 애들이 무서워서 못 건드리잖아. 조심해야 돼, 알았지?"

수민은 그 뒤로도 몇 번이나 은아를 채근하며 다짐을 받았다. 어울리지 않게 잔뜩 겁먹은 얼굴이라, 은아는 뭔가 이상하다는 것을 느꼈지만 이내 대수롭게 여기지 않게 되었다.

그리고 며칠 뒤, 음악 시간이었다.

"이 반에 유은아라고 있지? 첼로 하는 애. 일어나봐라."

음악 선생님이 갑자기 꺼낸 말에 학생들 전체의 시선이 은아에게 향했다. 은아는 갑작스러운 상황에 당황하며 자리에서 일어났다.

"수상 경력 있다며? 다음 시간엔 첼로 준비해 와라. 듣고 싶으니까. 네 첼로 연주."

웅성웅성. 주변이 시끄러워졌다. 일부는 놀라고, 일부는 기대하고, 몇몇은 아니꼬워하는 눈치였다. 은아는 당황한 얼굴로 주위를 둘러보았다. 그때 옆에 앉아 있던 수민이 씨익 웃으며 작은 목소리로 파이팅을 외쳤다.

그리하여 그 다음 음악 시간.

은아는 앞으로 나가 첼로를 놓고 머쓱하게 앉아 있는 상황이 되었다. 은아가 선생님을 올려다보며 물었다. 어떤 걸 연주하면 되냐고.

"제일 잘하는 거 해봐. 아무 거나."

순간 은아의 시선은, 뒤쪽에 앉아 있는 조한에게 닿았다. 조한은 앞에서 은아가 뭘 하든 별로 관심 없는 표정이었다.

은아는 왠지 긴장되는 것을 느꼈다. 혹시 자신이 연주를 하면 조한이 바라봐 주지 않을까. 관심을 가져주지 않을까. 그런 생각이 들었다. 은아는 떨리는 손을 움직여 첼로에 가져다 댔다. 가슴이 두근거렸다.

고개를 살짝 숙여 시작을 알린 후, 은아의 첼로에선 부드럽고 애잔한 음악이 흘러나오기 시작했다. 리스트의 〈사랑의 꿈〉이었다.

'사랑할 수 있는 한 사랑하라 G. 298'에서 나온 감미로운 음률.

아마추어치곤 훌륭한 연주였다. 멍하니 앉아 있던 학생들도 은아의 연주가 끝나자 박수를 쳤다. 수민이 자리에서 엄지손가락을 치켜세우는 모습이 보였다. 잔뜩 긴장했던 은아도 쑥스러운 듯 웃으며 한숨을 내쉬었다.

그리고 자리로 돌아가기 위해 의자에서 일어났을 때, 은아는 깜짝 놀라고 말았다.

무심한 얼굴로 창밖을 바라보던 조한의 시선이 정확하게 은아를 주시하고 있었던 것이다. 천천히, 입가에 미소가 맺혔다. 조한 역시 다른 애들처럼 두 손으로 천천히 박수를 치고 있었다. 은아는 저도 모르게 그를 향해 활짝 웃고 말았다.

*　*　*

"야, 윤조한이 옥상으로 오래."

은아는 두 눈을 휘둥그렇게 뜨고 고개를 들었다. 옥상으로 오라니 그게 무슨 말인지. 되묻고 싶었지만 조한의 말을 전해준 아이는 이미 자기 자리로 돌아간 뒤였다.

도대체 왜 자신을 부르는 것일까. 은아는 두근거리고 긴장된 마음에 수민을 찾았다. 하지만 주번이라 교무실에 불려간 수민은 아직까지 돌아오지 않고 있었다.

은아는 할 수 없이 자리에서 일어나 혼자서 옥상으로 올라갔다. 계단을 오를수록 심장이 빠르게 뛰었다. 일진이라는 말이 진짜였는지, 옥상으로 올라가는 계단 쪽엔 점심시간인데도 아이들이 많지 않았다. 낡은 철문을 열고 옥상 바깥으로 나가자, 난간에 기대 서 있는 조한의 뒷모습이 보였다.

"부, 부르셨어요?"

은아가 멀찌감치 떨어져서 물었다. 운동장을 내려다보고 있던 조한이 고개를 돌려 은아를 바라보았다.

조한의 손엔 하얀 담배 한 개가 들려 있었다. 주머니에 넣고 있던 한쪽 손을 빼자 라이터가 나타났다. 습관인 듯 라이터를 만지작거리던 조한이, 우물쭈물 서 있는 은아에게 말을 걸었다.

"잘하더라. 그…… 첼로."

은아는 조한의 칭찬에 살짝 뺨을 붉힌 채 쭈뼛거리며 대답했다.

"아, 저, 감사합니다."

조한은 그런 은아의 모습이 재미있는지 피식 미소를 지었다.

"말 편하게 해. 같은 반이잖아. ……1년 꿇은 게 자랑도 아니고."

"아, 아니에요. 전 이게 더 편해요."

그런가, 하며 조한이 고개를 끄덕였다. 그러더니 담배를 입에 물고 불을 붙였다. 하얀 연기가 학교 옥상을 넘어 먼 하늘로 사라져갔다. 매캐한 담배 연기 속에서 은아가 조심스레 물었다.

"그런데…… 왜 부르신 거예요?"

"그냥."

조한은 정말로 별다른 이유가 없었던 듯 어깨를 으쓱이며 대답했다. 덕분에 은아는 더욱 당황하고 말았다. 무슨 말을 해야 할지도 알 수가 없었다. 하얀 얼굴에 동그란 눈동자가 이리저리 움직이며 눈치를 보았다.

그러다 조한이 길게 내뿜은 담배 연기를 들이마시곤 기침을 하기 시작했다.

콜록, 콜록, 콜록. 매워서 눈물이 다 났다. 은아가 두 손으로 입을 틀어막고 기침을 하자, 조한이 물고 있던 담배를 옥상 난간에 비벼 껐다.

"아, 기침하네. 미안."

"……괜찮아요."

"집에 담배 피우는 사람 없나봐? 아빠가 담배 안 피워?"

"저희 부모님 이혼하셔서…… 엄마랑 둘이 살거든요."

"너 나랑 같은 독서실 다니지?"

여전히 긴장해 있는 은아에게 조한이 피식 웃으며 물었다.

"궁금하지? 나 같은 날라리가 왜 독서실 같은 델 다니는지."

사실 그렇긴 했다. 하지만 일진이라는 조한은 공부도 꽤 잘한다고 했다. 은아는 뭐라고 대답해야 할지 알 수가 없어서 그냥 큰 눈을 끔벅거렸다.

"사실 나도 공부 별로 하기 싫어. 그런데 집에서는 공부하라고 난리지, 학원은 가기 싫지. 그럼 독서실이 최고지 뭐. 적당히 시간도 때울 수 있고."

라이터를 다시 주머니 안에 집어넣은 조한이 가볍게 물었다.

"뭐, 돌려 말하긴 싫고. 너 오늘 시간 있냐? 이따 놀러가자. 독서실 가기 전에."

"……네? 갑자기 그런 말을 하시면……."

은아는 갑작스런 그의 제안에 어쩔 줄을 몰랐다. 조한은 당황하는 은아에게 별거 아니라는 듯 어깨를 으쓱하고 말했다.

"긴장하지 마. 그냥 근처 노래방에 놀러가자는 것뿐이니까. 나쁜 짓 안 해."

"네……."

생각지도 못했던 조한의 제안에, 은아는 얼떨결에 고개를 끄덕이고 말았다.

* * *

수업이 끝났다. 오늘도 유림은 은아를 데려다주기 위해 차를 몰고 나와 교문 앞에서 기다리고 있었다. 그러던 중, 그녀는 생각지도 못했던 광경을 보곤 화들짝 놀라 차창 가까이에 얼굴을 들이밀었다.

교문을 걸어 나오는 은아의 옆에 어떤 남학생이 함께 있었던 것이다. 남학생은 은아의 하늘색 첼로 가방을 대신 들어주고 있었다.

유림의 얼굴에 짓궂은 미소가 자리 잡았다. 한창 이성에 관심이 많을 나이였다. 드디어 은아에게도 생애 최초로 남자친구가 생기는 건가 싶어, 유림은 걱정 반 기대 반인 심정으로 머리를 기웃거렸다.

은아는 뭐가 그렇게 수줍은지 고개조차 제대로 들지 못하고 남학생과 이야기를 나누고 있었다. 발그레한 얼굴로 웃기도 하고, 긴 머리를 만지작거리기도 했다.

유림은 궁금해서 더는 견딜 수가 없었다. 은아가 교문을 막 나설 때쯤, 짧게 경적을 울렸다.
빵-!
은아가 그제야 유림을 발견하고 허둥거렸다. 엄마가 데리러 온다는 사실도 까맣게 잊고 있었던 것이다. 은아는 난처한 얼굴로 조한에게 이야기했다.
"아, 저, 죄송해요. 엄마가 데리러 온다는 걸 깜빡했어요. 노래방은 다음에……."
은아는 첼로 가방을 조한이 들고 있다는 것도 잊은 채, 당황한 표정으로 유림의 차에 다가갔다. 조한과 함께 있는 모습을 엄마가 본다는 것이 왠지 민망해서였다.
"우리 딸, 왜 그렇게 당황한 표정이야?"
"아, 아무것도 아니야!"
짓궂은 표정으로 은아를 바라보던 유림은 어느새 옆으로 다가온 남학생에게 시선을 옮겼다. 가슴의 명찰에 윤조한이라는 이름이 쓰여 있었다.
"은아 친구구나?"
조한은 그저 묵묵히 서 있을 뿐이었다. 은아가 대신 고개를 끄덕이며 이야기했다.
"응. 같은 반……."
"집이 어디니? 태워줄까?"
"아뇨."

짧게 대답한 조한이 은아에게 첼로 가방을 넘겼다.
"그럼 난 갈게. 내일 보자."
"네."
은아가 존댓말로 답하는 걸 듣고, 유림은 의아한 표정으로 은아와 조한을 바라보았다. 조한은 유림에게 간단하게 고개를 숙여 인사를 하고 어디론가 걸어갔다.
유림이 다급히 차에 탄 은아에게 물었다.
"왜 쟤한테 존댓말 써? 같은 반이라며?"
"나이가 한 살 많아."
순간 조한을 바라보는 유림의 시선이 미묘하게 변했다.
"뭐야? 양아치였어?"
"그런 사람 아니야. 공부는 잘해. 아파서 병원에 있었대."
조한의 변호를 하는 은아의 표정엔 왠지 모를 단호함이 묻어 있었다. 유림은 피식 웃으며 차에 시동을 걸었다.

* * *

"여기야? 엄마가 가게 차린다는 곳이?"
은아가 새 학교에 적응하는 사이, 유림은 마음에 드는 가게 자리를 발견하고 계약까지 마친 상태였다. 궁금해 하는 은아를 데리고 가게로 왔더니, 마음에 들지 않는지 못마땅한 얼굴이었다.

"뭐가 이렇게 새까매? 홀랑 탄 것 같잖아."

은아가 투덜거렸다. 그 말대로였다. 가게는 불이 났던 건지 벽과 바닥이 새카맣게 그을려 있었다. 그냥 꾸미는 정도가 아니라, 아주 대대적인 공사가 필요해 보였다.

"불난 데가 장사 잘된댔어."

"에이, 그런 게 어디 있어."

유림이 능청스레 진짜라고 답하며 말을 이었다.

"그래도 봐. 네가 말했던 대로 2층이잖아. 다락 천장 낮아서 아늑하지? 이쪽은 전체적으로 밝게 페인트칠하고, 저쪽은 좀 화사하게 할까 하는데. 하늘색이나…… 노란색? 그리고 그림이랑 인형 같은 소품도 구해다 놓고, 아예 우리 둘이 만들까?"

"괜찮을 거 같긴 한데…… 근데 또 불나면 어떡해?"

은아가 걱정스레 말했다. 유림은 피식 웃으며 손을 내저었다.

"괜찮다니까. 괜한 걱정 마."

"뭐야. 핸드폰도 안 터지잖아."

2층에 올라갔던 은아가 혀를 차기 시작했다. 카페에 핸드폰이 안 터지면 어떻게 하냐고, 요즘 같은 세상에도 핸드폰 안 터지는 데가 다 있네, 하고 핀잔을 줬다.

안 그래도 유림은 그 문제 때문에 여기저기 알아보고 있는 중이었다. 아무래도 통신사에 문의를 해봐야 할 것 같았다.

그날 저녁, 모녀는 근처의 대형 마트로 향했다.

은아가 속옷이 작아져서 불편하다며 유림을 데리고 속옷 매장으로 향했다. 결국 사이즈를 재고 브래지어를 고른 뒤, 매장 이곳저곳을 돌아다니며 신나게 쇼핑을 즐겼다. 함께 립스틱을 고르고, 예쁜 화분을 고르고, 저녁 찬거리를 골랐다.

은아는 유림의 곁에서 함께 카트를 끌며 내내 행복한 얼굴로 종알종알 수다를 떨었다.

"어디, 이사도 했겠다. 고등학생 된 기념으로 핸드폰 새로 사줄까?"

"어? 정말?"

은아가 뛸 듯이 기뻐했다. 유림은 신이 난 은아를 데리고 휴대폰 매장으로 가서 최신형 스마트 폰을 손에 쥐어주었다. 선명한 분홍색의 케이스까지 선물 받은 은아의 얼굴이 오늘따라 더욱 밝게 빛났다.

그리고 돌아와서 식사를 마친 후, 유림은 거실 바닥에 엎드려 과자를 먹으며 TV를 시청했다. TV에서는 한창 홈쇼핑이 방송 중이었다. 쇼 호스트 둘이 서로 이야기를 나누며 열띤 광고를 펼쳤다.

[보십시오. 팩 하기 전과 후가 확연히 다릅니다.]

[어쩜 딱 한 장 했을 뿐인데, 잡티가 반 이상 줄었어요!]

[네, 저도 어젯밤에 하고 나왔는데요. 정말 믿기지 않을 정도로 뽀송뽀송해서 저희 남편이 저보고 누구냐고…….]

그 옆을 지나가던 은아가 한심하다는 듯 툭 말을 던졌다.
"헐. 저게 말이 돼? 남편이 못 알아본다는 게? 진짜 과장 완전 심하다."
그런 딸에게 유림이 심드렁한 목소리로 말했다.
"이게 그거야. 너도 해볼래?"
고개를 든 유림은 광고에서 나오는 것과 똑같은 마스크 팩을 하고 있었다. 유림의 그 모습에 은아가 언제 툴툴거렸냐는 듯 얼굴에 화색을 띠며 말했다.
"어? 진짜? 당근이지!"
금세 두 모녀는 마스크 팩을 붙이고 나란히 드러누워 TV를 보기 시작했다. TV에서는 어느새 홈쇼핑 대신 인기 드라마가 방송되고 있었다.
드라마를 보던 유림이 은아에게 넌지시 말을 꺼냈다.
"있지…… 엄마도 다시 연애하고, 돈도 많이 벌 거야."
은아는 자기도 모르게 웃음을 터뜨리곤 당돌하게 말했다.
"엄마. 그냥 연애만 하면 어때? 그리고 웬만하면 연하 만나라. 연하. 그게 트렌드라고."
유림은 기가 막혀 웃음을 터뜨리며 딸을 바라보았다. 그러다 문득 교문 앞에서 보았던 남학생의 얼굴이 떠올랐다.
"그런 너는? 나보다 네가 문제 아냐? 남자친구."
"나, 남자친구?"
"그 왜 첼로 들어주던 녀석. 이름이 뭐였지? 윤조안? 주한이었나?"

"윤. 조. 한. 남자친구 아니야. 그냥 같은 반 오빠야."

은아가 새침하게 고개를 흔들며 말했다. 하지만 유림은 어쩐지 조한이 신경 쓰여 견딜 수가 없었다. 함께 걸어올 때 은아의 얼굴에 맴돌고 있던 발그레한 기운이 떠올랐기 때문이다.

"괜찮은 애야? 날라리 아니야?"

"아니라니까. 그냥 좀 음······. 말이 없는 것뿐이야. 다른 평범한 애들이랑 똑같아. 너무 신경 쓰지 마."

유림은 그래도 걱정이 가시질 않아, 누운 채로 물끄러미 딸의 얼굴을 바라보았다. 엄마라서 그런 것인지는 몰라도 은아는 정말 너무 예쁜 아이였다. 객관적으로도 예뻤지만 은아에게는 풋풋하고 싱그러운, 순수한 소녀의 매력이 있었다. 아직 개화하지 않은 작은 꽃송이처럼.

유림은 결국 마음에 담아뒀던 말을 꺼내고야 말았다.

"······어쩌다 한번 잤다고 엄마처럼 결혼하겠다고 하면 안 된다."

은아가 그 소리에 벌떡 일어나 앉았다. 그리고 꽥 소리를 질렀다.

"뭐, 뭐야! 왜 엉뚱한 얘길 하고 그래?"

"아무튼 남자는 다 조심해야 해. 전부 늑대새끼들이니까."

"엄마!"

은아가 하얀 얼굴을 붉게 물들이더니 자신의 방으로 도망쳐 버렸다. 남겨진 유림은 한숨을 내쉬며 반쯤 마른 팩을 떼어냈다.

* * *

시간이 지날수록 은아의 마음속에선 조한의 자리가 조금씩 커져갔다. 조한을 만난다는 사실에, 지루했던 학교생활이 하루하루 설렘으로 가득 찼다. 뿐만 아니었다. 전엔 독서실에 갈 때마다 피곤한 마음에 한숨을 내쉬곤 했는데, 이제는 빨리 가고 싶어서 종종걸음을 칠 정도였다.

수민의 말대로 조한은 일진이었지만 그렇게까지 나쁜 짓을 일삼지는 않는 것 같았다. 성적이 나쁘지 않다는 것도 한몫했다.

공부 잘하는 문제아가 어디에 있겠는가.

그러던 어느 날이었다. 조용한 교실, 칠판엔 〈자율 학습〉이라는 글씨가 적혀 있었다. 졸거나 책을 읽거나 밀린 숙제를 하는 아이들 사이에서 은아는 유독 안절부절못하는 얼굴로 핸드폰을 만지작거렸다.

지난 주말 유림은 베이킹을 하지 않은 지 오래됐다며 연습이나 해볼까 하는 마음에 은아를 데리고 빵과 쿠키 재료를 잔뜩 사 왔다. 부지런히 옆에서 돕다 보니 문득 조한이 생각난 은아는, 저도 모르게 조한에게 주기 위해 몇 개의 초콜릿 쿠키를 따로 챙겨 넣은 터였다.

작은 상자 안에 옹기종기 모인 아홉 개의 쿠키. 은아는 가방을 한 번 보고 다시 핸드폰을 만지작거렸다. 그리고 용기를 내어 메시지를 보내기 시작했다.

- 엄마 오늘은 수민이랑 알아서 갈게. 엄만 안 와도 돼.

전송 버튼을 누르고 얼마 지나지 않아 유림에게서 답장이 왔다.

- 그래. 엄마도 가게 공사 때문에 늦을 거 같아.

은아는 늦는다는 엄마의 답장을 보며 마른침을 삼켰다. 살짝 시선을 옮겨 조한의 자리를 바라보니, 그는 의자에 등을 기대고 삐딱한 자세로 앉아 볼펜을 돌리고 있었다.

별것도 아닌데 자꾸만 긴장이 됐다. 핸드폰을 들고 화면을 켰다가 끄고, 또다시 켰다가 끄는 일이 반복되었다. 은아가 자습에 집중하지 못하고 계속 한숨만 내쉬자, 수민이 이상하다는 얼굴로 쳐다보기도 했다.

한참을 망설인 끝에야 은아는 조한에게 메시지를 보낼 수 있었다. 키패드를 두드리는 손가락이 축축해질 정도로 잔뜩 긴장한 모습이었다.

- 이따가 독서실에서 볼 수 있어요? 드릴 게 있어요.

잠시 눈을 감고 호흡을 고르던 은아는 그대로 전송 버튼을 눌렀다. 음악을 들으며 볼펜을 돌리던 조한이 핸드폰을 확인하는 모습이 보였다. 은아는 차마 그쪽을 쳐다보지도 못한 채 책상 위로 엎드리고 말았다.

조한은 뜻밖에 금방 답장을 해주었다. 은아는 책상 서랍 속에서 부르르 진동하는 핸드폰을 들고 하마터면 꺅 소리를 지를 뻔했다. 학교 수업이 끝나고 수민의 손을 잡고 독서실로 온 은아는, 발갛게 상기된 얼굴로 비장하게 고백했다.
"나 오늘 옥상에서 조한 오빠랑 만나기로 했어. 단둘이."
자판기에서 커피를 뽑던 수민아 번쩍 고개를 들었다. 뭔가 잘못 들은 게 아닌가 하는 얼굴이었다. 두 눈을 크게 뜨고 은아를 살펴보더니 굳은 목소리로 물었다.
"너…… 진짜야? 정말 가려고?"
"응. 왜 그렇게 놀라?"
은아가 웃었다. 의기양양하게 주머니에서 핸드폰을 꺼내더니 조한이 보낸 메시지를 수민에게 보여주었다.
- 그래. 이따 보자.
- 10분 후에 옥상으로 나올래? 혼자만.
정말이었다. 은아의 핸드폰엔 조한이 보낸 두 개의 메시지가 저장되어 있었다.
"아……. 어떡해, 어떡해."
은아는 발갛게 물든 뺨을 손바닥으로 문지르며 좋아서 어쩔 줄 모르겠다는 듯 발을 동동 굴렀다. 하지만 수민의 얼굴은 은아와 정반대였다. 뻣뻣하게 굳은 얼굴로 빠르게 눈을 깜박이더니, 마시지도 않은 커피를 쓰레기통에 던지고 은아의 손목을 잡았다.

"……가지 마."

"응? 왜?"

"가면 안 돼. 은아야."

수민의 얼굴이 전에 없이 진지했다. 하지만 이미 잔뜩 들뜬 은아의 눈엔 아무것도 보이질 않았다.

"왜 안 되는데?"

은아가 다시 물었다. 수민은 은아의 시선을 교묘하게 피하기만 할 뿐, 그 이유에 대해선 말을 하지 않았다.

"너도 조한 오빠 좋아해?"

"뭐? 설마! 그게 아니라……. 그냥 왠지 나쁜 예감이 들어서……."

"에이, 그런 게 어디 있어."

은아가 그렇게 생각하는 것도 당연했다. 수민이 제대로 된 대답을 하지 못하자 은아는 입술을 삐죽이다 빙긋 웃었다. 한 손으론 핸드폰을 들고 한 손으론 볼을 문지르며 조한이 보낸 메시지를 읽고 또 읽었다.

수민은 행복해 보이는 은아의 뒷모습을 바라보다가 입술을 깨물었다.

* * *

 드디어 약속한 시간이 왔다. 은아는 두근거리는 가슴에 초콜릿 상자를 안고 독서실 옥상으로 향하는 계단을 올라갔다.
 독서실을 나서기 전까지 은아보다 더 불안해하던 수민의 얼굴이 문득 떠올랐지만 크게 신경 쓰지 않기로 했다. 질투인 것 같기도 하고, 걱정인 것 같기도 했지만 지금 은아의 머릿속엔 오직 조한 생각뿐이었다.
 왜 혼자만 나오라고 했을까.
 은아의 머릿속은 온통 핑크빛이었다. 단둘이 만나서 할 이야기라는 게 무엇이겠는가. 요즘 들어 눈이 마주칠 때마다 유난히 은아를 오래도록 응시하는 조한이었기에, 은아는 혼자만의 상상을 펼치느라 옥상으로 올라가는 계단이 유난히 어둡다는 사실조차 인식하지 못하고 있었다.
 어쩌면 조한은 은아에게 고백하려는 건지도 모른다.
 은아는 저도 모르게 짧은 헛숨을 들이켰다. 정말로 그런 일이 일어난다면 뭐라고 대답해야 할까. 오늘 초콜릿을 가져와 정말 다행이라는 생각이 들었다.
 유은아 인생의 첫 남자친구였다. 꿈꿔왔던 꽃미남 엄친아는 아니었지만, 그래서 더 마음이 끌렸다. 어딘가 어둡고 서늘해 보이는 분위기도 또래의 다른 남자애들과 달라 보여 좋았다.

은아는 계속해서 어두운 독서실 계단을 올라갔다. 너무 어두워 몇 번이나 발을 헛디딜 뻔했지만 멈추지 않았다.
끼이익.
옥상 문이 열렸다. 그곳도 계단실과 마찬가지로 무척 어두웠지만 먼발치에 서 있는 조한의 모습만은 똑똑히 보였다. 조한은 난간에 기댄 채 살짝 손을 들어 은아에게 인사를 건넸다. 은아는 들고 있던 초콜릿을 재빨리 등 뒤로 감추었다.
"아, 오빠…… 안녕하세요."
잠시 숨을 고르던 은아는 조심스레 조한에게 다가가, 감추었던 초콜릿 상자를 내밀었다. 엄마와 함께 매장에서 골랐던 그 상자였다.
"저 이거……. 직접 만들었어요. 오빠 주려고."
조한은 묵묵히 초콜릿을 받아 들었다. 그리고 리본을 풀고 상자를 열었다. 하트 모양으로 귀엽게 만들어진 초콜릿과 쿠키가 예쁘게 포장되어 있었다. 초콜릿을 보던 조한은 무표정한 얼굴로 스윽, 은아를 바라보았다.
"어, 어때요?"
"……."
"잘못 만들었나요? 마음에 안 들어요?"
"……딱히 그런 건 아닌데."
조한의 반응은 왠지 차가웠다. 조한이 기뻐해줄 거라 생각했던 은아는 풀이 죽을 수밖에 없었다. 그런 은아에게 조한이 낮은 목소리로 물었다.
"너 혼자 왔지?"
은아가 고개를 끄덕이자 조한은 살짝 주변을 살펴보았다. 은아가 혼자 왔다는 것을 확인한 그는 살며시 그녀에게 다가갔다. 은아는 잔뜩 긴장한 얼굴로 조한을 올려다보았다.
"오, 오빠?"
"가만히 있어."
조한이 다가와 살며시 은아를 끌어안았다. 은아는 그런 조한에게 몸을 기댄 채 얼굴을 붉혔다. 조한의 몸에서는 담배 냄새가 흐릿하게 배어 나왔지만 왠지 싫지 않았.
그런데 그때, 둘만 있는 줄 알았던 옥상에서 부스럭거리는 낯선 인기척이 느껴졌다. 누군가가 건물 환풍기 뒤쪽에 숨어 있던 것이었다. 조한과 비슷한 또래로 보이는 불량스러운 남학생들이었다.
요란하게 염색한 머리에 몇 개인지 알 수 없는 피어싱 자국, 그리고 느릿느릿 삐딱한 걸음걸이. 두 사람이 천천히 걸어 나오며 비릿한 웃음을 흘렸다.

유은아.

"헐. 씨발. 진짜 왔네."

둘 중 하나가 은아의 얼굴을 확인하더니 손가락질을 하며 킥킥거렸다. 은아는 영문을 몰라 굳은 얼굴을 들어 올렸다.

"이 병신 같은 년 진짜 뻑 갔네. 아아, 간만에 몸 좀 풀겠다, 야."

이상했다. 그들이 도대체 왜 이러는지, 무슨 말을 하고 있는 건지 이해할 수가 없었다. 은아는 어깨를 잔뜩 움츠리고 조한의 등 뒤로 숨었다. 본능적인 두려움이 차올랐다.

은아는 조한의 등에 달라붙은 채 떨리는 목소리로 누구냐고 물었다. 그런데 조한은 은아의 말에는 대답하지 않은 채, 다가온 두 사람과 고갯짓을 하며 인사를 주고받았다.

"오빠……?"

조한은 묵묵히 입을 다물고 있었다. 은아가 믿을 수 없다는 얼굴로 그를 향해 시선을 들어 올리자, 그들 중 한 명이 조한을 향해 장난스럽게 경례를 하며 이야기했다.

"야, 윤조한 이 개새끼…… 수고했다. 저년 생긴 걸 보니 완전 새삥이네. 좆나 맛있겠다."

다른 한 명도 웃음을 흘리며 말했다.

돈 크라이 마미 | 67

"그러게, 완전 쫄깃하겠어. 이게 얼마만이냐?"

믿을 수가 없었다. 은아는 바짝 달라붙어 있던 조한의 등에서 한 걸음을 물러섰다. 그리고 온몸을 부들부들 떨며 물었다.

"오빠? 뭐, 뭐예요?"

조한은 이번에도 아무 대답이 없었다. 은아에게 등을 보인 채 가만히 서 있던 그는 그저 바람 같은 한숨을 길게 흘리더니 천천히 앞으로 걸었다.

옥상 시멘트 바닥을 울리는 그의 운동화 소리가 점점 멀어졌다. 은아의 둥근 눈에 공포가 차올랐다. 한 사람이 조한의 어깨를 툭툭 두드리더니 어깨동무를 하고, 다른 한 사람은 점퍼 주머니 속에서 청 테이프를 꺼내 들었다.

"아…… 안 돼."

은아가 입 속으로 조그맣게 중얼거렸다. 살려달라는 듯 애처롭게 조한을 바라보기도 했다. 하지만 그는 은아와 눈조차 마주치지 않았다. 비스듬히 서서 옥상 너머 먼 번화가를 바라보며 서 있을 뿐이었다.

찌이이익.

테이프 뜯어지는 소리가 들렸다. 은아가 한 걸음 더 뒤로 물러났다. 하지만 이제 곧 난간이라, 더는 도망갈 구석이 없었다. 두 사람의 웃음소리가 한층 짙어졌다.

은아는 어두운 옥상 구석으로 끌려갔다.

끌려가면서도 주머니 속에 들어 있는 핸드폰을 놓지 않고 계속해서 엄마에게 전화를 걸었지만 소용이 없었다. 은아의 작고 힘없는 반항은 녀석들에게 그저 새로운 유흥거리를 안겨줄 뿐이었다.

은아는 테이프가 붙여진 입안에서 계속 '엄마'라는 말을 비명처럼 외쳤다. 하지만 녀석들에겐 그저 웅얼거리는 소리로만 들릴 뿐이었다.

너무 놀란 나머지 비명 한 번 질러보지 못한 은아는 두 팔과 머리를 잡힌 채 질질 끌려갔다. 겁먹은 눈으로 조한을 바라보았지만 그는 은아에게서 멀찌감치 떨어진 채 서 있을 뿐이었다.

두 사람의 시선이 마주쳤다. 은아는 마지막 희망을 담아 애원하는 눈으로 조한을 바라보았다. 그가 이런 짓을 하다니 믿을 수가 없었다. 작은 신음과 함께 서러운 울음이 흘러나왔다.

"뭘 그렇게 쳐다봐?"

조한이 말했다. 은아의 희망이 산산이 부서졌다. 은아가 조한에게 건네줬던 초콜릿 상자가 차가운 시멘트 바닥에 내팽개쳐졌다. 상자가 열리며 그 안에서 작은 초콜릿과 쿠키가 튀어나와 바닥을 굴렀다.

그리고 조한의 발에 밟혀 형체도 남기지 않고 부서졌다.

순간 은아는 옥상으로 가지 말라던 수민의 말이 떠올랐다. 이제 와 후회해봤자 늦은 일이었지만 어쩔 수가 없었다. 이리저리 휘둘리던 몸에 서늘한 공기가 닿았다. 한 사람이 은아의 교복 재킷을 벗기고 블라우스를 잡아당기고 있었다.
 "씨발. 피부 봐. 좆나 싱싱해. 야. 내가 일빠다."
 "좆 까, 병신아! 넌 저번에 일빠했잖아! 이번엔 나야, 씹새야."
 어두웠다. 눈을 뜨고 있었지만 아무것도 보이지 않았다. 상대의 얼굴조차 확인할 수가 없었다. 은아는 비명조차 지르지 못했다. 크게 치떠진 눈엔 그저 어두컴컴한 밤하늘만이 가득 차 있을 뿐이었다.
 하염없이 눈물만 흐를 뿐, 은아가 할 수 있는 일은 아무것도 없었다.
 누군가 길게 웃으며 핸드폰을 꺼내 들었다. 그들이 입에 문 담뱃불이 짐승의 눈처럼 붉게 빛났다.

3

집으로 돌아가던 유림은 고개를 들어 아파트를 바라보았다. 아직까지 집에 불이 모두 꺼져 있었다.

'벌써 자나?'

유림은 하루 종일 가게를 치우고 정리하느라 완전히 녹초가 되어 있었다. 오래 비워뒀던 가게라 그런지, 청소 상태도 문제였지만 수도나 가스 시설 등 하나부터 열까지 멀쩡한 곳이 없었다.

유림은 비틀거리는 걸음을 옮겨 집으로 향했다.

현관을 열자 깊은 어둠이 유림을 기다리고 있었다. 지친 몸을 이끌고 집 안으로 들어간 후 식탁 위에 가방을 던지듯 내려놓고는 냉장고 문을 열어 찬물을 벌컥벌컥 들이켰다. 그러다 문득 집이 지나치게 고요하다는 사실을 깨달았다. 뒤늦게 불을 켜자 모든 것이 유림이 나가기 전의 상태와 같다는 것을 발견할 수 있었다.

뭔가 이상했다. 유림은 본능적으로 현관을 살펴보았다. 은아의 신발이 보이질 않았다.

유림은 그제야 뭔가가 잘못됐다는 사실을 깨달았다. 그녀는 다급하게 은아의 방문을 열어보았다. 은아는 없었다. 가방도 없었다. 은아는 연락도 없이 이렇게 늦게까지 돌아다닐 아이가 아니었다. 유림은 조금씩 떨리기 시작한 손을 움직여, 식탁 위에 던져둔 핸드백을 집어 들고 그 안에서 핸드폰을 찾았다.

그러다 핸드폰 액정 화면을 확인하고 놀란 눈을 크게 떴다.

가게에서 신호가 잡히지 않는다는 사실을 까맣게 잊어버리고 있던 것이 화근이었다. 핸드폰은 유림의 가방 안에서 의미 없이 몸을 떨고 있었다. 돌아오는 길엔 차창을 살짝 열어놓고 왔던 탓에, 핸드백 안에서 뒤늦게 울리기 시작한 핸드폰 진동을 알아채지 못했던 것이다.

〈[애니콜 SOS] 위급상황입니다. 도와주세요. - 유은아 내 새끼.〉

은아가 보낸 구조 요청 메시지였다.

뿐만 아니었다. 그 외에도 부재중 전화가 무려 11통이나 와 있었다. 모두 수민에게서 온 것이었다. 유림은 다급한 마음에 얼른 은아에게 전화를 걸어보았다. 하지만 신호음만 울릴 뿐, 은아는 전화를 받지 않았다.

유림의 머릿속이 하얗게 변했다.

분명 무슨 일이 일어난 게 틀림없었다. 엄청나게 기분 나쁜 예감이 들었다. 유림은 그대로 집을 뛰쳐나왔다. 온몸을 내리누르던 피로는 흔적도 없이 사라진 상태였다. 문단속도 하지 않고 달리듯 집을 나와, 자동차를 타고 시내를 내달렸다.

목적지는 은아의 독서실이었다.

유림은 운전을 하면서도 계속해서 수민에게 전화를 걸었다. 하지만 어떻게 된 일인지 수민도 전화를 받지 않았다. 유림의 속이 타들어갔다. 독서실에 거의 도착할 때쯤에야 드디어 수민에게서 전화가 왔다.

유림은 생각할 것도 없이 전화를 받았다. 그리고 답답한 마음에 따지듯이 물었다.

"수민이니? 우리 은아 어디 있니?"

하지만 전화기 너머에서 들려오는 목소리는 수민이의 것이 아닌 웬 낯선 남자의 것이었다.

"안녕하세요, 은아 어머니. 저는 00경찰서 오현식 경사입니다."

도대체 무슨 일일까. 경찰서라니. 유림의 불안은 점점 더 커져만 갔다.

"경황 중에 죄송합니다만 은아가 사고가 났습니다."

"……네?"

유림은 도저히 믿을 수가 없었다. 마치 누군가 악질적인 장난을 치고 있는 것만 같았다.

"은아는 지금 ○○병원 응급실에 있습니다. 자세한 것은 오시면 설명 드리겠습니다."

도무지 무슨 일인지 모르겠다고, 그래서 지금 우리 은아가 어쨌다는 거냐고 되물어봤으나 전화기 너머에서 돌아온 건 곤란해하는 목소리뿐이었다.

"전화로 말씀 드릴 상황이 아닙니다. 일단 오셔서 이야기를 했으면 합니다."

갑자기 힘이 빠졌다. 유림은 들고 있던 전화기를 떨어뜨리고 말았다. 떨어진 전화기에서 계속 남자의 말이 흘러나왔다. 하지만 유림의 귀에는 하나도 들리지 않았다.

'은아······. 우리 은아가 응급실에······.'

병원은 가까운 곳이었다. 혼비백산한 눈으로 어두운 차창 밖을 바라보던 유림은 이내 이를 악물고 힘차게 액셀러레이터를 밟았다.

* * *

병원에 도착하기까지는 10분도 채 걸리지 않았다.

응급실 앞에선 수민과 어떤 남자가 창백한 얼굴로 이야기를 나누고 있었다. 하지만 유림의 눈에는 그들의 모습이 보이지 않았다. 유림은 실성한 사람처럼 허둥거리며 수민과 남자를 지나쳐 달려갔다.

응급실 안으로 들어가자 독한 소독약 냄새가 풍겨 왔다. 유림은 떨리는 손을 움켜쥐고 은아를 찾았다. 그리고 하얀 커튼이 단단히 드리워진 한 침대 앞에 섰다. 〈유은아〉라고 적힌 이름이 보였다.

은아가 그곳에 있었다.

커튼을 걷고 안으로 들어가자, 죽은 사람처럼 새파랗게 질린 얼굴로 잠든 은아의 얼굴이 보였다. 처참한 모습이었다. 교복 재킷은 어디로 갔는지 보이지 않고, 블라우스는 너덜너덜하게 찢어져 있었다. 하얀 얼굴엔 생채기가 가득했다. 핏기 없는 얼굴엔 말라붙은 눈물 자국만 남아 있었다.

"……은아야?"

턱이 덜덜 떨렸다. 유림은 이게 도대체 어찌된 일인지 알 수가 없었다. 무너지듯 힘이 풀리는 다리를 간신히 움직여, 지나가던 간호사 한 명을 붙잡고 따지듯 외쳤다. 뭐냐고, 대체 뭐가 어떻게 된 거냐고.

간호사는 은아 쪽을 한번 흘끗하더니 난처한 얼굴로 유림을 다독였다. 의사 선생님을 모셔 올 테니 일단 진정하고 계시라는 뜻이었지만, 그 말은 오히려 유림을 자극할 뿐이었다.

"지금 진정하게 생겼어요? 애가 갑자기 저 지경이 됐는데……!"

 유림의 목소리가 커지자 흰 가운을 입은 응급실 담당 의사가 달려왔다.

 "환자 어머니 되시나요?"

 유림은 미친 듯이 고개를 끄덕이며 자신이 은아의 엄마라고 밝혔다.

 그러나 급히 달려온 것에 비해 의사의 상황 설명은 곧장 이어지질 않았다. 경직된 얼굴로 곁에 서 있던 간호사와 시선을 주고받으며 난감해할 뿐이었다. 두 사람의 얼굴에 떠올라 있는 깊은 동정심에 유림은 점점 더 미칠 것만 같았다.

 유림이 얼굴을 구기며 재촉하기 직전에야, 한동안 망설이던 의사가 어렵사리 입을 열기 시작했다.

 "이게 참……. 이번 일은 어머니에게만 드릴 수 있는 말이라서요. 은아는……."

 잠시 후.

 의사의 말이 끝난 뒤, 유림은 응급실 바닥에 주저앉고 말았다.

* * *

 은아는 시간이 지나도 깨어나지 않았다. 유림은 충격에 휩싸인 얼굴로 응급실 의자에 몸을 기대고 앉아 있었다.

얼마가 지났을까. 낯선 남자가 수민과 함께 다가왔다. 그는 자세를 낮춰 유림과 눈높이를 맞추더니 작은 목소리로 이야기했다.

"은아 어머니."

유림은 그제야 고개를 들어 남자를 바라보았다. 남자가 경찰 배지를 꺼내 보이며 차분한 목소리로 인사했다.

"안녕하세요, 은아 어머니. 조금 전에 전화 드렸던 오 형사입니다. ······설명은, 의사 선생님께서 모두 해주셨죠?"

들었다. 그 어이없고 끔찍한 이야기들을 모두.

술을 마신 것도 아니건만 유림은 마치 끔찍한 숙취를 겪고 있는 기분이었다. 속이 뒤집히고 머리가 지끈거리다 못해 멀미를 할 것만 같았다. 그나마도 이렇게 버티고 앉아 있을 수 있는 건, 아직까지 잠에서 깨어나지 못하고 있는 은아 때문이었다.

유림이 참담한 목소리로 중얼거렸다.

"형사님. 우리 애가······. 뭘 잘못한 건가요?"

그랬을 리 없다고 생각하면서도 반사적으로 말이 그렇게 나왔다.

"뭘 잘못해서 그런 게 아닙니다. 범죄 사고니까요. 은아는 피해자입니다."

범죄 사고, 피해자······.

멍한 얼굴로 그의 말을 중얼거리던 유림은 오 형사 뒤쪽에서 있는 수민을 발견했다. 수민은 살짝 젖은 눈으로 고개를 숙인 채 입을 다물고 있었다.

"수민아. 은아랑 같이 있지 않았니?"

수민은 눈치만 볼 뿐 답이 없었다. 유림은 답답한 마음에 울먹이며 다그치기 시작했다. 은아는 언제 어떻게 발견했냐는 질문과, 왜 곧바로 연락하지 않았냐는 항변이 뒤섞인 다그침이었다.

수민은 그제야 기어드는 목소리로 겨우 입을 열었다.

"……전화했어요. 되게 많이 했어요. 그런데 안 받으셨어요."

말문이 막혔다. 확실히 수민이 걸었던 부재중 전화가 떠올랐다. 그리고 그때 자신은 무엇을 하고 있었는지 생각했다.

후회가 됐다. 굳이 돈 좀 아껴보겠다고 거기서 그러고 있으면 안 되는 거였다. 심지어 은아의 수업이 끝날 때쯤에 일을 멈추기만 했어도 될 일이었다. 청소 같은 건 천천히 해도 되는 거고, 애초에 사람을 사서 했으면 간단히 끝났을 것을 대체 바보같이 왜 그랬을까.

아니, 처음부터 그 가게를 얻는 것이 아니었다. 핸드폰이 잘 터지지 않는다는 사실도 알고 있었으면서…….

은아가 데리러 오지 말라고 했어도 데리러 갔어야 했다. 학교 앞에서 기다렸다가 독서실에 직접 데려다주고, 중간 중간에 확인 전화도 하고…….

질끈 감은 유림의 눈에서 뜨거운 눈물이 흘러내렸다.
"저……. 은아 어머니. 힘드시겠지만…… 서에 좀 나와 주셔야겠습니다."
얼굴을 감쌌던 유림은 고개를 들어 오 형사를 바라보았다. 은아를 여기에 이렇게 혼자 놔두고 따라오라는 건가?
시선의 의미를 눈치챈 오 형사가 고개를 저으며 얼른 말을 덧붙였다.
"아, 지금 당장 나오시라는 건 아니고요. 은아 회복하는 거 지켜보시다가 와주세요. 되도록 두 시간 이내에 경찰서로 나와 주시면 좋구요. 그럼 먼저 가서 기다리고 있겠습니다."
살짝 시계를 보며 얘기한 오 형사는, 수민에게 눈짓을 보내고 자리에서 일어났다. 그저 망연자실하게 앉아만 있던 유림이 그 모습에 고개를 번쩍 치켜들고 물었다.
"도대체 누가 그런 거예요?"
꼭 물어봤어야 할 질문이 이제야 생각난 것이다. 그러나 오 형사의 대답은 다소 엉뚱했다. 범인들은 지금 다 잡아놨으니 걱정 말라는 것이었다. 유림은 문득 의혹이 들었다. 잡아놨다면서, 왜 누구라고 정확히 말을 안 해주지?
"그러니까 누구냐고요!"
오 형사는 독기 서린 유림의 눈을 보며 잠시 머뭇거리다가 깊은 한숨을 내쉬며 말했다.

돈 크라이 마미 | 79

"학생……들입니다. 같은 학교 고등학생들. 정황은 현재 조사 중이고요."

애들이 그랬다고? 그것도 같은 학교 애들이?

유림은 기가 막혀서 되물었다.

"애들이 은아를 왜요? 아니, 신고는 도대체 누가 한 거죠?"

유림의 질문에 오 형사가 옆의 수민을 힐끔 쳐다봤다. 그러자 수민이 살짝 앞으로 나서며 자신이 했다고 이야기했다.

"그때 같이 있었어? 은아 당할 때 너도 옆에 있었던 거니? 얘기 좀 해봐, 수민아!"

수민에게 달려들어 어깨를 잡고 다그치자 오 형사가 앞으로 나섰다.

"자, 자. 은아 어머니. 지금 수민 학생도 충격이 큰 상태니 너무 추궁하지 마시고요. 자세한 것은 서에서 설명 드리겠습니다. 아, 은아 양 소지품은 이쪽에 있으니 잘 챙기시고요."

오 형사가 가리킨 곳에는 은아의 소지품들이 놓여 있었다. 흙이 묻은 가방, 케이스가 잔뜩 긁힌 휴대 전화, 그리고 구겨진 초콜릿 상자였다.

"그럼 전 먼저 가 있겠습니다. 자, 수민이도 가자."

오 형사의 말에 수민이 유림에게 꾸벅 인사를 했다. 그리고 오 형사를 따라 쫓기듯 병원을 빠져나갔다.

유림은 떨리는 손으로 은아의 소지품들을 모아들고 엉망이 된 핸드폰을 바라보았다. 새 핸드폰이 생겼다며 기뻐하던 은아의 얼굴이 떠올랐다.

소지품을 품에 안고 다시 은아의 앞으로 돌아온 유림은, 링거를 맞고 잠들어 있는 딸의 얼굴을 오래도록 바라보았다. 말할 수 없이 침통한 기분이 들었다. 이제부터 어떻게 해야 하는지, 도무지 알 수가 없었다. 하염없이 흐르는 눈물을 닦을 생각조차 들지 않았다.

'나 때문이야. 전부 나 때문이야……'

엄마가 지켜줬어야 했는데.

그 생각만이 머릿속을 뒤흔들며 메아리처럼 울릴 뿐이었다.

유림은 은아가 깰까봐 소리도 내지 못하고 엎드려 울었다. 심장이 깨지고, 뱃속이 타오르는 듯한 고통이었다.

* * *

자정이 다 돼 가는 시각, 유림은 조서를 쓰기 위해 경찰서를 찾아갔다. 서에 들어서자마자 오 형사가 먼저 다가와 그녀를 자리에 앉혔다. 그리고 컴퓨터 자판을 두드리며 간단한 질문을 해나갔다.

"저녁 8시에서 10시 사이에 어디 계셨어요?"

은아가 당한 시간이 8시에서 10시 사이구나…….

평소 유림이 은아를 데리러 독서실에 마중 가는 시간은 10시쯤. 하지만 8시에서 10시 사이라면 독서실에서 한창 공부를 하고 있을 시간이다. 그럼 집에 빨리 돌아오려다가 일이 터진 건가?

유림은 반사적으로 떠오르는 복잡한 생각들에 넋이 나간 얼굴로 느릿느릿 대답했다.

"가게에서 청소하고 있었어요……. 물이 안 나와서 고생하다가 기술자를 부르고……."

"전화기는 꺼놓으셨던 거죠?"

꺼놓은 것은 아니었다. 신호가 닿질 않았으니 전화기가 꺼졌다고 판단했던 모양이다.

원래 전화가 잘 안 되는 곳이라고 말하려는 참에, 부하로 보이는 누군가가 오 형사에게 다가왔다. 그러더니 뭔가를 오 형사 귀에 수군거렸다.

"잠시만 기다려 주시겠습니까? 처리할 일이 생겨서 말이에요."

유림이 멍한 얼굴로 고개를 끄덕이자, 두 사람은 곁눈질을 하더니 자리에서 일어나 어디론가 사라졌다.

경찰서 안은 늦은 시간임에도 어수선한 분위기였다. 바쁜 듯 이리저리 움직이는 경찰과 알 수 없는 말을 중얼거리는 취객들, 그리고 험악한 욕설을 내뱉으며 몸부림치는 사람들까지. 유림은 마치 저 혼자 현실과 동떨어진 것처럼 가만히 앉아 그들을 바라보았다.

병원에 있을 때도 실감이 나지 않았는데, 지금은 더더욱 그저 악몽 같았다.

그러나 아무리 외면해도 상황은 나아지지 않았다.

의사가 한 말이 계속해서 귓가에 맴돌았다. 여러 명에게, 반복적으로, 구타, 상처, 출혈, 처녀막, 질 파열, 감염 가능성······.

그것도 같은 또래의 고등학생에게.

도저히 믿을 수가 없었다.

그러던 중 유림은 한쪽 취조실이 유난히 시끄럽다는 사실을 눈치챘다. 오 형사를 데려갔던 경찰이 앞서 걸어 나오는 가운데, 고등학생인 것으로 보이는 세 사람이 그 뒤를 따르고 있었다. 앳된 얼굴들에 짜증을 가득 담은 채 험악한 욕을 뱉어내고 있었다.

"아······. 씨발 년이 진짜. 아, 재수 털려."

"이번엔 진짜 퇴학 먹는 거 아냐?"

앞서 걷고 있는 두 녀석이 킬킬거리며 떠들었다. 뒤에서 두 녀석을 따라가는 소년만이 묵묵히 입을 다물고 있었다.

"씨발, 퇴학시키라 그래. 이쪽에서 환영이다, 개새끼들."

"크크큭, 그나저나 너 봤지? 쌍년이 내가 딱 돌리려고 하니깐 좆나 부들부들 떠는 거. 그냥 정신 차리라고 한 대 깠는데 좆나 눈이 허옇게 뒤집어져선······. 어휴, 내가 씨발 놀래

가지고 진짜."

"야 이 씹 새끼야, 그러니까 내가 그거 하지 말라 그랬잖아. 잘나가다가 니 쇼 한답시고 무리수 둬서 이렇게 된 거 아냐? 씨발 나까지 좆나 쪼그라들었다니까."

"지랄, 내가 알았냐? 그 년 무슨 간질이라도 있는 거 아냐?"

유림은 감전이라도 된 듯 굳은 채 벌게진 눈으로 그들을 바라보았다. 본능적으로 알 수 있었다. 분명 은아와 관련된 이야기다.

유림은 무언가에 홀리기라도 한 것처럼 자리에서 스르르 일어나 세 사람에게 다가갔다. 앞에서 큰 소리로 떠들던 두 놈은 처음 보는 얼굴이었지만, 뒤에서 조용히 따라오는 한 녀석은 유림도 아는 얼굴이었다.

윤조한. 교문 앞에서 은아의 첼로 가방을 들어주던 아이.

"너는……!"

유림의 얼굴을 알아 본 조한이 슬쩍 눈길을 피했다. 기가 막혔던 유림이 할 말을 잃고 멍하니 서 있는 가운데, 앞에서 걸어가던 두 녀석의 대화가 계속해서 들려왔다.

"아, 씨발……. 독서실에서 닌텐도 안 가져왔다. 아, 씹……."

"벌써 어떤 새끼가 뽀려 갔겠네. 헉, 나도 피습 놓고 왔네."

"푸하하, 이 병신 새끼. 크크크크."

믿을 수가 없었다. 유림은 멍한 시선을 조한에게서 앞의 두 녀석에게로 옮겼다. 이 세상에 사람으로 태어난 악마가 있다면 저런 모습일까 싶었다. 아무 생각 없이 내뱉는 것이 분명한 말 한 마디 한 마디가 유림이 듣기엔 모조리 독이고 병균이었다. 듣는 것만으로도 뱃속이 울렁거리고 숨이 막혔다.

은아는 병원 침대에 누워 간신히 숨만 쉬고 있는데, 저 악마 같은 것들은 두고 온 게임기 타령을 하고 있는 것이다.

유림이 무시무시한 눈으로 그 둘을 노려보기 시작했다. 녀석들도 그때에야 뭔가 분위기가 이상하다는 사실을 깨달았는지 유림을 향해 고개를 돌렸다.

"뭐야, 왜 꼬나봐……. 아줌마 뭐예요?"

"구경났나, 왜 자꾸 쳐다봐?"

결국 참다못한 유림이 두 사람에게 뛰어들었다. 그리고 한 녀석의 멱살과 머리를 잡고 매달렸다.

"아니, 이 아줌마가 왜 이래?!"

유림에게 멱살을 잡힌 녀석은 기분 나쁘다는 듯 거센 힘으로 유림을 밀쳐냈다. 우당탕 소리와 함께 경찰서 바닥에 쓰러진 유림은 붉어진 눈으로 녀석을 노려보았다. 그때 취조실을 나서던 오 형사가 유림을 발견하곤 재빨리 달려왔다. 그리고 부축해 일으키며 소리 질렀다.

"야! 송 형사! 저 새끼들 유치장에 집어넣어! 빨리!"

"아, 씨발! 갑자기 왜요!"

"아저씨 살살 좀 해요, 아프잖아!"

다른 형사들에게 목덜미를 잡혀 끌려가는 중에도 녀석들은 입을 다물지 않았다. 죄책감이나 뉘우침 같은 건 어디에도 없었다. 그저 이 상황이 짜증나고 황당하다는 얼굴이었다.

저들이 과연 인간이기는 한 것인가. 유림은 타오르는 분노에 어찌할 줄을 모르고 온몸을 덜덜 떨었다.

녀석들과 한 걸음 떨어져 서 있던 조한도 형사들의 손짓에 걸음을 옮기기 시작했다. 조한은 그들을 노려보는 유림의 시선을 피하며 끝까지 눈을 마주치지 않았다.

"……저놈들이죠?"

유림이 물었다. 오 형사는 대답하지 않았지만 굳이 답을 들을 필요도 없었다.

유림이 다시 녀석들에게 달려가려 했지만, 부축하고 있던 오 형사가 재빨리 유림을 붙잡았다.

"일단 저하고 자리로 가시죠. 은아 어머님."

"저렇게 어린놈들이었단 말이에요? 우리 은아를 해친 게?"

억장이 무너졌다. 유림은 한 손으로 가슴을 누르며 힘겹게 얕은 숨을 쉬었다. 정말로 고작 열일곱, 혹은 열여덟의 나이. 바르고 좋은 것만 보기에도 모자란, 지나고 나면 찰나처럼 느껴질 빛나는 나이에…….

녀석들은 은아를 망쳐놓고도 놀이처럼 즐기고 있었다.

"아주 질이 나쁜 녀석들입니다. 특히 박준, 한민구. 저 두 녀석은."

오 형사의 말대로였다. 두 녀석은 유치장에 들어간 뒤에도 웃고 떠드느라 여념이 없었다.

유림은 그들을 그저 멍하니 바라볼 수밖에 없었다.

"쟤들 중 한 명, 저 뒤에 있는 애는 우리 아이랑 같은 반인데……."

하지만 그건 이미 오 형사도 알고 있는 사실인 듯했다.

"……네. 뭐라고 드릴 말씀이 없습니다."

은아는 학교에서 분명 잘 적응하고 있다고 했고, 이상한 기색도 없이 밝은 모습이었는데……. 왜 갑자기 이런 일이 일어난 걸까.

뭘 어떻게 생각해봐도 유림은 이해할 수가 없었다. 아니, 이해해주기도 싫었다.

* * *

조사와 치료의 과정은 폭력이라고밖에 표현할 수 없을 정도로 끔찍했다.

사고가 일어난 다음 날 이른 시각. 두 명의 여자 경찰관이 병실을 찾아와 은아의 사진을 찍어 갔다. 다친 상처를 확인하기 위해서였다. 옷을 다 다시 벗기고 상처 위를 오가는 카메라, 그리고 차가운 셔터 소리. 은아는 셔터가 울릴 때마다 창백한 알몸을 흠칫흠칫 떨었다. 그 모습을 지켜보는 유림의 가슴에 대못이 박혔다.

사진을 다 찍은 후에는 정밀 검사에 들어갔다.

산부인과 검사실의 진료대 위에 누워 의사 앞에 상처를 드러낸 은아는 수치심과 고통, 서러움에 휩싸여 울음을 터뜨렸다. 유림은 자신의 손을 세게 움켜쥔 은아의 손등을 도닥이며 잊자고, 그저 빨리 끝내고 잊자고 속삭이는 것 말곤 달리 할 수 있는 일이 없었다.

은아는 흐느끼는 소리도 내지 않고 멍한 얼굴로 눈물만 주룩주룩 흘렸다.

그 모습을 보면서 유림은 너덜너덜해진 가슴속으로 생살이 찢어지는 것 같은 고통을 겪었지만, 은아 앞에선 차마 눈물을 보일 수도 없었다. 은아를 위해서는 울어서는 안 됐다. 유림이 무너지면 은아에게는 기댈 곳이 없었다.

어떻게 하면, 무엇을 하면 은아가 예전의 모습을 되찾을 수 있는지 도무지 알 수가 없었다. 할 수만 있다면 대신 아파주고 싶을 뿐이었다.

그날 이후 며칠간 유림은 은아의 병실에서 살다시피 했다. 은아의 상태가 좋아지지 않았기 때문이다. 몸에 입은 상처는 말할 것도 없거니와 정신적인 충격이 너무 커서, 은아는 엄마인 유림을 보면서도 눈을 마주치거나 말을 꺼내지 않았다. 그저 죽은 사람처럼 멍하니 핏기 없는 얼굴로 먼 창밖을 바라보고 있을 따름이었다.

은아가 바라보고 있는 병실 창밖에는 신도시의 회색 건물들이 줄지어 늘어서 있었다. 하지만 유림은 은아가 창밖의 그 어느 것도 보고 있지 않음을 알았다. 창문에 비춰지는 은아의 눈동자는 텅 빈 채 심연을 헤매고 있었다. 누구와도 눈을 마주치고 싶지 않아, 스스로의 절망 속에 빠져 헤어나지 못하고 있는 것이다.

착잡함이 가슴을 메우고 목으로 올라와 숨통을 조였다.

그런데 문득, 창밖을 향해 고개를 돌리고 있던 은아가 갑자기 입을 열었다.

"엄마."

"응?"

유림은 자리에서 벌떡 일어나 은아에게 다가갔다. 은아는 무표정한 얼굴로 힘겹게 말을 꺼냈다.

"나……."

"응? 왜, 왜 그래? 뭔가 불편해? 먹을 거라도 가져다줄까?"

은아는 유림의 시선을 피하며 낮은 목소리로 이야기했다.

"혼자 있고 싶어."

유림은 아무런 대꾸도 못하고 자리에 선 채로 굳어버렸다.

그러다 길고 가느다란 숨을 뱃속으로 삼키고는 조용히 발을 옮겨 병실을 나서기 시작했다. 지금 은아에게는 위로의 말조차 상처이리라. 유림은 마른 눈물과 함께 목구멍으로 솟아오른 말들을 애써 삼켰다.

그때 유림의 등 뒤로 은아의 목소리가 들렸다.

"아빠한테는 얘기하지 마."

유림은 조용히 고개를 끄덕이며 병실을 나왔다. 그리고 복도 의자에 쓰러지듯 앉았다.

굳게 쥐어진 유림의 손이 부들부들 떨리고 있었다.

* * *

오 형사는 은아의 담당 검사실을 찾았다. 불편한 얼굴로 손님용 소파에 앉아 있던 오 형사는, 이제 막 도착한 검사를 보고 자리에서 일어나 살짝 인사를 건넸다.

언짢은 일이라도 있었던 걸까. 담당 검사는 입고 있던 법복을 거칠게 벗어 책상 위에 집어 던졌다. 그리고 오 형사의 맞은편에 앉아 은아 사건의 문서들을 쭉 읽어 내려가기 시작했다. 하지만 몇 장을 채 넘기기도 전에 한숨을 내쉬더니 문서를 덮어버리고 말았다.

"오 형사님. 형사님은 어떻게 될 거 같아요?"

심각한 표정이었다.

오 형사는 담당 검사의 태도에 다소 멍해져서 대답할 타이밍을 놓쳤다. 무슨 말을 하고 싶어하는 것인지 언뜻 감이 잡히지 않아서였다. 검사는 오 형사가 뜸을 들이자 다시 재촉했다.
　"이 사건 말입니다. 어떻게 될 것 같은지, 느낌이 있을 거 아니에요."
　오 형사는 잠시 콧잔등을 매만지며 뜸을 들이다 대답했다.
　"아무래도 피해자 쪽이 불리하지 않겠나, 합니다만."
　맞는 말이었다. 두 사람 모두 모든 것이 은아에게 불리하게 작용하리란 사실을 잘 알았다. 담당 검사가 짜증 난다는 듯 사납게 머리를 헤집으며 말했다.
　"거, 전에 30명이 달라붙어서 여자애 하나 아작 낸 거 아시죠?"
　"예?"
　"고등학생 씹 새끼들 서른 마리가 두 살 아래 여자애 하나 작살 낸 사건 말입니다."
　"아. 예……."
　담당 검사는 오 형사의 반응은 관심이 없었는지 계속 투덜거리듯 이야기했다.
　"걔네들 핵심 세 마리만 소년원 갔고, 그것도 1년도 안 살고 나왔어요. 나머지 스물일곱 마리는 사건 바로 다음날 집에 돌아갔고. 그런데……."

검사는 살짝 말 꼬리를 흐리며 조금 전에 덮어둔 서류를 다시 살피기 시작했다.

"은아라는 아이……. 목숨에 큰 지장이 있는 것도 아니고 상해 진단서 끊어봐야 한 달 넘기기도 힘들어. 오 형사님 생각에 이 극악무도한 새끼들이 어떻게 될 것 같아요?"

검사는 인상을 구기며 오 형사의 앞에 문서 몇 장을 내밀었다. 이번 사건의 가해자인 박준, 한민구, 조한의 사진이 박혀 있는 문서였다. 오 형사는 씁쓸한 얼굴로 그 문서를 바라보았다. 검사도 답답했는지 품에서 담배를 꺼내 입에 물었다.

검사가 담배 연기를 뿜으며 말했다.

"오 형사님도 잘 아시겠지만, 이 불알에 털도 제대로 안 난 이 새끼들은 전부 집에 돌아가게 될 거예요. 이놈들 부모도 뻗대고 나설 거라고. 혹 어쩌다가 소년원에 전부 다 보냈다 해도 2개월도 안 살 거야. 그나마 지난 사건에 소년원 들어간 세 마리는, 1년 꿇어서 법적 나이로는 성인이었다 이거지. 그런데 이번 강간범들은 법적으로 미성년자들인지라……."

말을 하다 자신도 짜증이 났는지, 검사는 머리를 헝클며 신경질을 냈다.

"하여튼 어떻게든 합의를 하게 될 건데, 합의금은 세 집 합쳐서 돈 천이 안 될 거야. 왜인 줄 알아요?"

검사는 오 형사의 대답을 기다리지 않고 계속 투덜댔다.

"워낙 이런 사건은 금액이 적고, 유은아가 편모슬하에서 자라고 있어서 정상적인 가정이라고 안 본다는 말이야. 불량한 애로 우기면 얼마든지 가능하다는 거지. 막말로 같이 놀다가 그랬다고 세 집이 우겨댄다면……."

담당 검사는 말을 더 잇지 못하고 다시 머리를 헤집었다. 오 형사도 입을 다문 채 표정을 구기는 것 외엔 딱히 할 것이 없었다.

담당 검사가 들고 있던 문서들을 신경질적으로 집어 던지며 말했다.

"나도 이런 씨발 좆같은 사건들 여럿 겪었어요. 유은아 엄마에게 전해요. 재판해서 돈 까먹지 말고 합의금이나 챙겨서 애 보약이나 해 먹이라고. 좆같지만 어쩔 수 없다고요."

검사의 이야기는 틀린 게 없었다. 오 형사는 이 말을 어떻게 유림에게 전해야 하나 고민이 앞섰다.

* * *

유림은 몇 번이나 휘청거리면서도 꿋꿋하게 걸어 경찰서 안으로 들어갔다. 가해자들의 부모가 합의를 요구하는 중이라고 했다.

오 형사의 연락을 받고, 유림은 갑자기 속이 뒤집혀서 병실 밖 화장실로 달려가 한동안 헛구역질을 해야 했다.

가해자들이 미성년자들이라 강한 처벌을 할 수가 없을 거다. 재판까지 가서 돈도 잃고 마음도 상하는 것보다는 합의를 하는 것이 낫다. 오 형사가 전해준 말이었다.

합의. 도대체 뭘 합의한단 말인가. 그깟 돈 몇 푼으로 화대 치르듯 하면서 없었던 일로 하고 싶어한다고? 이게 무슨 미친 소리란 말인가. 그런 더러운 돈 따위는 무릎을 꿇고 받아달라 해도 결코 건드리고 싶지도 않았다.

하지만 오 형사는 일단 무슨 소리를 하는지 들어보셔야 한다고 했다.

때문에 경찰서에 들어온 유림은 표정 없는 얼굴로 가해자 부모와 마주보고 앉았다. 도대체 세상에 어떤 부모가 그런 아이를 키우는가, 악마가 되도록 방치하고 있었나, 얼굴이라도 확인해둘 마음이었다.

박준의 부모와 한민구의 엄마는 어딜 보나 허름하고 낡은 옷을 입고 있었다. 박준의 엄마는 부스스한 머리를 묶지도 않은 채 온 참이었고, 한민구의 엄마는 일을 하다 말고 왔는지 손톱 끝에 먼지와 때가 잔뜩 껴 있었다. 유일하게 조한의 어머니만이 고급스러운 정장을 입고 무심한 얼굴로 멀찌감치 떨어져 앉아 있을 뿐이었다.

한민구의 엄마는 연신 짜증 섞인 한숨을 내뱉고 있었다. 오 형사의 안내를 받아 안으로 들어온 유림을 보더니, 아주 대놓고 큰 소리로 시름을 흘렸다.

유림은 떨리는 손을 간신히 다잡고 자리에 앉았다. 한 사람 한 사람의 얼굴을 뚫어져라 쳐다보자 그들은 유림과 감히 눈을 마주치지 못했다. 그러면서도 쯧, 혀 차는 소리를 내거나 힐끔거리며 유림을 노려보기까지 했다.

한참을 이어진 정적 속에서 한민구의 어머니가 사투리 섞인 목소리로 말했다.

"뭐 애들끼리 장난한 건데……. 합의해주소, 고마. 우리끼리는 고민 마이 했십니더."

부스럭거리는 소리가 났다. 유림과 가해자 부모 사이에 놓여 있는 테이블 위에 어느새 봉투가 하나 올라와 있었다. 유림이 기가 막혀 그 봉투를 바라보자, 박준의 아버지라는 사람이 쩔쩔 매는 표정으로 변명을 이어갔다.

"못난 놈이지만 마음은 착한 놈입니다, 우리 준이."

박준의 어머니도 한마디를 덧붙였다.

"우리 준이가 기관지가 안 좋아서……."

그래서 어쩌라는 건가. 딴에는 자기 자식들이라 소중하다고? 그렇다면 내 자식은? 우리 은아는? 울분이 치밀어 오르다 못해 눈앞이 캄캄해질 정도였다. 너무 화가 나 숨이 막힐 정도였다.

그러다 유림은 조한의 어머니와 눈이 마주쳤다. 다른 아이들의 부모와는 달리, 조한의 어머니는 아무 말도 하지 않고 그저 조용히 앉아 있기만 했다.

기가 막혀 피식 웃음이 났다. 유림은 날카로운 눈으로 그들을 한차례 훑어본 뒤 봉투를 쳐냈다. 그리고 선언하듯 말했다.

"그만들 두고 일어나세요. 법대로 합시다."

"머, 머라꼬예?"

한민구의 엄마가 깜짝 놀라 고개를 들었다. 돈을 내밀기 전에는 눈도 마주치지 않고 한숨만 내쉬더니, 이제는 아주 부릅뜬 눈으로 유림을 잡아먹을 듯 노려보고 있었다.

"죄를 지었으면 벌을 받게 하셔야죠."

유림이 사납게 대꾸하자 한민구의 엄마가 자리에서 벌떡 일어나 삿대질하며 소리를 지르기 시작했다.

"이 여편네가 보자보자 하이까네……. 그라믄 학교 퇴학 먹고 아를 교도소에 처박아 놓으면 우린 잠이 옵니꺼? 예?!"

폭언은 거기서 끝나지 않았다.

"아 인생을 그리 망치고 싶습니꺼?! 다 까놓고 말하믄 그쪽 아는 잘못 없십니꺼?"

유림은 더 이상 참을 수가 없었다. 뱃속이 부글부글 끓어올랐다. 자리를 박차고 일어나 날카롭게 외쳤다.

"뭐라고? 당신 미쳤어? 우리 아이가 댁네 애한테 당했다고! 아무것도 모르는 여자아이가 무자비하게……!"

두 사람의 분위기가 험악해지자 박준의 아버지가 나서서

둘 사이를 말렸다.

"아이, 민구 어머니. 가만 좀 계세요. 일단 차분하게 대화를……."

하지만 여자는 물러설 기색이 전혀 없어 보였다. 전부 들으라는 듯 두 팔을 벌리고 입에서 침까지 튀겨가며 열변을 토하는 것이었다.

"하이고! 이제사 본색을 드러내네! 듣기로 이혼도 하고 콩가루 집안이라 카던데? 우리 애들이 노는 애라 카믄, 그 애들이랑 노는 애도 노는 애지! 듣자니 그쪽 아가 먼저 같이 놀자꼬 초콜릿도 싸가 들고 왔다 카던데! 원인이 있으니까 결과가 있는 거 아이겠노? 잉?!"

초콜릿이라고? 이건 또 무슨 말인가. 그러고 보면 당시 은아의 소지품 중에 초콜릿 상자가 있긴 했다. 은아가 그걸 그 애들, 혹은 그중 하나에게 주려고 했단 말인가?

그렇다면 조한……, 조한에게?

유림은 순간 기가 막혀서 말문을 잃었다. 대신 소리를 버럭 지른 건 박준의 아버지였다.

"아, 민구 어머니! 제발 좀 가만 계시라니까요!"

"그라모! 우리 아 인생 망치게 생겼는디 가만 있습니꺼?!"

누가 피해자이고, 누가 가해자인가. 어떻게 된 부모가 피해자 엄마를 향해 저렇게 큰 소리를 칠 수 있나. 뒤늦게 정신을 차린 유림이 거칠게 테이블을 내려치며 외쳤다.

"다들, 잘 들어요! 죄를 지었으면 죗값을 치르면 되는 거예요! 아시겠어요?! 그게 법이고 상식이에요!"

절규하듯 선언한 유림이 자리를 박차고 뛰어나갔다. 뭐가 됐든, 그 쓰레기 같은 녀석들은 하나도 빠짐없이 모두 감방에 처넣어야 할 일이었다.

"어떻게 되셨나요?"

유림이 뛰쳐나오자 오 형사가 다가와 말을 걸었다. 유림은 싸늘한 목소리로 말했다.

"합의하고 싶지 않아요. 모조리 죗값을 받게 하겠어요."

"하지만 은아 어머니. 저번에도 말씀 드렸지만……. 가해자들이 미성년자라서 실형으로 이어지지 않을 가능성이 큽니다. 게다가 정황상 은아 양이 문자를 주고받은 후에 올라갔다고 하더군요. 자발적으로 그 자리에 간 것도 그렇고, 저항으로 인한 상처 흔적이 약하다는 것도 약점이고요."

오 형사는 계속해서 합의를 권유하고 있었다. 현실을 생각해서 하는 충고였지만 유림에게는 그 역시 상처였다.

"무슨 말을 그렇게 하세요? 그러면 애가 설마 그렇게 될 걸 알고서 갔을 거란 얘긴가요? 속아서 갔겠죠! 아니면, 더 맞고 밟혀가면서라도 물어뜯어야 했다는 건가요? 어떻게 그래요? 잘못하면 죽을 수도 있는데!"

"원래 재판은 증거 싸움입니다. 게다가 강간죄는…… 실형을 받기가 무척 어렵습니다."

"너무 무서워서 아무 저항을 못 했다면요?"

유림이 물었다. 오 형사는 대답하지 못하고 침통한 얼굴을 쓸어내렸다.

"손가락도 까딱할 수 없어서, 죽을까봐 두려워서 굳어버렸다면요!"

"……법이 원래 그렇습니다."

힘이 빠질 정도로 어이없는 대답이었다. 그게 무슨 법이란 말인가.

유림은 단호한 얼굴로 고개를 가로저었다.

"이럴 시간에 애 옆에 있어주는 게 낫겠네요. 그리고 저는요, 법을 믿어요."

화가 난 유림은 오 형사를 거칠게 밀어내며 경찰서를 빠져나갔다. 오 형사는 착잡한 기분으로 유림의 뒷모습을 바라보았다.

* * *

시간이 흘러 재판 날짜가 다가왔다.

사건의 가해자인 남학생 셋과 은아, 그리고 그들의 부모님이 모두 참석한 가운데 재판이 시작됐다. 오 형사와 은아의 친구인 수민도 함께 있었다.

은아는 잔뜩 주눅 든 표정으로 증인석에 앉았다. 유림은 한순간도 눈을 떼지 않고 은아를 지켜보고 있었다. 유림뿐이 아니었다. 재판정을 가득 채운 무겁고 탁한 공기 속에서, 그 안에 있는 많은 사람들의 시선이 은아에게로 쏟아졌다. 하지만 그 숱한 시선들 중 상당수에는 호기심과 의심이 뒤섞여 있었고, 개중 일부에는 분노나 멸시가 담겨 있기까지 했다.

불안한 예감이 들었다. 유림은 상대측 변호사가 천천히 걸어 나와 은아를 내려다보는 모습을 지켜보며 이를 악물었다.

그는 은아에게 질문을 던졌다.

"그날 오후, 증인이 먼저 피고인 윤조한에게 만나자고 문자 메시지를 보내서 저녁에 만난 거지요?"

은아의 어깨가 움츠러들었다. 은아는 한참을 망설인 끝에야 간신히 입을 열었다.

"……예."

"증인은 피고인 윤조한을 좋아해서 선물을 주려고 갔던 거지요?"

고개를 푹 수그리고 있던 은아가 살짝 시선을 옮겨 조한을 바라보았다. 조한은 은아의 시선을 피하지 않았다. 잔뜩 주눅이 든 은아가 이전보다 더 깊게 고개를 숙였다.

"증인? 다시 묻겠습니다. 증인은 피고인 윤조한을 좋아해서 선물을 주려고 갔던 거죠?"

"……예."

"증인은 그날 피고인 윤조한 말고는 다른 피고인들의 얼굴을 제대로 보지 못했지요?"

그날 옥상은 너무 어두웠다. 조한의 뒤에 숨어 있다가 금세 테이프로 입이 막혔고, 바닥에 끌어내려진 뒤에는 반 이상 정신이 나가 있었다. 당연히 은아는 녀석들의 얼굴을 자세히 볼 수 없었다.

"증인은 강간당하였다고 하는데, 저항을 하였나요? 증인은 윤조한을 좋아하여 저항을 하지 않은 것 아닌가요?"

은아는 멍해져서 변호사의 얼굴을 바라보았다. 눈시울이 뜨거워져서 변호사의 얼굴이 일그러져 보였으나, 그의 목소리는 차갑기 짝이 없었다.

"대답하세요."

은아의 시선이 또 다시 피고석 쪽으로 향했다. 한민구와 박준, 그리고 윤조한이 날카로운 눈으로 그녀를 바라보고 있었다. 입모양으로 뭔가 좋지 않은 말을 중얼거리기도 했다. 은아는 그 모습을 보고 멈칫하며 대답을 하지 못했다.

"좋아하기 때문에 성행위를 하는데도 저항을 하지 않은 것 아닙니까? 증인, 대답하세요."

피고측 변호사가 다시 한 번 은아를 윽박질렀다. 유림이 자리에서 일어나 항의하려고 했지만, 옆자리의 오 형사가 제지하는 바람에 할 수가 없었다.

"은아 어머니. 지금 나서시면 오히려 불리해집니다. 증인 이외엔 발언권이 없습니다."

유림은 분하고 서러운 마음에 오 형사를 바라보았지만, 그는 그저 고개를 가로저을 뿐이었다. 유림은 망연자실한 얼굴로 다시 자리에 앉았다.

조용한 재판장 안에 피고측 변호사의 목소리가 낭랑하게 울렸다.

"성행위 이외의 원인, 즉 저항으로 인해 증인이 입은 상처는 경미한 수준, 아니, 거의 없다고 해도 과언이 아닙니다. 증인, 증인은 정말 강제적으로 성행위를 당한 것이 맞나요?"

은아는 작은 동물처럼 떨며 극도로 불안한 표정이 되어 유림을 바라보았다. 유림은 안타까움에 젖어 작은 목소리로 딸의 이름을 불렀다.

"은아야······."

* * *

잠시 후 판사가 입장하며 판결을 내렸다.

"판결 선고를 하겠습니다."

유림과 은아, 그리고 가해 학생들 모두 긴장 어린 눈으로 판사의 다음 말을 기다렸다. 잠시 그들을 바라보던 판사는 사무적인 목소리로 판결 선언문을 읽어 내려갔다.

"피고인 세 명이 강간했다 하나 피해자 유은아 말고는 목격자가 없고, 피해자의 증언을 보더라도 두 명이 어떤 강제적인 행동을 했는지 증거가 없다."

그 이야기에 놀란 유림이 자리에서 일어났다.

"그게 무슨 말씀이에요?"

담당 검사와 오 형사는 제각기 인상을 찌푸린 채였다.

"그러므로 피고인 두 명은 증거부족으로 강간죄에 대해 무죄선고하며, 피고인 박준은 피해자와 성관계를 가진 사실은 인정하나, 특별히 중한 상처가 없고 피해자 측에도 책임이 있는 것으로 보인다. 또한 피고인이 고등학생인 점을 고려하여······."

말도 안 되는 일이었다. 이래서는 안 되는 것이었다.

"피고인 박준은 징역 6개월 집행유예 1년, 한민구와 윤조한은 무죄를 선고한다."

땅, 땅, 땅.

유림은 법정에 울리는 의사봉 소리에 머리가 깨지는 것 같은 착각을 느꼈다. 판사의 선고 내용이 도저히 믿기지 않았다. 유림은 판사에게 따지듯 외쳤다.

"무, 무죄라고요? 이게 무슨 얘기예요?!"

유림은 당장에라도 판사에게 달려들 기세였다. 판사는 유림의 반응에 약간 언짢은 표정을 지었지만 그것이 전부였다. 판결이 번복되는 일은 없었다.

"우리 딸애가 저 짐승 같은 새끼들한테 당했는데! 이게 지금 무죄라고?!"

오 형사도 놀라 일어나 유림을 저지했다. 하지만 유림의 흥분은 쉽게 가라앉지 않았다.

"이딴 말도 안 되는 게 재판이야?!"

유림의 시선이 자연스레 이번 사건을 일으킨 세 명에게 향했다. 한민구와 박준이 히죽거리며 하이파이브를 하고 있는 모습이 보였다.

"저, 저 새끼들……!"

그런 유림에게 민구와 박준이 비아냥거리듯 이야기했다.

"아니, 왜 그래요 아줌마? 우린 죄 없다잖아요?"

"선량한 사람을 괴롭히면 벌 받아요, 아줌마."

악마 같은 놈들. 유림은 머릿속에서 무언가가 끊어지는 기분을 느꼈다. 그녀는 반사적으로 아이들에게 뛰어들었다.

"이리 와! 이리 와, 이 새끼들아!!"

장내는 순식간에 아수라장이 되고 말았다.

유림을 말리기 위해 경찰들이 달려들었다. 고함소리가 정신없이 뒤섞여 혼란스러웠다.

"당신들 뭐 하는 사람들이야! 도대체 누구를 재판하는 거냐고!"

"이러시면 안 됩니다!"

"증거가 없다니, 말이 돼?! 우리 아이가 저 지경이 됐는데! 고작 집행유예라니, 말이 되냐고!"

"은아 어머니!"

유림이 온몸으로 분노하는 동안, 은아는 자리에서 일어날 생각조차 하지 못하고 있었다.

 아무것도 없는 허공을 바라보며 멍하니 눈을 감았다. 그리고 깊은 절망 속으로 스스로를 끄집어 내렸다. 차라리 누구의 말도 들리지 않고, 그 무엇도 보이지 않았으면 했다. 그편이 나을 것 같았다.

오수민.

"이름 뭐냐."
"네…… 네?"
"이름 뭐냐고. 귀 먹었냐?"
"……오수민이요."
도돌이표처럼 이런 짓을 당한 것이 오늘로 벌써 몇 번째인지 모른다. 죽어버릴까. 수민은 너덜너덜해진 정신으로 옷가지를 끌어안고 생각했다.
그냥 죽어야 되나. 죽은 다음에는 이런 일을 겪지 않아도 되긴 할 텐데. 죽은 다음에는 이놈들과 마주치지 않아도 될 텐데. 그럼 이 서럽고 분한 일을 잊을 수도 있을 것 같았다. 동영상이 퍼질까봐 두려움에 잠 못 이루지도 않을 거고, 아빠가 알게 될까 무서워 몰래 숨죽여 울지도 않을 것이다.
만일 아빠나 사람들이 알게 되면 어떻게 될까.
테이큰처럼 아빠가 저놈들을 다 죽여줄까? 그리고 부녀간에 포옹하며 해피엔드?
실없는 망상이다. 그런 건 외국 영화에서나 나오는 일이다. 아빠 성격상 소송 좀 걸어보다가, 나중엔 담배나 피우며 포기할 것이다. 그리고 자신을 볼 때마다 '성폭행당한 딸'

을 보는 시선으로 바라보겠지. 아마도 평생.

어쩌면 경찰서 사람들이 '네 딸이나 지키지 그래?'라며 아빠를 보는 통에, 아빠는 창피해하며 다시 술을 마시기 시작할지도 모른다. 엄마가 교통사고로 죽었을 때처럼.

수민은 그게 싫었다.

혹시 자살을 한다 해도, 절대 유서 같은 것은 쓰지 않을 셈이었다.

'성폭행당해서 자살한 애'가 아니라 그냥 오수민으로 남고 싶어서였다.

그런데 죽으려면 어떻게 죽어야 하나. 약을 먹을까도 했는데, 미성년자가 죽을 만큼 많이 약을 사는 것은 생각보다 쉽지 않은 일이었다. 목을 매달자니 집 천정엔 줄을 달 곳조차 없었다. 결국은 높은 데서 뛰어내리거나 칼로 손목을 긋거나 하는 것밖에 길이 없는데, 그건 너무 무섭고 끔찍했다.

용기도 없었을 뿐더러, 지금도 끔찍한데 죽는 것까지 그렇게 끔찍하게 죽어야 한다니 그게 또 너무 끔찍했다.

그래서 오늘도 이 꼴을 당하면서 계속 전전긍긍하기만 했다. 놈들이 누군가에게 말할까 두려웠고, 누군가 우연하게라도 알게 될까 무서웠다.

온 세상이 수민을 걸레 보는 듯한 눈으로 바라보는 것 같았다. 온 세상이 적이었다. 그리고 그중에서도 가장 큰 적은 자신을 경멸하는 자신이었다.

지옥이었다. 이런 지옥이 따로 없었다.
"이제 옷 좀 입지? 왜, 또 해줘?"
악마 같은 것들.
수민은 떨리는 손을 들키지 않기 위해 되도록 멀찌감치 떨어진 곳에서 옷을 입었다. 비릿한 웃음소리가 방 안을 맴돌았다. 수민의 브래지어는 놈들의 손에서 이리저리 옮겨 다니고 있었다. 수민은 달라는 소리도 하지 못한 채 망연자실한 얼굴로 서서 그 모습을 보았다.
"야, 가서 맥주 좀 사 와라. 안주랑 담배도."
"네? 이, 이제 가도 된다고……."
"누가 안 보내준대? 가서 사 오라고 씨발 년아. 그럼 보내준다고!"
수민이 꺼낸 돈은 아빠가 매일 늦게까지 독서실에서 공부하는 수민에게 간식이라도 넉넉하게 사 먹으라고 챙겨준 돈이었다. 수민은 그들의 집을 나와 골목길을 내려가면서도 다리가 후들거려 몇 번이나 걸음을 멈춰야 했다.
"……오수민."
그때 등 뒤에서 누군가 수민의 이름을 불렀다. 어깨를 들썩거릴 정도로 깜짝 놀란 수민이 일그러진 얼굴로 뒤를 돌아보았다.
깔끔한 얼굴에 서늘한 눈동자. 소름끼치게 두려운 시선이 수민을 꼼짝 못하게 잡아두고 있었다.

"왜, 왜요……."

"입 계속 잘 닫아라."

누구에게도, 어느 곳에도 절대로 떠벌리지 말라고 그는 눈빛으로 말했다. 그건 경고의 수준을 넘어선 협박이었다.

"전학 온 애한테도."

그가 말을 꺼냈다. 전학 온 애. 하얗고 동그란 얼굴에 큰 눈이 예쁜 유은아.

"입 잘 닫으라고. 너희 아빠 경찰서 홈페이지에 네 동영상 올리기 전에."

하늘이 무너지는 것 같았다. 파랗고 높은 하늘이 점점 검게 물들더니 아교처럼 흘러내렸다. 수민은 고장 난 인형처럼 걸었다. 편의점에 가서 맥주와 안주를 닥치는 대로 집어 계산대 위에 올렸다. 하지만 신분증을 보여주지 않으면 팔지 않겠다는 점원의 말에, 그 자리에 주저앉아 울음을 터뜨렸다.

빈손으로 돌아가면 놈들이 무슨 짓을 할지 알 수가 없었다. 수민은 애원했다. 돌아가신 엄마에게, 저 하늘 어딘가에 있을지 모르는 신에게 빌었다. 제발 술을 사게 해달라고. 제발 이 지옥에서 구해달라고. 차라리 죽어 다시 태어나게 해달라고.

그리고…… 저 대신 은아를 구해달라고.

은아야…….

수민은 정말로, 아무것도 할 수 없었다. 해서는 안 됐다.

4

 재판이 끝난 지 일주일이 지났다.
 민구는 냉장고에서 물을 꺼내 마시기 위해 거실로 나왔다. 그의 집은 허름하고 지저분했다. 싱크대를 가득 채운 빈 그릇은 며칠째 설거지를 하지 않아 고약한 냄새를 풍기고, 바닥엔 쓰레기가 굴러다녔다. 긴 트레이닝 바지를 질질 끌고 걸어 나온 민구는 발에 채는 맥주 캔을 밀어내다가, 출근을 하기 위해 밖으로 나서는 엄마를 발견했다.
 급하게 주머니를 뒤져봤더니 아무것도 잡히질 않았다. 민구는 말없이 그냥 집을 나서려는 엄마에게 투덜거리듯 말했다.
 "에이 씨발, 만원만 주고 가."
 "……뭐 하게?"

욕설 섞인 말에도 민구의 엄마는 달리 화를 내지 않았다. 이미 익숙해질 대로 익숙해진 것이다.
 "담배 좀 사게."
 엄마의 입에서 무거운 한숨이 새어 나왔다. 뭐라고 한마디를 하려다가 절레절레 고개를 젓더니 포기한 듯 지갑을 열었다. 그리고 아무 말 없이 만원 한 장을 꺼내 던지듯 건네곤 집 밖으로 나가 버렸다.
 "아이구 내 팔자야."
 "흐흐, 땡큐 엄마."
 기어이 만원을 받아낸 민구는 그대로 등을 돌려 방 안으로 들어갔다. 그곳엔 컴퓨터 앞에 앉아 무언가를 열심히 하고 있는 박준이 있었다. 모니터를 슬쩍 보니 야동이었다. 민구는 박준의 뒤통수를 가볍게 때리며 말했다.
 "이 변태 같은 새끼, 그만 좀 봐라."
 "왜 인마. 좋구만."
 "좋긴, 병신. 보는 거보다 한 판 하는 게 더 낫지."
 "닥쳐. 난 잘못 걸리면 6개월 가야 되거든? 아 진짜 좆 되는 줄 알았네. 재수 없게 나만 집행유예야."
 박준이 야동을 보며 투덜거리자 민구가 코웃음을 치며 말했다.
 "내가 걱정하지 말랬잖아. 쫄기는, 병신같이······."
 "이 새끼가······. 쫄긴 누가 쫄았다 그래? 안 걸린다는 보장만 있으면 난 지금이라도 당장 그년 다시 따먹을 수 있어."

"킥킥킥, 좆 까고 있네. 말이 되는 소릴 해라, 씹새야."

민구가 비웃자 박준이 돌연 흥미진진한 얼굴을 하고 말했다.

"야. 씨발 내말 못 믿냐? 내가 장담하는데 그년, 다시 부르면 아무 데도 말 못하고 온다. 아, 너네 집으로 부를까? 여긴 안 걸릴 거 아냐."

"이런 미친 새끼……. 걸리고 자시고 너 같으면 부른다고 오겠냐?"

"그때 찍은 거 있잖아. 그걸로 갈구면 되지."

그렇게 말한 박준은 보던 야동을 끄고 컴퓨터 폴더를 뒤적거리기 시작했다. 그리고 저장된 파일 하나를 더블 클릭했다. '은아.avi'라는 파일이었다.

영상이 재생됐다. 핸드폰으로 찍은 동영상 안엔 독서실 옥상에서의 일이 고스란히 담겨 있었다. 겁에 질린 은아의 얼굴이 클로즈업되자, 두 사람은 피식 웃음을 터뜨렸다.

"오 씨발 완전 선명하네. 얼굴까지 다 찍혔어. 근데 그년이 그거 들고 경찰서 가서 신고하면?"

"그년 보니까 절대 신고 못해. 엄창 까고 내기할래? 오나 안 오나."

박준이 장담하고 나섰다. 민구도 재판장에서의 은아 모습을 떠올려 보았다. 은아는 극도로 겁에 질려 그들과 눈조차 마주치지 못했다. 그런 아이가 경찰서로 달려가 영상을 들이밀며 신고할 수 있을 리는 없었다. 하지만 그런다고 진짜 올까?

"좋아, 씨발 콜이다. 그런데 안 오면 어쩔 거야? 안 오면 백만 원 빵?"

"콜 씨발, 대신 그년이 오면 내가 일빠로 하는 거다? 아 나 문자 보낸다. 진짜로!"

박준이 킬킬거리며 핸드폰을 꺼냈다. 그리고 은아에게 동영상과 함께 메시지를 보내기 시작했다.

지금 오면 지우고, 안 오면 인터넷에 뿌린다는 내용이었다.

"오키. 보냈다, 씨발."

"헐, 이 새끼 진짜 보냈어?"

두 사람은 서로를 보고 킬킬대며 은아의 답장을 기다렸다.

* * *

오 형사는 오랜만에 딸과 함께 근처의 피자 전문점을 찾았다.

바쁘단 핑계로 뭐 하나 제대로 챙겨준 게 없어, 그는 딸에게 늘 미안한 마음을 가지고 있었다. 더구나 은아 사건을 보고 나니 아무래도 조금 더 신경 써야겠다는 생각이 들었던 것이다. 하지만 무뚝뚝하고 말없는 성격이라 달리 마음을 표현할 방법이 떠오르지 않기에, 그가 생각한 최선의 방법은 피자를 사주는 일이었다.

은아의 사건은 여러 모로 뒤끝이 착잡했다. 오 형사는 은아의 일이 꼭 남의 일이 아닌 것만 같아 마음이 좋지 않았다. 판결도 판결이거니와, 가해자였던 놈들이 보인 싸가지와 은아 엄마의 반응이 뭣보다도 마음에 걸렸다.
 착잡한 건 그의 딸이자 은아의 친구, 수민 역시 마찬가지였다.
 두 사람은 테이블을 사이에 두고 마주 앉아서도 말이 없었다. 때마침 주문한 피자가 나오자, 오 형사는 딸 수민을 보며 입을 열었다.
 "자, 먹자."
 하지만 수민은 피자엔 손도 대지 않은 채 오 형사를 멀뚱히 쳐다보고 있을 뿐이었다.
 "뭐 해? 먹지 않고."
 "은아……. 어떻게 됐어?"
 오 형사는 조심스러운 딸의 질문에 대충 둘러대며 대답했다.
 "됐어, 넌 신경 꺼. 다 끝났으니까. 자, 먹어."
 그는 수민의 앞 접시에 피자를 덜어주었다. 하지만 수민은 먹을 생각이 없어 보였다. 여전히 앞에 놓인 피자를 쳐다만 보고 있을 뿐이었다.
 "아빠……."
 무슨 얘기를 하려고 하나 바라봤더니, 수민은 뜬금없이 이상한 얘기를 꺼냈다.

"나 유학가면 안 돼?"

"……왜?"

"그냥……."

피자를 먹던 오 형사는 한숨을 내쉬며 수민을 바라보았다. 지난달부터인가, 수민은 부쩍 엉뚱한 데가 늘었다. 학교 다니기가 힘드냐고 묻거나 무슨 일이 있냐고 물으면 딱히 이렇다 할 대답은 없었다. 아무래도 늦은 사춘기인가 싶었다. 하긴, 이번엔 은아 사건도 있었으니 더욱 심란하긴 할 것이다.

오 형사는 착잡한 심정으로 딸을 바라보다 입맛을 다시며 답했다.

"일 터진 건 친구인데 네가 왜 유학을 가냐? 옆에서 위로해줄 생각은 못하고, 의리 없는 놈. 피자나 먹어. 이태리 왔다고 생각하고."

하지만 수민은 여전히 피자에 손도 대지 않았다. 도무지 무슨 생각인진 몰라도, 오 형사의 말에 오히려 겁에 질린 것 같기도 하고 죄책감에 시달리고 있는 것 같기도 했다. 가만 보다 보니, 그냥 사춘기 탓으로 치부하기엔 좀 미묘한 데가 있었다.

문득 떠오르는 게 있어, 오 형사는 의심스럽다는 목소리로 물었다.

"야. 오수민. 혹시 너 뭐 아는 게 있는 거야?"

"응?"

수민이 깜짝 놀라 고개를 들었다. 오 형사의 목소리가 한층 더 날카로워졌다.

"똑바로 대답해. 너하고 관련 있어, 없어?"

수민을 바라보는 시선에는 의구심이 잔뜩 배어 있었다.

"왜 말을 못해?"

오 형사가 자꾸만 다그치자 수민은 발작적으로 고개를 흔들었다.

"무서우니까 그렇지! 으, 은아 맨 처음에 본 게 난데……, 난 그 애들 무서워. 나도 은아처럼 되면……."

수민은 작게 몸을 웅크린 채 시선을 떨어뜨렸다. 오 형사는 딸을 잠시 바라보다가 큼직한 손으로 머리를 쓰다듬어 주었다.

"어휴, 넌 누굴 닮아서 겁이 이렇게 많냐? 아빠가 형사인데 뭘 걱정해? 아무튼 너, 은아한테 잘해줘라. 의리 없게 괜히 멀리하고 그러지 말고. 너희 나이에는 친구가 세상에서 제일 소중한 거야. 알겠어?"

"……응."

고개 숙인 수민의 교복 치마에 눈물 한 방울이 떨어져 내렸지만, 오 형사는 미처 알아채지 못했다.

* * *

빗소리가 사방에 퍼지고 있었다. 차가운 빗물이 유림의 아파트 창문에 방울져 흘러내렸다. 한동안 넋 놓고 그 모습을 보던 유림은 비에 젖은 도시의 풍경을 바라보았다. 평소와 다를 바 없이 평화로웠다. 마치 유림과 은아에게 일어난 일이 모두 거짓말이라고 이야기하는 것 같았다.

재판이 끝난 뒤에도 은아의 상태는 조금도 나아지지 않았다. 병원에서 퇴원해 집으로 돌아온 뒤에도 침대에 누워 움직이질 않았다. 외출은커녕, 화장실에 갈 때가 아니면 방에서 한 걸음도 나오지 않으려 들었다. 가게 일도 모두 내팽개치고 은아가 있는 집을 지키면서, 유림의 마음도 함께 가라앉은 지 오래였다.

우르르 쏟아지는 빗방울이 마치 유림의 온몸을 두드리는 것 같았다. 아프지 않은 곳이 없었다. 잊어버리려고 아무리 애를 써도 어느 순간 떠오르는 재판 때의 일이 그녀를 병들게 했다.

이제는 누구를 원망해야 할지조차 알 수가 없었다. 가해자인가, 가해자의 부모인가, 혹은 그놈들을 눈감아주는 사회인가.

이제는 생각조차 하기 싫었다. 이미 끝난 일이라고 하루에도 수십 번씩 마음을 다잡았다. 유림이 무너지면 은아를 지탱해줄 사람이 없어서였다. 그녀는 엄마였다. 은아의 마음이 나을 때까진 넋 놓고 있을 여유가 없었다.

유림은 다 마른 빨래를 무릎 위에 올려놓고 하나씩 정리했다. 멍하니 앉아 있다가 수건을 하나 개고, 또 멍하니 앉아 있다가 양말을 하나 개었다.

그때였다. 가라앉은 침묵으로 가득한 집에 현관 벨소리가 울렸다.

문을 열자, 잔뜩 긴장한 얼굴의 수민이 서 있었다. 사고가 난 이후 처음으로 찾아온 친구.

꾸벅 인사를 하는 수민을 보고 유림은 간신히 미소를 지었다.

"아아, 수민이구나. 은아 보러 온 거야?"

"네. 저……. 시험 범위 알려주러."

유림이 수민을 집 안으로 이끌었다. 집으로 돌아온 뒤 은아는 여태껏 한마디도 하지 않았다. 친구인 수민이 왔으니 조금이라도 말을 하지 않을까 싶어, 유림은 수민이 반갑고 고마웠다.

"점심 먹었니? 아줌마가 뭐라도 해줄까?"

"괜찮아요. 먹고 왔어요."

조심스런 말투에 유림은 문득 미안해졌다. 생각해보면 그나마 은아가 빨리 병원에 갈 수 있도록 신고해준 아이인데, 그땐 다짜고짜 추궁하기만 하고 미안하다거나 고맙다거나 하는 말은 한 마디도 해주지 못했다.

"그래. 고맙다. 은아에게 수민이 같은 친구가 있어서 다행이야. 정말로."

유림은 수민의 손을 꼭 잡고 은아의 방문 앞으로 걸어갔다.
"은아야. 수민이 왔다."
은아의 방문이 열렸다. 살짝 열린 틈새로 은아의 얼굴이 보였다. 수민은 애써 웃으며 은아에게 인사를 건넸다.
"안녕."
"……안녕."
어색한 침묵이 흘렀다. 수민은 예전과 너무나 달라진 은아를 보며 무슨 말을 해야 할지 알 수가 없었다. 잔뜩 긴장한 채 방문 앞에 서서 손가락만 만지작거렸다. 보다 못한 유림이 은아를 향해 웃으며 말을 걸었다.
"뭐 해? 친구가 왔으면 나와 봐야지."
표정 없는 얼굴로 바라보던 은아가 그제야 느릿느릿 문 밖으로 나왔다.
"왜 왔어?"
"이제 곧 시험이라서……. 너 시험 범위 모르잖아."
은아는 수민과 함께 소파에 나란히 앉았다.
은아의 앞엔 어느새 수민의 교과서와 노트가 놓여 있었다. 수민은 그것을 차례차례 넘겨가며 은아에게 시험 범위를 알려주기 시작했다.
"여기서 여기까지 나온대. 아, 여기서도 두 문제 나올 거고……."
은아는 듣는 둥 마는 둥 아무 말 없이 수민을 멀뚱히 쳐다보았다. 수민은 왠지 은아를 똑바로 보지 못하는 것 같았다. 애써 시선을 피하며 열심히 교과서와 노트를 뒤적거리고 있을 뿐이었다.

"아, 이 부분은 내가 따로 복사를 해 왔어. 필요할 테니까 놓고 갈게. 그리고 여기부터 여기는……."

두 사람의 모습은 눈에 띄게 어색해져 있었다. 서로를 마주하고 앉아 있는데도 제각기 다른 공간에 있는 것 같았다. 마치 보이지 않는 무언가가 그 사이를 가로막고 있는 것처럼 붕 뜬 채 다른 생각을 하고 있었다.

그새 유림은 은아와 수민을 위해 주방에서 과일을 깎아 왔다.

"자, 일단 이거부터 먹어."

유림은 포크로 과일을 집어 수민과 은아에게 내밀었다. 수민은 꾸벅 인사를 하며 받았지만 은아는 오도카니 앉아 수민의 노트를 물끄러미 바라보고 있었다.

은아에게 과일을 내밀었던 유림의 손이 천천히 내려갔다. 눈물이 날 것 같았지만 유림은 아무렇지 않은 얼굴로 웃기 위해 애썼다.

무슨 말이라도 해야겠다고 생각했는지, 수민이 나오지도 않는 말을 억지로 꺼냈다.

"얼른 학교 나와. 걱정 많이들 하고 있어."

유림이 얼른 맞장구를 쳐주었다.

"그래, 학교 가서 중간고사도 치고……."

하지만 역효과였다. 내내 말없이 앉아 있던 은아가 갑자기 날이 선 목소리를 내뱉었다.

"내 걱정? 날 뭘 걱정하는데?"

은아의 목소리는 날카로웠다. 다치고 상처 입은 마음이 곪고 썩어서 은아를 망쳐놓고 있었다. 은아는 수민을 향해 번뜩이는 눈을 들어 올리고 추궁하듯 물었다.

"다른 애들이 내 걱정을 왜 해? 뭐라고 하면서 걱정해?"

뜻밖의 반응에 수민은 놀란 표정으로 작게 대답했다.

"그야, 계속 결석했으니까……."

"너 무슨 얘길 한 거야?"

되묻는 은아의 목소리는 떨리기까지 했다.

"네가 뭔가 이상한 얘기를 했으니까 그런 거 아니야?"

갈수록 높아지는 목소리에 수민은 당황해서 어쩔 줄을 몰랐다. 두 손을 내저으며 필사적으로 은아를 달래려 애썼다.

"아냐. 나 아무 말도 안 했어. 거짓말 아니야."

"거짓말이 아니라고? 그런데 왜 아까부터 날 똑바로 못 봐? 너 여기 와서 지금까지 나 한 번도 안 쳐다봤잖아!"

결국 은아는 절규하듯 소리를 지르며 눈앞에 보이는 노트들을 집어 던졌다.

깜짝 놀란 유림이 은아를 붙들었지만 소용없었다. 은아는 잔뜩 화난 얼굴로 수민에게 책을 던지더니 몰아세우기 시작했다. 당황한 수민이 억울하다는 듯 고개를 가로저었지만 은아에겐 들리지 않았다.
 "네가 떠벌리고 다녔지? 내가 이렇다는 거 지금 학교 애들 다 아는 거지!"
 "아니야. 나 아무 말도 안 했어. 정말이야……."
 "거짓말! 거짓말하지 마!"
 유림은 갑자기 소리를 지르며 발작하는 은아의 어깨를 잡고 흔들었다.
 "은아야, 왜 이래! 애써 생각해서 와준 수민이한테!"
 물론 그 말이 은아에게 들릴 리는 없었다.
 "나 학교로 안 돌아가! 안 가! 안 간다고!"
 잔뜩 일그러진 얼굴로 유림을 뿌리친 은아가 벌떡 일어나더니, 거실 탁자 위에 남아 있는 노트와 교과서를 북북 찢으며 미친 듯이 집어던지기 시작했다.
 유림과 수민은 너무 놀라서, 은아가 찢어 던지는 책에 얻어맞으면서도 말릴 생각조차 하지 못했다. 유림은 그간 애써 참았던 눈물이 하릴없이 터져 나오는 것을 느꼈다.
 "나가! 가버리란 말이야! 다시는 내 앞에 나타나지 마!"
 은아가 울며 소리 질렀다. 그러다 수민의 필통에서 쏟아져 나온 펜 중 하나가 수민의 볼을 스치고 날아갔다.
 "……아!"
 작은 생채기가 났다. 수민의 얼굴에서 붉게 배어 올라오는 피를 보고 은아의 발작이 멈췄다. 그제야 정신을 차린 유림이 벌떡 일어나 수민에게 다가갔다.

"수민아, 수민아! 괜찮아?"

"네? 네…… 네. 괜찮아요."

수민은 얼떨결에 고개를 끄덕이며 괜찮다고 말했다. 너무나 변해버린 은아의 모습에 충격을 받은 나머지, 아픈 줄도 모르는 것 같았다.

유림이 소독약을 가져와 약을 바르고 작은 밴드를 붙여주었다. 은아는 안절부절못하며 수민을 바라보고 있었다. 치료가 끝나자 수민은 자신의 짐을 주섬주섬 챙겨서 자리에서 일어났다.

"미안해. 나…… 갈게."

도망치듯 등을 돌려 현관으로 걸어가는 수민을 보며, 은아가 멍한 얼굴을 일그러뜨렸다. 그리고 유림이 말릴 새도 없이 다시 벌떡 일어나 소리를 질렀다.

"너도 내가 불쌍해 죽겠지? 바보처럼 그런 자식 뭐가 좋다고…… 멍청해서 당한 거라고 생각하지! 그래서 이러는 거잖아. 나도 내가 불쌍해! 더러워 죽겠다고!"

그 말에, 수민이 은아를 향해 돌아섰다.

"그런 거 아냐."

수민의 얼굴은 어느새 눈물로 엉망이었다. 소파에서 일어날 때부터 흐르기 시작한 눈물이 봇물 터지듯 흘러나왔다.

수민은 가방을 메고 선 채로 엉엉 울었다.

"미안해서 그랬어. 아무것도 못해 줘서……. 내가 널 붙잡고 못 가게 했어야 되는데, 그렇게 못해서…… 미안해……."

수민이 울음을 터뜨리자 은아도 큰 소리로 울기 시작했다.

"어떡해…… 나 어떡해, 수민아. 나 이제 어떡해……."

"넌 아무 잘못 없어. 그 자식들이 나쁜 거야. 넌 아무 잘못 없어, 은아야……."

수민이 가방을 내려놓고 은아에게 달려왔다. 바닥에 주저앉은 은아가 수민을 끌어안고 엉엉 울음을 터뜨렸다. 거실이 떠나가라 울어대는 은아를 붙잡고, 수민은 오래도록 함께 울어주었다.

한참을 울던 수민이 내일 다시 오겠다며 집으로 돌아간 뒤, 은아는 방으로 들어가지 않고 거실 소파에 앉아 무릎을 끌어안고 있었다.

은아도, 유림도 두 눈이 퉁퉁 부어 있었다. 유림은 애써 바쁘게 움직였다. 과일 접시를 치우고, 개다 만 빨래를 치웠다. 하다못해 TV라도 보라고 리모컨을 밀어주기도 했다.

문득, 쪼그리고 앉아 비 오는 창밖을 바라보던 은아가 먼저 입을 열었다.

"엄마……. 왜 나한테 이런 일이 생긴 거야?"

이유 같은 건 없었다. 유림도 묻고 싶었다. 왜 하필 착하고 예쁜 내 자식에게 이런 일이 일어났는지.

초점 없는 은아의 눈에서 눈물이 흘러내리고 있었다. 유림은 아무 말 없이 그런 딸을 끌어안아 다독여 주었다.

"힘들지, 은아야. 우리 딸……."

"엄마……."

"평생 겪을 나쁜 일, 이번에 다 겪은 거라고 생각해, 은아야. 그리고 잊자. 응? 그럼, 시간이 지나면 괜찮아질 거야. 엄마가 늘 옆에 있을 테니까, 괜찮을 거야. 괜찮아질 거야."

유림은 매달리듯 안기는 은아의 등을 쓸어내리며 계속해서 같은 말을 반복했다. 괜찮을 거야. 괜찮아질 거야. 그렇게 울고도 또 눈물이 남아, 은아는 탈진할 때까지 울었다.

눈물이 잦아들 때쯤, 유림은 안쓰러운 마음에 은아의 눈 주변을 손등으로 살며시 훔쳐냈다.

"엄마. 수민이…… 화 많이 났을까? 수민이는 아무 잘못 없는데."

"괜찮아, 수민이 착하잖아. 이해해줄 거야. 미안하다고 엄마가 또 전해줄게."

"……으응."

수민이를 떠올리는 걸 보니 상태가 좀 나아진 건가 싶어 기뻤다.

"일단 씻자. 세수부터 하자."

유림은 은아의 손을 잡고 욕실 쪽으로 향했다. 하지만 은아는 자리에서 움직이려 하지 않았다.

"소용없어."

"뭐……?"

의아한 시선을 보내는 유림에게, 은아가 쓴웃음을 지으며 이야기했다.

"나 더럽거든. 아무리 씻어내도 깨끗해지지 않을 거야."

유림은 할 말을 잃은 채 한참이나 은아를 바라보았다. 가슴속이 확 뜨거워졌다. 왜 내 자식에게 이런 일어난 건지, 정말 묻고 싶은 사람은 유림이었다.

다음 날, 약속대로 수민이 찾아왔다. 은아는 여전히 어색한 얼굴이었지만 그래도 이번엔 스스로 먼저 방문을 열고 거실로 나왔다.

"어제 정리 다 못했지. 그래서…… 내가 노트에 적어 왔어. 이거."

수민이 더듬거리며 은아에게 새 노트 하나를 내밀었다. 받아서 펼쳐보자, 동글동글 귀여운 글씨로 시험 범위와 중요 과목 요점 정리가 되어 있었다. 한두 시간으로 끝낼 수 있는 양이 아니었다. 수민은 어젯밤부터 오늘까지, 하루 종일 은아를 위해 이것만 붙들고 있었던 듯했다.

은아가 노트를 꼭 쥔 채 물끄러미 수민을 바라보았다. 그리고 어렵게 입을 열었다.

"……고마워."

"아냐. 별거 아냐. 금방 했는데 뭐."

"그리고 어제……."

은아가 머뭇거리며 입을 열었다. 수민은 입을 꼭 다문 채 은아의 말을 기다렸다.

"어제…… 미안."

"어? 아냐. 아냐, 신경 쓰지 마."

정말로 괜찮으니까 미안해하지 말라고 수민은 몇 번이나 못을 박았다. 은아는 가까스로 고개를 끄덕였다. 수민은 함께 공부라도 하고 가려 했지만, 은아는 여전히 무엇에도 집중하지 못하는 것 같았다. 하는 수 없이 유림의 배웅을 받으며 은아의 집을 나선 수민은 엘리베이터 안에서 깊은 한숨을 몰아쉬었다.

그리고 그날 밤, 잠이 오질 않아 침대 위에서 뒤척이던 은아의 핸드폰에 수민의 메시지가 도착했다.

- 나 너한테 할 말 있어. 우리 내일…… 밖에서 만나지 않을래?

어쩐지 무거운 고민이 묻어나는 말투였다. 은아는 핸드폰 화면을 바라보며 고민에 빠졌다. 유림이 몇 번이나 밖으로 나가자고 말을 했지만, 집에 돌아온 이후 아직까지 한 번도 밖으로 나간 일이 없는 은아였다. 하지만 수민의 메시지를

돈 크라이 마미

보니 내일쯤 외출하는 것도 나쁘지 않을 것 같았다.

무엇보다 걱정에 밤마다 잠 못 들고 거실을 서성이는 엄마를 생각하니, 이제 조금씩이라도 극복하기 위해 노력해야겠다는 생각이 들었다. 은아는 수민에게 내일 아파트 앞 공원에서 만나자는 답장을 보냈다.

그리고 다음 날이 왔다. 마침 일요일이었기 때문에, 유림은 정오가 다 된 시간에 일어나 거실로 나오는 은아에게 밝은 얼굴로 물었다.

"우리 주말인데 뭐 시켜 먹을까? 먹고 싶은 거 없어?"

"엄마. 나 나갔다 오려고."

유림이 눈을 크게 떴다. 어딜 가려고 하는지, 누굴 만나려는지, 언제 들어올 건지 묻고 싶은 말이 산처럼 많았지만 섣불리 말을 꺼내지 못하고 몇 번을 망설인 끝에 활짝 웃었다.

"그래? 날씨 좋은데 잘 생각했어. 엄마가 용돈 줄까? 아니면 같이 갈까?"

"괜찮아. 나오지 마. 돈도 있고."

은아는 고개를 젓더니 유림이 사다 놓은 빵을 하나 입에 물고 방으로 들어갔다. 그리고 잠시 후, 가벼운 외출복 차림으로 집을 나섰다.

"다녀와. 은아야."

유림은 은아를 한 번 꼭 껴안아준 뒤, 현관까지 배웅을 나섰다. 은아는 유림에게 다녀오겠다 말하고는 느릿느릿한 걸음으로 아파트를 나섰다.

분명 공원에서 만나기로 한 것 같은데, 수민은 은아네 아파트 단지 앞에 서 있었다. 은아가 걸어 나오는 모습을 보더니 고개를 번쩍 들었다. 은아는 어색한 걸음을 조금 빨리했다.

"언제 왔어?"

은아가 물었다. 수민이 먼저 걸음을 떼었다.

"금방 왔어. 편의점 들렀다 갈까?"

두 소녀는 편의점에 들러 각자 따뜻한 음료를 하나씩 들고 공원을 향해 걸었다. 처음엔 그래도 조금 빨리 걸었는데, 갈수록 속도가 늦어지고 있었다. 은아는 은아대로, 수민은 수민대로 각자 생각에 빠져 섣불리 말을 꺼내지 못했다.

주말인데도 공원엔 그리 많은 사람이 보이지 않았다. 간혹 운동을 하거나 애완견을 산책 시키는 사람이 눈에 띌 뿐이었다. 은아와 수민은 한적한 벤치에 앉아 음료를 입에 물었다.

은아는 유림을 생각하고 있었다. 본인은 모를 거라 생각하겠지만, 은아는 밤마다 유림이 혼자 방에서 몰래 운다는 사실을 알고 있었다. 은아가 욕실에서 조금이라도 늦게 나오면 숨죽인 채 문 밖에서 기다렸다. 그날 입었던 교복과 속옷은 어느새 전부 사라져 있었다. 유림이 없애버린 것이다.

유림은 그날부터 빵이나 쿠키, 초콜릿을 단 한 번도 만들지 않았다. 가게에 나가는 모습도 본 적 없었다. 그저 하루 종일 은아의 곁을 맴돌며 말을 걸어주기만을 기다렸다.

오늘도 마찬가지였다. 수민과 약속이 있다는 말을 하고 나왔어도 되는 일인데, 어쩐지 말을 꺼낼 수가 없었다. 그래도 유림은 은아에게 그저 웃어주었다.

엄마를 원망해서 그런 것이 아니었다. 단지 미안했을 뿐이었다. 좋은 딸이 되고 싶었는데, 일이 이렇게 된 것이 마치 전부 자신의 잘못 같아서 눈을 마주칠 수 없었을 뿐이었다.

한숨이 나왔다. 은아의 한숨 소리에 수민이 어깨를 흠칫하는 게 느껴졌다.

은아는 그제야 천천히 입을 열었다.

"할 말…… 있다며. 뭔데?"

"어? 어……."

이제는 수민이 입을 다물었다. 분명 할 말이 있다며 만나자고 한 건 수민인데, 도대체 무슨 일이기에 이토록 말하길 꺼리는지 모를 노릇이었다.

"왜 그래?"

은아가 다시 물었다. 수민은 두 손으로 커피 캔을 꼭 쥔 채 고개를 숙이고 있었다. 그러다 기어드는 목소리로 말을 꺼냈다.

"있잖아. 은아야……."

하필이면 그때, 수민의 핸드폰이 요란한 소리를 내며 울리기 시작했다. 수민의 목소리가 너무 작아 귀 기울이던 은아조차 깜짝 놀랐을 정도였다. 수민은 허둥거리며 핸드폰을 꺼내더니 얼른 귓가에 가져다댔다.

"아빠? 왜? ……아니. 지금? ……알았어."

수민은 풀 죽은 얼굴로 전화를 끊었다. 어쩐지 굉장히 실망한 것도, 안심한 것도 같은 얼굴이었다. 의아한 듯 바라보는 은아에게 수민이 말했다.

"진짜 미안. 집에 고모 오셨는데 아빠가 나가 있어서……. 내일 다시 얘기하면 안 될까?"

무슨 얘길까 궁금하긴 했지만, 어쩌면 그냥 위로의 말일 수도 있겠다 싶어서 은아는 대수롭지 않게 고개를 끄덕였다. 벤치에서 일어난 수민이 어쩐지 간절해 보이는 얼굴로 은아에게 당부했다.

"내일 꼭 다시 만나. 알았지? 내가 전화할게."

"……알았어."

"그럼 먼저 간다."

"잘 가."

수민이 집을 향해 달려가기 시작했다. 은아는 서늘한 벤치에 앉아, 들고 있던 음료를 다 마신 뒤 천천히 집을 향해 걸었다.

* * *

오후 두 시가 됐다. 유림은 간식이 잔뜩 담긴 쟁반을 들고 은아의 방문 앞에 섰다.

은아가 좋아하는 것들을 잔뜩 사 왔지만 왠지 방 안으로 들어갈 자신이 없었다. 이제는 습관이 되어버린 한숨이 절로 나왔다. 잠시 입술을 깨문 유림이 결심한 듯 손을 들어 노크하고 말했다.

 "은아야. 오늘 레슨 받는 날인데."

 대답이 없었다. 유림은 살짝 문을 열고 안에 들어갔다. 은아는 유림을 등지고 침대에 가만히 누워 있었다. 안타까운 시선으로 은아를 바라보던 유림은 쟁반을 책상 위에 놓으며 타이르듯 말했다.

 "레슨도 다시 받고, 친구들도 만나고 그래야지."

 "……나중에."

 "그래. 그럼 일단 엄마랑 어디 여행가는 건 어때? 너 원래 제주도 가고 싶어했잖아."

 "엄마……."

 "응, 은아야."

 "그렇게 하면 아무 일도 없었던 거처럼……. 그렇게 하면……."

 은아는 유림에게 등을 돌린 채 말하고 있었다. 유림은 침대 구석에 앉아 은아의 어깨를 부드럽게 쓸어주었다.

 "나는 정말 아무 일도 없는 게 되는 걸까?"

 생기라곤 찾아볼 수 없는, 죽어 있는 것 같은 목소리. 유림은 더 이상 말을 잇지 못하고 이불 밖으로 삐져나온 은아의 손을 꼭 잡았다.

"은아야. 전학 갈래?"

"……전학?"

"응. 다른 학교로 전학가자. 다시 이사 가도 돼. 아니면…… 전에 살던 동네로 돌아가도 되고. 엄마는 은아가 하자는 대로 할게."

"정말……?"

은아가 고개를 돌렸다. 유림과 눈을 마주치고 매달리듯 물었다. 유림은 크게 고개를 끄덕였다. 은아를 위해서라면 못할 것이 없었다.

"전학 가자. 은아야."

"엄마……."

은아가 자리에서 일어나 유림의 품에 안겼다. 또 눈물이 날 것 같았지만, 두 사람 다 간신히 참았다. 유림은 은아를 안고 한동안 놓아주지 않았다. 그리고 일부러 밝은 목소리로 물었다.

"우리 외식할까? 스테이크 같은 거 먹으러 가자. 분위기 좋은 데로."

"……어디?"

은아가 빙그레 미소를 지었다.

"어디로 갈까. 양평? 미사리? 아니면 엄마 차 타고서 바다 구경을 가도 되고. 응?"

"응. 엄마 편한 데로 가자."

은아가 고개를 끄덕였다. 유림은 오랜만에 활짝 웃고는, 옷 갈아입고 거실에서 만나자며 은아의 방을 나섰다.

은아에게 필요한 건 시간이었다. 유림은 무조건 기다려보기로 했다. 저렇게 조금씩이라도 반응을 보이고 견뎌내기 위해 애쓰는 은아가 너무나 고마웠다. 거실로 나오자마자 유림은 바쁘게 움직였다. 옷을 갈아입고 핸드백을 챙겼다. 그리고 혹시 은아가 배고플까봐 간식거리를 싸고 있는데, 갑자기 은아의 방에서 찢어지는 듯한 비명소리가 들렸다.

아아아아악-!

들고 있던 쟁반이 바닥으로 떨어졌다. 콰장창 소리와 함께 유림이 은아의 방으로 득달같이 달려갔다.

"뭐, 뭐야? 은아야! 무슨 일이야?"

분명 은아의 비명소리였다. 외식하자는 엄마의 말에 방금 전만 해도 미소를 지어주던 아이가, 미친 사람처럼 소리를 지르고 있었다.

아아아악!

당황한 유림은 은아의 방문을 열려 했다. 하지만 어느새 잠겼는지 열리지 않았다.

"은아야? 무슨 일이야? 문 좀 열어봐!"

방에서는 괴로움에 젖은 은아의 비명이 오열과 함께 들려오고 있었다. 유림은 계속 문고리를 잡아 당겼지만 소용없었다. 안에서 무슨 일이 벌어지고 있는지 알 수가 없었다.

유림은 몰려오는 두려움에 미칠 것만 같았다.

"은아야! 은아야……!"

주먹으로 문을 두드리던 유림이 방문에 귀를 가져다 댔다. 갑자기 안에서 아무런 소리도 들리지 않았다.

불안했다. 유림은 안 되겠다 싶어 거실 서랍에 넣어둔 비상 열쇠를 찾아 나섰다. 그때였다. 갑자기 은아의 방문이 벌컥 열렸다.

"……은아야?"

어느새 외출복으로 갈아입은 은아가 방에서 걸어 나왔. 한 손엔 첼로 가방을 들고 있었다. 넋 나간 얼굴로 자신을 바라보는 유림에게, 은아가 차가운 목소리로 말했다.

"레슨 다녀올 거야."

"……은아야. 지금?"

"응. 지금."

유림은 눈을 크게 뜨고 은아를 바라보다가, 할 수 있는 최선의 말을 했다.

"가, 같이 가줄까?"

"싫어. 나 혼자 가는 게 좋아."

은아는 그 말과 함께 달아나듯 현관을 빠져나갔다.

은아의 상태가 이상하다는 것은 한눈에도 알 수 있었다. 그래서 유림은 다급하게 은아의 뒤를 쫓아 현관을 나섰다.

하지만 은아는 이미 저 멀리 달려가고 있었다.
"은아야……!"
아무리 애타게 불러도 은아는 유림에게로 돌아오지 않았다.

유은아.

　은아는 유림이 외출 준비를 위해 서둘러 방 밖으로 나서자마자 한숨을 내쉬며 책상 위를 바라보았다. 작은 쟁반 위에 갖가지 간식들이 아기자기하게 담겨 있었다. 모두 은아가 좋아하는 것들뿐이었다.
　너무 미안하고 고마웠지만 어찌 표현해야 할지 몰랐다.
　은아가 힘든 만큼 유림도 힘들 것이다. 은아는 침대 위에서 천천히 몸을 일으켰다.
　눈앞이 빙글 돌 정도로 어지러웠다. 은아는 침대에 걸터앉아 아픈 머리를 움켜잡았다. 유림을 생각하면 당장에라도 자리를 털고 일어나 괜찮다고 말해주고 싶었지만 생각대로 잘 되지 않았다. 눈만 감으면 그때의 기억이 머릿속을 스치며 괴롭혔다. 잠도 제대로 자지 못했다. 최근 들어 은아의 꿈은 온통 악몽뿐이었다.
　아니, 현실 자체가 악몽일지도 몰랐다.
　시간이 지날수록 나아지는 것이 아니라, 시간이 지날수록 깊어지는 것 같기까지 했다.
　위이이잉.
　갑자기 핸드폰이 짧게 진동했다. 은아는 집으로 돌아간 수민이 메시지를 보냈나 싶어, 얼른 핸드폰을 집어 들었다. 동영상 멀티 메일이 와 있었다. 의아한 마음에 핸드폰 화면을 응시하던 은아가 손가락을 움직였다.

처음 보는 번호였다. 무의식적으로 플레이 버튼을 누르자, 어딘가 익숙해 보이는 광경이 나타났다.

"……!"

그때 그곳이었다. 어둡고 차가웠던 옥상.

잔뜩 겁에 질린 은아의 얼굴이 동영상 가득 나타났다. 형편없이 흔들리는 화면 속에서도 은아의 하얀 얼굴만은 선명했다. 녀석들의 킬킬거리는 웃음소리와 애처로운 은아의 울음, 힘없이 흔들리는 하얀 알몸까지 전부 촬영되어 있었다.

긴 동영상이었다. 은아는 무너져 내렸다.

영상과 메시지를 확인하는 은아의 손끝이 덜덜 떨렸다.

- 잘 나왔지? 지금 오면 이거 지우고, 안 오면 인터넷에 뿌린다.

"……아아아아악!"

결국, 은아는 비명을 지르면서도 나갈 채비를 했다.

* * *

"하아, 하아, 하아……."

은아는 잔뜩 겁에 질린 얼굴로 거리를 달렸다. 엄마가 따라올지도 모른다는 생각에 숨이 차도 멈추지 못하고 계속 달렸다.
　엄마가 그 일을 알아서는 안 됐다. 누군가 그 동영상을 본다는 건 상상조차 할 수 없었다. 엄마인 유림도, 아니, 엄마라서 더더욱 안 된다.
　은아의 머릿속엔 오직 그 동영상을 없애야 한다는 생각뿐이었다. 비틀거리며 달려가는 은아의 주머니 속엔 몰래 챙겨둔 커터 칼이 들어 있었다.
　은아는 문자가 가리키는 집을 향해 달리고 또 달렸다. 박준이 때마다 메시지를 보내 길을 알려주고 있었다.
　- 스타 노래방 지나서. 사거리에서 오른쪽으로 돌아서 올라와.
　은아는 눈물이 그렁그렁한 눈으로 길을 따라 올라갔다. 앞쪽엔 순찰 중인 것으로 보이는 경찰관 두 명이 보였다. 저도 모르게 자리에 멈춰선 은아는 눈물이 맺힌 눈으로 경찰들을 바라보았다.
　도움을 청하고 싶었다. 제발 살려달라고 매달려 빌고 싶었다.
　하지만 은아는 그 모든 게 소용없다는 사실을 알았다. 옥상에서, 병원에서, 경찰서에서, 재판정에서 몇 번이나 깨달았다. 은아를 도와줄 수 있는 사람은 아무도 없었다. 저들의 손에 동영상이 있는 이상, 은아는 누구에게도 도움을 청할 수 없었다.

아무것도 모르는 경찰들이 은아의 곁을 스쳐 지나갔다.

"……하아, 하아."

눈물이 났다. 그리고 박준에게서 다시 문자가 왔다.

- 아 씨발 빨리 안 오냐?

은아는 눈을 질끈 감아 맺힌 눈물을 짜냈다. 그리고 계속해서 달려 나갔다. 도중에 엄마에게서 전화와 문자가 오긴 했지만 애써 무시했다.

한참을 달린 은아는 어수선한 골목에 들어섰다. 오래된 담벼락과 곳곳에 널려 있는 쓰레기들이 보였다. 낯선 곳이었다. 그만큼 겁이 났다. 하지만 은아는 이내 주머니 속의 커터 칼을 꼭 쥐며 골목 안으로 들어섰다.

- 파란 대문.

은아는 금세 집 앞에 도착했다. 여기다. 여기 박준이 있다. 은아는 입술을 깨물며 커터 칼을 꺼내 들었다.

"헐, 씨발 진짜 왔네."

삐걱하는 소리와 함께 문이 열리더니 집 안에서 박준이 걸어 나왔다. 그가 피식 웃으며 은아에게 다가왔다. 당황한 은아는 재빨리 커터 칼을 등 뒤로 숨겼다.

"일단 들어와. 들어가서 이야기하자."

은아는 열린 문틈으로 박준이 나온 집 안을 바라보았다. 그냥 평범한 집이었지만, 은아의 눈엔 들어가면 다시 나오지 못할 지옥 구덩이처럼 보였다. 들어가자마자 온몸이 찢어발겨질 것 같은 기분이었다. 은아는 반사적으로 주춤거리며 뒷걸음질을 쳤다.

"아, 씨. 들어오라고. 귀찮게 하지 말고."

조심스럽게 주변을 살피던 박준이 거칠게 은아의 팔을 잡아끌며 집 안으로 들어갔다. 그리고 재빨리 문을 닫았다. 누가 들어오지 못하게 잠금장치를 해놓는 것도 잊지 않았다.

그리고 잔뜩 경직된 은아의 몸을 거실에 집어 던졌다. 그리고 방 안쪽을 향해 킥킥거리며 외쳤다.

"야! 씨발, 누가 왔는지 봐봐. 킥킥킥."

곧이어 방문이 열리더니 한민구가 고개를 내밀었다. 녀석은 바닥에 쓰러져 있는 은아를 보며 어처구니없다는 얼굴로 웃었다.

"뭐야? 진짜 왔네."

"내 말 맞지? 그러니까 이번엔 내가 일빠다?"

"알았어, 씹새야. 이번엔 양보하마. 빨리 끝내."

두 사람이 시시덕거리는 소리는 은아의 귀에 와 닿지 않았다. 거실 바닥에 두 손을 짚고 은아가 몸을 일으켰다. 그리고 낮은 목소리로 말했다.

"동영상 내놔."

그 말에 박준이 황당하다는 듯 되물었다.

"뭐?"

"동영상 내놓으라고."

"무슨 소리야?"

"……내가 여기 오면 동영상 지운다며. 없애준다며!"

은아가 소리쳤다. 박준과 한민구는 약속이라도 한 것처럼 서로를 바라보았다. 그리고 동시에 큰 소리로 웃음을 터뜨렸다.

"풋! 푸후후훗!"

"푸하하하하! 씨발 이 년 미친 거 아냐?!"

"크, 크크크! 얘 지금 우리보고 뭐라냐? 씨발 넌 제대로 미쳤네? 하긴, 미쳤으니 여길 오지! 크크크!"

녀석들은 쉽게 웃음을 멈추지 않았다. 은아가 뭔가 잘못됐다는 사실을 깨달았을 때엔 이미 늦어 있었다. 달아날 구석이 없었다. 은아는 허리를 꺾어가며 자신을 비웃는 두 사람을 향해 숨겨뒀던 커터 칼을 꺼내 들었다. 그리고 엉성하게 두 손으로 쥔 채 버럭 소리 질렀다.

"도, 동영상 내놔!"

날카로운 칼날이 두 사람을 겨눴다. 하지만 그 끝은 볼품없이 부들부들 떨리고 있었다. 그 모양이 웃겼던 나머지, 두 사람은 멈추지도 않고 계속해서 은아를 비웃었다.

"허이구! 씨발 무서워라."

"까딱하면 찔러 죽이시겠네?"

둘은 겁내지 않고 은아에게 다가왔다. 그리고 손을 들어 은아의 머리를 툭툭 때리며 비아냥거렸다. 은아는 눈에 가득 눈물이 고인 채 이러지도 저러지도 못한 채 온몸을 부들부들 떨었다.

"야, 이 미친년아. 이런 걸로 찌른다고 사람이 뒈질 것 같아? 하다못해 부엌칼이나 사시미라도 들고 왔으면 말을 안 해."

"하여간 찌를 용기도 없으면서, 병신 같은 년이……."

"도, 도, 동영상 내놓으라니까!"

결국 참다못한 은아가 두 눈을 질끈 감고 커터 칼을 휘둘렀다. 아무렇게나 휘두른 은아의 칼이 민구의 손을 스쳤다. 뭔가가 칼끝에 닿는 느낌이 와, 은아는 감았던 눈을 떴다.

"헉 씨발, 뭐야……?"

민구의 손가락에서 피가 흐르고 있었다. 그는 깜짝 놀라 상처를 살폈다. 그냥 베인 정도인 것 같은데 생각보다 피가 많이 나왔다. 민구의 손등을 타고 흐르는 붉은 피를 보고, 은아가 헛숨을 들이켰다. 다친 한민구보다도 칼을 휘두른 은아가 더 놀란 얼굴이었다.

"나, 나는 이러려고 한 게……."

"뭔 개소리야, 이 잡년이!"

잔뜩 화가 난 민구가 은아의 **뺨**을 거세게 때렸다. 뺨을 맞은 은아는 그대로 힘없이 나뒹굴었다.

"아, 씨발 따가워. 이거 꿰매야 하는 거 아냐?"

호들갑을 떠는 민구에게 박준이 피식 웃으며 말했다.

"병신, 살짝 베인 거 가지고 난리 치긴. 반창고나 붙여, 씹새야. 아무튼 우리 민구를 다치게 했으니 내가 벌을 줘야겠네."

"아우! 완전 개 씨발! 내 살다 살다 별일을 다 당하네. 죽었어, 이 씨발년!"

쓰러진 은아의 위로 두 사람의 어두운 그림자가 드리워졌다. 겁에 질린 은아가 방바닥을 짚고 일어나 달아나려 했지만 소용없는 일이었다. 한민구의 발에 복부를 걷어차인 은아는 배를 감싸 안고 바닥에 엎드렸다.

두 사람은 약속이라도 한 듯 은아에게 달려들었다.

은아는 자신의 몸을 짓누르고 있는 한민구와 박준을 바라보았다. 놈들의 거친 숨소리가 씩씩거리며 귓가에 달라붙었다. 귀를 막고 싶었다. 아니, 아예 잘라버리고 싶었다. 놈들이 달라붙어 있는 피부와 힘없는 팔다리를 떼내고 싶었다. 버둥거리며 녀석들을 밀치려 애썼지만 두 손이 단단히 붙들려 꼼짝할 수 없었다. 비릿한 냄새가 나는 손바닥에 입이 막혀 소리조차 지를 수 없었다.

그때와 똑같았다. 더 비참했다.

기억하기 싫었던 악몽이 재현되는 순간, 은아의 눈에서 초점이 사라졌다.

* * *

― 앞으로 우리가 부르면 잽싸게 튀어 나와. 알았냐? 신고하고 싶으면 해. 우리야 네 동영상 인터넷에 풀어놓고 나 몰라라 하면 그만이거든. 실수로 퍼진 거라고 우기면 경찰이라고 별 수 있을 거 같냐? 그리고, 네 발로 왔잖아. 우리가 끌고 온 거 아니거든.
― 그냥 너도 즐겨. 어차피 한 번 하나 열 번 하나 똑같잖아. 안 그러냐?

하늘이 빙글빙글 돌았다. 은아는 무거운 첼로 가방을 한쪽 어깨에 메고 비틀거리며 걸었다. 한민구의 집을 언제 어떻게 나왔는지 기억도 나질 않았다. 여기저기 내던져진 옷을 주워 입고 네 발로 기어 현관을 빠져나왔다. 등 뒤에서 녀석들의 비웃음 소리가 발목을 잡고 놓아주지 않았다.
무거웠다. 은아는 길가에 멈춰 서서 첼로 가방을 바닥에 내려놓았다. 그리고 멍하니 바라보았다.
콩쿠르에 나가고 레슨을 받으러 다니던 일들이 꼭 먼 옛날의 일인 것처럼 느껴졌다. 허벅지에서 시작해 아랫배를 타고 오르는 끔찍하고 더러운 통증 때문에, 은아는 첼로를 끌어안고 길가에 주저앉았다. 그리고 한동안 심호흡했다.
지나가는 사람들이 이상해하는 눈으로 은아를 흘깃거렸

다. 은아는 아무것도 보이지 않는 사람처럼 멍하니 앉아 있다가 어느 순간 천천히 몸을 일으켰다. 그리고 아무렇지도 않게 첼로 가방을 어깨에 메고 걸었다.

 목적지는 없었다. 은아는 아픈 것도 잊어버리고 하염없이 걸었다. 이대로 어디론가 사라져버렸으면 좋겠다고 생각했다. 지나가는 차를 보면 그 앞에 뛰어들고 싶고, 높은 아파트를 보면 꼭대기까지 올라가 뛰어내리고 싶었다.

 은아는 그렇게 거리를 걷다가 상가 유리에 비친 자신의 모습을 보았다. 헝클어진 머리에 붉은 자국이 남은 얼굴, 엉망으로 구겨진 옷을 입은 여자애가 서 있었다.

 끔찍했다.

 참을 수 없을 만큼 끔찍했다. 뚫어져라 바라보니 유리에 비친 자신이 금세 동영상 속 모습으로 변했다. 눈을 꼭 감고 울고 있는, 벌거벗은 채 온몸을 바르작거리는 무력한 계집애 하나가 거기에 있었다.

 한민구와 박준은 울부짖는 은아의 눈앞에 동영상을 들이밀고 억지로 보게 했다. 은아가 차마 볼 수 없어 눈을 감으면 볼륨을 키워 귓가에 가져다대고, 소리를 지르며 발버둥을 치면 재미있다는 듯 큰 소리로 웃었다. 차라리 그때처럼 기절이라도 하면 좋으련만, 저주스럽게도 그러질 못했다.

 은아는 참을 수 없어져 달리기 시작했다. 비틀거리며 달리다 넘어지고, 다시 달렸다. 그리고 상가 유리가 없는 좁은 골목 안으로 들어갔다.

다리에 힘이 풀렸다. 그대로 길바닥에 주저앉은 은아는 첼로를 끌어안고 고개를 숙였다.

뚝. 뚝. 뒤늦은 눈물이 터져 나왔다.

"……흐윽. 엄마, 나 어떡해…… 어떡해."

시간을 되돌릴 수만 있다면 무엇이라도 할 수 있을 것 같았다.

한참을 그렇게 울다 보니, 누군가 골목 안으로 들어와 눈앞에 서 있다는 사실도 깨닫지 못했다. 탁탁. 발 구르는 소리가 났다. 은아는 멍한 눈을 들어 올렸다.

규진이었다. 규진이 친구들과 함께 담배를 피우러 골목 안으로 들어왔다가 우연히 은아를 발견한 것이다.

"야…… 유은아, 오랜만이다? 좆나 얼굴 보기 힘드네. 씨발. 찾으러 갈 뻔했잖아."

은아는 아무 반응이 없었다. 눈물로 얼룩진 얼굴을 들어 올리고 그저 멍하니 규진을 바라보기만 했다. 초점 없는 눈엔 어떤 의지도 존재하지 않았다.

누가 보기에도 멀쩡하지 않은 은아의 상태를 알면서도, 규진은 물러나지 않았다. 오히려 한 걸음 더 앞으로 다가오더니, 은아가 매달리듯 끌어안고 있던 첼로 가방을 옆으로 밀쳐냈다. 그리고 은아의 머리를 퍽 소리가 나게 후려쳤다.

"너 내가 모를 줄 알았냐? 씨발 년아, 사람 말 못 알아들어? 내가 윤조한 근처에 얼씬거리지 말랬잖아!"

은아는 대답하지 않았다. 신음도 흘리지 않았다. 규진이 때리면 때리는 대로 쓰러져 가만히 숨을 골랐다.

"윤조한이랑 잤다며! 내가 모를 줄 알아?"

규진은 아무 반응을 보이지 않는 은아 때문에 더 약이 올라, 있는 힘껏 손바닥을 휘둘렀다. 철썩거리는 소리가 몇 번이나 울렸다. 은아는 바닥에 엎드려 규진의 발길질을 받았다. 그 모양이 재밌어 보였는지 규진의 친구들이 달라붙었다. 은아는 머리채를 잡히고 구둣발에 짓밟혔다.

"좋았냐? 좋아 죽겠지? 씨발…… 순진한 척하고 꼬리칠 때부터 알아봤어야 했는데!"

좋았냐고? 은아는 생각했다.

좋았냐고?

한민구가 이죽거리며 내던진 말도 떠올랐다.

- 너도 즐겨. 한 번 하나, 열 번 하나 똑같잖아.

재판장에서 변호사가 추궁하던 말도 생각났다.

- 윤조한을 좋아해서 반항하지 않은 것, 맞죠?

좋았냐고? 좋았냐고…… 좋았냐고!

"아, 아아…… 아아아아악!"

은아의 비명이 좁은 골목을 찢어낼 듯 날카롭게 울려 퍼졌다.

5

 유림은 은아를 찾기 위해 온 동네를 돌아다녔다. 하지만 어디에서도 은아의 모습을 찾을 수가 없었다.
 첼로 레슨을 받으러 간다는 말이 거짓이라는 건 은아가 집을 나서기 전에도 알고 있었다. 혹시 몰라 전화로 확인까지 해봤지만 당연하게도 은아는 그곳에 모습을 드러내지 않았다.
 도대체 어디로 갔단 말인가.
 유림은 은아가 집을 나서기 전 보였던 이상한 행동을 떠올리고는 걷잡을 수 없이 불안해진 마음에 결국 수민의 핸드폰으로 전화를 걸었다.
 "수민아, 아줌마야. 은아 엄마. 혹시 우리 은아…… 같이 있니?"
 수민은 아무것도 몰랐다. 유림과 함께 당황해서는 말을 더

듬거리며 묻기까지 했다. 은아가 어딘가에 갔느냐고.

"갑자기 밖으로 나갔는데 어디 갔는지 찾을 수가 없어서……. 은아가 갈 만한 데가 어딘지도 모르고?"

전화기 너머에서 수민이 다급한 신음을 머금었다. 그리고는 자신도 지금 밖으로 나와서 은아를 찾아보겠다고 했다.

"그래, 고맙다. 수민아. 우리 은아 찾으면 바로 전화해 줘."

가슴에 쇠사슬을 감아놓은 것처럼 답답하기 그지없었다. 유림은 아파트를 돌고, 집에 들어갔다가 다시 밖으로 나와 공원을 서성거렸다. 처음엔 신호만 가고 받질 않던 은아의 핸드폰은, 이제 전원이 완전히 꺼져 차가운 안내 방송만 들려올 뿐이었다.

무슨 일이 생긴 게 틀림없었다.

바람이라도 쐬고 싶어 나간 거라고 하기엔 하나부터 열까지 석연치가 않았다. 유림은 정신 나간 사람처럼 아파트 근처를 배회하다 결국 삼십 분도 채 되지 않아 오 형사에게 전화를 걸었다.

다행히 그는 머뭇거리지 않고 유림이 있는 아파트 앞 공원으로 달려와 주었다. 그리고 그녀와 함께 근처를 돌아다니며 은아를 찾았다.

"나갈 때 레슨 받으러 간다고 했다고요?"

"네. 그런데…… 거긴 안 갔대요. 애초에 갑자기 방 안에서 비명을 지르고 악을 쓰더니 훌쩍 나가 버린 거예요."

유림의 눈에 참았던 눈물이 맺혔다. 생각하지 않으려 애썼지만, 만에 하나 은아가 잘못된 생각이라도 하고 있는 건 아닌지 걱정 돼 미칠 것만 같았다.

굳이 말로 설명하지 않아도 유림이 뭘 떠올리고 있는지 알아챈 오 형사는, 그런 일 없을 거라며 고개를 저었다. 하지만 조금도 안심이 되지 않았다. 당장 은아를 찾아내서 품에 안아야 이 격렬한 불안이 해소될 것 같았다. 유림은 심장이 열 개로 쪼개져 따로 뛰고 있는 듯 극심한 불안에 온몸을 떨었다.

"아무래도 은아 어머니는 집에서 아이를 기다리시는 게 좋겠습니다. 제가 계속 주위를 살펴볼 테니까 일단 댁으로 돌아가세요."

"싫어요! 우리 은아가 어디서 무슨 일을 당하고 있을지 모르는데······."

유림이 버럭 소리를 지르더니 오 형사를 뿌리치고 미친 듯 달려가기 시작했다. 은아야, 은아야! 유림의 고함 소리가 골목에 메아리쳤다. 아파트 앞 공원에서 은아가 다니던 독서실이 있는 방향으로 달려간 유림은 이리저리 주위를 두리번거리며 울먹였다.

오 형사도 더 이상은 유림을 집으로 돌려보내려 하지 않았다. 이제는 날이 저물어, 어둑어둑해진 길가에 가로등이 하나둘씩 켜졌다. 유림은 실성한 사람처럼 지나가는 사람들의 얼굴을 하나하나 확인하고 돌아다녔다. 그렇게 두 사람이 독서실에서 조금 떨어진 작은 골목 앞을 지나갈 때였다.

"아, 아아…… 아아아아악!"

멀찌감치 떨어진 작은 골목길 안에서 비명 소리가 들려왔다. 꽤나 먼 거리였음에도 유림의 귀와 가슴을 찢어놓을 듯 고통스러운 비명이었다. 유림은 달려가던 몸을 멈추고 홱 고개를 돌렸다.

"은아, 우리 은아…… 우리 은아에요!"

"은아 어머니!"

유림이 먼저 달리기 시작했다. 오 형사도 재빨리 유림이 달려간 방향으로 발길을 돌렸다.

어둡고 좁은 골목이었다. 담배꽁초가 수북하게 쌓여 있는 차가운 시멘트 사이에 한 무리의 여학생들이 모여 있었다. 은아와 같은 또래 아이들이었다. 그리고 그 가운데, 더러운 바닥에 누군가 머리를 숙인 채 쓰러져 있었다. 길고 검은 머리에 새처럼 작은 몸.

은아였다.

유림은 비틀거리면서도 악을 쓰고 달렸다.

"은아야! 은아야아!"

비명을 지르며 달려오는 유림과 그 뒤에서 호루라기를 불어대는 오 형사를 발견한 아이들이 쏜살같이 달아나기 시작했다.

"아 씨발, 튀어!"

"좆 됐다. 빨리 가! 빨리······."

순식간에 골목 저 편으로 흩어져 달아나 버린 아이들 뒤로 은아의 모습이 보였다. 유림은 차마 무슨 말을 해야 할지 몰라 한 손으로 입을 틀어막았다.

은아는 바닥에 얼굴을 대고 엎드린 채 가쁜 숨을 몰아쉬고 있었다. 엉망으로 찢어진 스웨터와 헝클어진 머리, 찢어진 상처에서 붉은 피가 배어 나왔다. 크게 부릅뜬 눈동자엔 아무것도 남아 있지 않았다. 맞은 곳이 아프지도 않은지 신음조차 흘리지 않았다. 그저 꽉 쥔 주먹을 가슴 앞에 모으고 온몸을 부들부들 떨었다.

"은아야······."

유림이 먼저 무너져 내렸다. 그녀는 은아를 품에 안고 골목이 떠나가라 소리를 지르며 울었다.

모녀의 곁엔 착잡한 얼굴의 오 형사가 고개를 숙이고 있었다.

* * *

병원에 가자는 유림의 말에 한사코 싫다고 외치던 은아는 집에 돌아오자마자 씻고 싶다며 욕실로 들어갔다. 유림은 거실 소파에 앉아 소독약과 연고, 붕대 등을 잔뜩 꺼내놓고 은아를 치료하기 위해 기다렸다. 하지만 한 시간이 훌쩍 지나도록 은아는 욕실에서 나오지 않았다.

"……은아야."

불안해진 유림이 욕실 문을 두드렸다. 그러자 꺼질 듯 작은 은아의 목소리가 흘러나왔다.

"나 좀 내버려 둬. 엄마."

그리고 세찬 물소리가 났다. 더 이상 말하고 싶지 않다는 뜻이었다. 유림은 결국 문을 두드리던 손을 힘없이 떨어뜨렸다. 그리고 그 자리에 쪼그리고 앉아 무릎에 얼굴을 묻었다.

도대체 이 악몽은 언제 끝나는가.

어떻게 해야 은아를 저 깊은 절망 속에서 꺼내줄 수 있나. 유림은 무력한 자신이 증오스러울 지경이었다. 골목 안에서 은아를 집단 구타하던 아이들에 대해서도, 은아는 입조차 벙긋하지 않았다. 그냥 모르는 애들이라고, 왜 그랬는지 모른다고 중얼거리고는 벙어리처럼 입을 다물어버렸다.

쪼그리고 앉은 채 마주한 거실 바닥이 기우뚱 흔들리더니 빙글빙글 돌았다. 유림은 발 디딜 곳 하나 없는 세상에 혼자서 있는 기분이었다. 엄마인 자신이 이럴진대, 은아의 세상은 과연 어떠할 것인가.

부서지고 깨지고 불에 타 폐허가 된 것은 아닐까.

유림은 그 생각만으로도 충분히 억장이 무너졌다. 은아에게 들리지 않도록 입을 틀어막고 소리 없이 울었다.

욕실 문에 기댄 채 쪼그리고 앉아 한참을 울먹이던 유림은 안에서 더 이상 물소리가 들리지 않는다는 사실을 뒤늦게 깨달았다. 시계를 보니 은아가 들어간 지도 이제는 한 시간이 아니라 두 시간이 지나고 있었다.

은아가 갑자기 사라졌을 때 느꼈던 극심한 불안감이 다시금 고개를 쳐들었다. 유림은 주먹으로 눈물을 훔치고 비틀거리며 자리에서 일어났다. 그리고 문가에 귀를 가져다 댔다.

아무 소리도 나지 않았다.

은아를 불러봤지만 대답이 없었다. 덜컥 심장이 내려앉았다. 유림은 주먹을 들어 문을 두드렸다.

"은아야! 안에서 뭐 하는 거야? ……엄마 걱정하잖아. 이제 나와야지."

그래도 소리가 나지 않았다. 유림은 손잡이를 잡고 문을 흔들었다. 이번에도 안에서 잠겼는지 열리지 않았다.

문 좀 열어보라고 다시 소리쳤지만 대답은 없었다.

불안해서 견딜 수가 없었다. 유림은 또 다시 비상 열쇠를 찾아 나섰다. 슬리퍼를 질질 끌고 달려가 거실 서랍을 열고 열쇠를 꺼내 들었다.

손이 떨려 열쇠가 구멍에 잘 끼워지지 않았다. 유림은 몇 번이나 시도한 끝에 욕실 문을 열고 안으로 들어갈 수 있었다.

"……으, 은아야!"

은아는 욕조에 기대앉은 채 눈을 감고 있었다. 몸은 여기

저기 멍들고 얼굴은 붉게 부어올랐다. 상처가 하도 많아 셀 수조차 없을 정도였다. 뿐만 아니었다. 도대체 어떻게 들고 들어왔는지, 날카로운 커터 칼로 잘라낸 긴 머리카락들이 욕실 바닥에 떨어져 있었다.

아무렇게나 휘어잡고 칼로 끊어낸 검은 머리카락.

유림은 온몸의 피가 싸늘하게 식어버린 것 같은 느낌에 서둘러 은아에게로 달려갔다. 멎은 줄 알았던 눈물이 다시금 흘러내렸다. 은아의 작은 어깨를 끌어안고 계속해서 쓰다듬었다.

"은아야. 정신 차려. ……제발, 응? 엄마 부탁이야. 엄마가 뭐든지 할게. 은아야……."

욕조의 물은 차가웠다. 유림이 욕실 안에서 은아를 끄집어내기 위해 애쓰는 동안, 은아는 감았던 눈을 뜨고 멍하니 유림의 얼굴을 바라보았다.

"……엄마."

은아가 물에 잠겨 있던 손을 천천히 들어 올렸다. 그리고 다시 자신의 남은 머리카락을 움켜쥐더니 서걱, 소리와 함께 또 한 뭉텅이를 잘라냈다. 유림은 은아의 행동을 막을 수 없었다. 죽은 사람처럼 텅 빈 눈동자로 허공을 바라보고 있는 은아는, 마치 예전의 그 아이가 아닌 것만 같았다.

은아는 더럽다는 듯이 잘라낸 머리카락을 욕실 바닥에 털어냈다.

유림은 그 모습을 넋이 나간 얼굴로 바라보았다. 그러다 이내 정신을 차리고는 은아의 손에서 가까스로 칼을 빼앗았다.
"은아야. 이러지 마. 응? 엄마랑 병원에 가자."
기운 없이 바닥에 쓰러진 은아가 울먹이며 소리쳤다.
"혼자 있고 싶어. 나…… 혼자 있고 싶어. 엄마."
"안 돼. 은아야. 엄마랑 나가자."
"혼자 있고 싶다니까! 나 좀 제발 내버려 둬!"
그렇게 소리친 은아는 유림을 밀치고 일어나 맨몸인 채 자신의 방으로 달려가 버렸다.
쾅-!
부서질 듯 거세게 닫힌 은아의 방문을 바라보며 유림은 다시 한 번 무너져 내렸다.

* * *

은아를 이대로 놔둘 수는 없었다. 유림은 생각하고, 또 생각했다. 피해자인 은아는 이토록 고통 받고 있는데 그 죽일 놈들은 아무렇지 않게 지내고 있다는 사실이, 하루에도 몇 번씩 유림을 미칠 것 같은 분노에 휩싸이게 했다.
상처가 아물기는커녕 갈수록 커지기만 하는 은아였다. 유림의 생활도 완전히 망가졌다. 모녀는 하루 종일 멍하니 있거나 혹은 절망에 빠져 지냈다. 가게 인테리어 공사를 시작하기로 한 날짜가 다가왔지만 유림은 은아가 있는 집을 떠나지 못하고 전전긍긍했다.

그러다 어쩌면 자신을 도와줄 수도 있는 어떤 변호사를 떠올렸다.

안혜수. 바로 남편의 정부이자 이젠 새 아내가 된 여자였다.

그녀는 유림이 아는 가장 유능한 여자 변호사였다. 결코 호의적이지 않은 관계의 두 사람이었지만, 적어도 은아와 무관하지 않은 관계의 여자 변호사이기 때문에 믿을 수 있었다.

지난 2년간, 유림은 남편의 주위에서 맴도는 혜수의 그림자와 함께 지냈다. 당시엔 미칠 것 같은 분노와 우울, 자괴감에 휩싸이게 한 원흉이었지만, 이제 그런 것쯤은 아무래도 상관없었다.

혜수는 능력 있는 변호사였다. 이혼하는 과정에서도 최대한으로 분쟁을 줄이고, 남편이 되도록 많은 이득을 챙겨갈 수 있도록 해준 것도 혜수였다. 이혼 조정실에서 만난 유림을 보면서도 눈길조차 피하지 않았던 당돌한 여자.

유림은 결정을 내리자마자 핸드백을 챙겨 들고 집을 나섰다.

남편의 외도를 확인하기 위해서 알아뒀던 주소를 이런 식으로 사용하게 될 줄이야. 유림은 혜수의 오피스텔 주차장에 차를 세우고 성급히 걸어갔다. 엘리베이터에서 내려 익숙하지 않은 복도를 가로지르는 동안 유림의 머릿속엔 갖가지 생각이 스치고 있었다.

녀석들을 벌하기 위해 벌이는 이 일이 과연 은아의 치료에 도움이 될 것인가. 이번에도 실패하면 어떻게 하나.
　혜수의 오피스텔 문 앞에 서서 유림은 깊게 심호흡했다. 그리고 천천히 벨을 눌렀다.
　그녀는 절대로 유림의 청을 거절할 수 없을 것이다.
　길게 두 번 벨이 울리자, 안에서 웬 남자의 목소리가 들려왔다. 유림은 왠지 모르게 익숙한 남자의 목소리에 눈썹을 꿈틀거렸다. 덜컥 소리와 함께 문이 열리고, 파자마를 입고 있는 사십 대 초반의 남자가 몸을 내밀었다.
　유영민. 유림의 전남편이었다.
　"무, 무슨 일이야? 당신이 여길 왜……?"
　남편이 당황한 표정으로 유림을 바라보았다. 눈살을 찌푸린 유림이 남편의 얼굴을 사납게 노려보았다.
　그때 그의 등 뒤에서 혜수의 목소리가 들렸다.
　"누군데요?"
　그리 늦은 시간도 아니건만 혜수는 화려한 나이트가운을 입고 있었다. 남편은 문 앞에 서 있는 유림을 어떻게든 가리려고 애를 쓰고 있었다.
　"아, 아니야. 일단 들어가 있어. 내 일이니까……."
　하지만 소용없는 일이었다. 유림의 목적은 남편이 아니었으니까.
　"당신 만나러 온 거 아니야."

유림이 쏘아붙인 후 혜수를 똑바로 바라보았다. 그리고 남편을 밀어낸 후 한 걸음 앞으로 나서더니, 깜짝 놀라 두 눈을 크게 뜬 혜수에게 말을 걸었다.

"잠깐 시간 좀 내줄 수 있어요?"

"······네? 저를요?"

"네. 혜수 씨 만나러 왔어요."

혜수는 남편을 흘긋 바라보더니 다시 유림에게 눈을 돌렸다. 문 앞에 서 있던 남편은 정말로 어쩔 줄을 모르겠다는 듯 거친 한숨을 내쉬었다. 그러더니 유림을 향해 날카로운 질책을 보냈다.

"당신 이게 무슨 짓이야?"

"밖에서 봐요. 기다릴게요."

유림은 남편의 말은 들은 체도 하지 않고 뒤돌아 오피스텔을 나왔다. 뒤에서 남편이 뭐라 소리치고 있었지만 신경 쓰지 않았다. 두 사람이 같이 살건, 결혼을 하건, 이제는 그 모든 것이 유림의 관심사가 아니었다.

먼저 내려온 유림은 오피스텔 입구에 서서 혜수를 기다렸다. 얼마 지나지 않아 외출복으로 옷을 갈아입은 혜수가 밖으로 나왔다.

"일단 조용한 곳으로 가서 이야기를 하죠. 따라와요."

유림은 혜수를 데리고 지하 주차장으로 향했다. 그리고 자신의 승용차에 올라탔다. 잠시 머뭇거리던 혜수도 조수석에 올라탔다. 그새 서늘해진 차 안, 좁은 공간에 무거운 침묵이 맴돌았다.

"말씀하세요."

한참을 기다리던 혜수가 조심스럽게 재촉했다. 하지만 유림은 여전히 쉽게 입을 열지 못하고 망설이고 있었다. 도대체 어떤 말로 시작해야 할지 몰랐기 때문이었다. 은아에게 일어난 이 끔찍한 사건을 자신의 입으로, 그것도 남편의 정부를 상대로 설명해야 하다니. 차마 입이 떨어지질 않았다.

하지만 스스로 머리를 자르며 울부짖던 은아의 모습을 떠올리니 어떻게든 사건을 마무리 지어야겠다는 생각이 차올랐다. 다시 한 번 굳게 결심한 유림이 그제야 천천히 입을 열었다.

"본론만 얘기하죠. 어떤 문제가 생겼는데…… 당신이 도와줬으면 좋겠어요."

"어떤 문제라뇨?"

혜수가 다시 한 번 조심스럽게 물었다. 유림은 고통스러운 얼굴로 눈을 감고 한숨을 내쉬었다.

"난 지금 소송을 준비하고 있어요. 그래서 전문가가 필요해요. 내가 당신을 찾아온 이유는 당신이 그 전문가라고 생각했기 때문이죠."

"하지만 전……."

"걱정 마세요. 전 지금 사적인 감정 없어요. 소송에 따르는 비용도 정상적으로 지불할 겁니다."

유림의 결심은 확고했다. 단단한 각오가 말투에 묻어나와, 혜수도 덩달아 진지한 얼굴로 물었다.

"무슨 일이 있으신가요?"

"……지금부터 내가 하는 이야기는 그 사람이 모르게 해 줬으면 좋겠어요."

이후, 유림은 그동안의 일들을 혜수에게 설명해주기 시작했다. 은아가 겪었던 가슴 찢어지는 사건들을. 이야기를 모두 들은 혜수는 크게 당황한 듯, 어떤 표정을 지어야 할지 모르겠다는 얼굴이었다.

"어, 어쩌다 그런 일이……?"

"묻지 마세요. 저도 왜 그런 일이 일어났는지 믿을 수가 없으니까. 아무튼 이번 일, 맡아 주셨으면 해요."

유림이 그 말을 끝으로 혜수를 바라보았다. 유림과 눈이 마주친 혜수는 마른침을 삼키며 한참을 망설인 끝에 물었다.

"……왜 저죠?"

은아를 아빠 없는 아이로 만든 여자. 혜수는 유림과 은아에게 자신이 얼마나 큰 죄인인지 잘 알고 있었다. 그런 자신에게 은아의 치부나 다름없는 사건을 맡기려 하다니, 유림의 생각을 도무지 이해할 수가 없었다.

하지만 염치없다는 얼굴로 고개를 숙인 혜수에게 유림은 거침없이 말했다.

"당신이 내가 아는 유일한 여자 변호사이고, 내 이혼 소송으로 당신이 유능한 걸 알았기 때문이죠."

가슴이 답답했다. 차 안의 탁한 공기에 목이 졸리는 기분이었다. 혜수는 먼 창밖을 응시하며 긴 머리를 쓸어 올렸다. 응하기도, 거절하기도 어려운 부탁이었다.

유림은 혜수의 고민을 기다릴 여유가 없었다. 때문에 더 이상 생각할 시간을 주지 않고 재차 물었다.

"어떤가요? 해줄 맘이 있나요?"

"잘 모르겠네요. 우리가 어울리는지."

"그 사람 때문인가요?"

혜수는 여전히 망설이는 눈치였다. 유림은 그 이유가 무엇인지 알고 있었다. 절로 눈살이 찌푸려졌다.

"그 사람 만난 지 얼마나 됐죠?"

"2년 정도……."

혜수가 말꼬리를 흐렸다. 사실 3년이 다 되어가지만 차마 사실대로 말할 수가 없었다. 혜수는 차창을 통해 비치는 유림의 얼굴을 슬쩍 보다가 답답해서 견딜 수 없다는 듯 다급하게 차 문을 열었다.

"전 못하겠어요. ……죄송해요."

도망치는 혜수를 잡은 건 유림의 창백한 손이었다. 차 밖으로 나서려던 혜수가 움직임을 멈췄다. 유림은 혜수의 팔을 잡은 채 서늘한 눈으로 혜수를 노려보았다. 그리고 단어 하나하나를 씹어뱉듯 힘을 주어 말했다.

"당신. 아직 잘 모르나본데, 이건 부탁이 아니라 일종의 요구야. 왜냐하면 당신이……."

유림은 금방이라도 쏟아져 나올 것 같은 험악하고 저열한 책망의 말들을 간신히 삼켰다. 입술을 꽉 깨물고 몇 번이나 심호흡을 한 후에야 목까지 차올랐던 울화가 가라앉았다. 그녀는 자신의 감정을 최대한 억누르며 말했다.

"당신이……. 내가 저 사람하고 갈라서지 않았다면 이런 일이 없었을 테니까."

혜수가 조수석에 등을 기댄 채 고통스러운 얼굴로 눈을 감았다. 은아의 일엔 영민도, 혜수도 어느 정도 책임이 있다. 유림은 그렇게 말하고 있었다. 그리고 혜수가 생각하기에도 그 말은 틀리지 않았다.

혜수가 유림에게서 달아나기 위해 열었던 차 문을 도로 닫았다. 처음 그랬던 것처럼, 두 사람 사이에 다시 한 번 무거운 침묵이 오갔다.

하지만 이번에 먼저 입을 연 사람은 혜수였다.

"……어떤 결과를 원하시나요?"

재판이 길어질 수도 있다. 원하는 만큼의 결과가 나오리란 보장도 없다. 무엇보다도, 혜수는 은아가 겪었던 사건에 대해 충분히 알지 못했다. 하지만 알아야 했다. 유림이 정말로 원하는 게 뭔지.

조용히 정면을 노려보고 있던 유림이 단호한 목소리로 대답했다.

"사형이요. 전부 다."

***

유림은 항소장을 접수하기 전에 은아 사건을 담당했던 검사를 찾았다. 그는 유림이 찾아온 이유를 듣자마자 착잡함이 가득한 얼굴로 소파에 등을 기댄 채 이마를 짚고 앉았다.

"다시 말씀드리지만 정상적인 판례로는 어렵습니다. 강간죄에 대한 입증도 그렇지만 가해자들이 청소년이라……."

하나같이 부정적인 견해뿐이었다. 이래도 안 된다, 저래도 안 된다. 유림은 도대체 대한민국 법이 누구를 위해 있는 건지 법원 앞에서 시위라도 하고 싶은 심정이었다.

그래도 포기할 수 없었다. 시간이 지날수록 더 큰 고통 속에 갇혀 있는 은아를 생각하면, 절대로 여기서 끝낼 수는 없었다.

"학교 쪽에서 도움을 받을 수 있지 않을까요? 은아가 평소 어떤 아이였는지 선생님이나 친구들이 잘 증언해준다면……."

유림의 간청에도 검사는 그저 고개를 저을 뿐이었다.

"아마 소용없을 겁니다."

"잠시만요. 일단 학교에 전화를 해봐야겠어요."

마음이 급해진 유림이 핸드폰을 뒤져 은아의 학교 전화번호를 찾아냈다. 그리고 망설임 없이 전화를 걸었다.

몇 번의 신호가 간 뒤, 젊은 여자가 전화를 받았다.

"저, 1학년 3반 유은아의 보호자입니다. 교장 선생님과 상담하고 싶은 게……."

잠시 기다리라는 말이 들려오더니, 전화기 너머로 다급함이 뒤섞인 웅성거림이 들려왔다. 유림은 차분하게 기다렸다. 잠시 후, 신호가 바뀌고 중년 남성의 목소리가 흘러나왔다.

어딘가 짜증이 묻어나는 목소리였다.

"예, 안녕하세요. 저 1학년 3반 유은아의……."

유림의 말이 다 끝나기도 전이었다. 교장 선생이 버럭 화를 내며 말을 자르고 들어왔다.

— 아아, 당신이로구만? 그 아이 부모가. 아니, 학교와 무슨 상담을 하고 싶으시다는 겁니까? 이 일로 학교 망하게 만들 생각이십니까?

생각지도 못했던 상대방의 언사에, 유림은 너무 당황한 나머지 할 말을 찾지 못하고 입을 벌렸다. 그러자 더욱 득의양양해진 교장이 한층 더 커다란 목소리로 유림을 다그쳤다.

— 이미 학교에 소문이 쫙 퍼진 지 오랩니다! 덕분에 주변의 평판이 엄청나게 나빠졌어요! 똥통 학교라고!

"무, 무슨 말씀이세요?"

- 그거 방과 후에 일어난 일이라면서요! 그런데 그게 왜 학교 책임이란 말입니까!

기가 막혔다. 유림의 창백한 얼굴이 점점 붉어지기 시작했다. 울분이 차올라서 견딜 수가 없었다. 하지만 교장은 유림의 사정 따윈 아랑곳하지 않고 짜증 섞인 목소리로 화를 내기 바빴다.

- 독서실에서 일어난 일 아닙니까, 독서실!

"뭐라고요? 지금 그게……."

- 뭘 착각하고 계신 모양인데, 학생 행실을 책임지는 건 부모입니다. 학교가 아니고!

"여, 여보세요!"

참다못한 유림이 전화기에 대고 소리를 질렀다.

"선생님이라는 사람이 도대체……! 그게 교육자가 돼서 할 소리예요? 학생보다 학교 평판이 중요하다 그거예요? 말씀해보세요! 소문이 두려우시면, 좋아요. 아주 신문이고 인터넷이고 전부 다 알려버릴 테니까. 언론에 학교 이름 오르락내리락하면서, 전국적으로 망신당하게 해드리죠!"

- 이봐요. 그렇게 되면 우리 얼굴에만 먹칠하는 줄 아십니까? 당신 딸이 먼저 신상 털려요, 예? 신문? 방송국? 어디 한번 불러보시든가. 그렇게 귀한 딸인데 평생을 강간당한 여자애로 낙인 찍혀서 살게 만들 작정이에요? 부모가 돼가지

고…… 학교를 원망할 게 아니라, 그 시간에 애 교육이나 다시 시켜요!

믿을 수가 없었다. 교장은 자기 할 말만 쏟아내 놓고 거칠게 전화를 끊어버렸다. 전화기 너머에선 무미건조한 신호음만 들려오고 있었다. 부들부들 떨리는 손으로 전화기를 내려놓은 유림은 분한 마음에 눈물이 차올라 두 눈을 꽉 감았다.

앞에 앉아 있던 담당 검사가 통화 내용을 들었는지 깊은 한숨을 내쉬며 말했다.

"……아마 학교 측에서도 그다지 호의적이진 않을 겁니다. 이미지만 나빠지니까요."

유림은 괴로운 듯 머리를 감싸고 고개를 푹 숙였다.

"문제가 있는 그 학생들도 어떻게든 졸업시키려고 하겠죠. 이후에 안 좋은 소문이라도 돌면 골치 아파질 테니까."

"……그러니까 역시 법으론 어렵겠다는 말인가요?"

눈앞이 캄캄해진다는 건 이럴 때 쓰는 말인 것 같았다. 유림은 두 손으로 얼굴을 쓸어내리며 집에 있을 은아를 생각했다.

"네. 어떤 변호사를 쓰시든, 어떤 검사를 쓰시든 크게 달라지진 않을 겁니다."

세상이 잘못 돌아가고 있었다. 보호받아야 할 아이가 사실은 제일 위험한 곳에 덩그러니 방치되어 있었던 것이다. 마치 이 모든 일이 엄마인 자신의 잘못인 것만 같았다. 폭력은 한 번으로 끝나지 않았다. 도미노처럼 차례로 쓰러지며 끝도 없이 두 사람을 할퀴어댔다.

그때였다. 검사가 파일을 정리하는 사이, 갑자기 사무실 문에 벌컥 열리며 누군가가 들어왔다. 유림의 전 남편 영민이었다. 그는 사무실에 앉아 있는 유림을 발견하고 화가 난 얼굴로 성큼성큼 다가와 소리쳤다.

"당신 뭐야!"

유림이 고개를 들었다. 일이 이렇게 되니 가뜩이나 보고 싶지 않았던 영민의 얼굴에 혐오감마저 생길 지경이다.

"내가 뭘?"

날카롭게 쏘아보는 유림의 모습에 남편이 이맛살을 구겼다.

"왜 알리지 않았어? 너 나를 어떻게 보고……. 너 나 무시하니? 응? 나 그 애 아빠야. 아빠라고! 도대체 애를 어떻게 간수한 거야? 은아 지금 어디 있어! 어디 있냐고!"

멱살이라도 잡아챌 것 같은 얼굴이었다. 유림은 기가 막혀 자리에서 벌떡 일어나 그를 노려보았다. 뭘 잘했다고 이제 와서 유세인가. 부모가 돼서 부모다운 일은 한 번도 한 적 없는 인사가, 아이한테 큰 일이 닥치니 그저 화내는 것밖에 할 줄을 모른다.

유림은 남편의 얼굴을 마주 보며 서늘하게 말했다.

"지랄하지 마, 이 새끼야."

"뭐, 뭐라고?"

"니가 우릴 내팽개치지 않았으면 이런 일도 일어나지 않앉어. 네가 그 새끼들하고 다른 게 뭐야? 너도 공범이야, 공범!"

분노에 가득 찬 유림의 절규가 사무실 공기를 날카롭게 찢어발겼다. 핸드백을 챙겨 들고 사무실을 나가버린 유림의 등 뒤로 남편이 버럭 고함을 질렀다.

"야! 김유림! 너 거기 안 서?"

담당 검사가 두 사람의 모습을 착잡한 얼굴로 바라보고 있었다.

이혜진.

 어디에서나 볼 수 있는 동네 제과점. 메이저 브랜드의 체인점이지만 그다지 목이 좋지 않아서인지, 손님은 많지 않은 편이었다.
 '차라리 바쁘기라도 하면 좋을 텐데. 잡생각 안 들게.'
 스포츠 컷에 가깝도록 짧은 머리칼을 한 여고생 하나가, 카운터를 지키고 선 채 왼팔을 살며시 주무르며 내심 한탄했다. 여고생의 이름은 이혜진이었다.
 혜진이가 카운터 위에 올려놓은 영어 단어장이라도 볼까 하는데, 핸드폰이 울렸다.
 "아, 엄마. 아니, 손님 없어. 응, 팔은 안 쑤신데 빨리 오기나 해. 지겨워. 어? 됐어, 독서실은. 아 나 안 간다니깐! ……어, 손님 온다. 끊어."
 딸랑, 방울 소리가 울리며 손님이 하나 들어왔다.
 단발머리를 한 여고생 손님이었다.
 "어서 오세요."
 같은 또래로 보이기에 아는 얼굴인가 하고 봤더니 잘 모르겠는 얼굴이었다. 동그란 눈에 창백한 피부. 왠지 모르게 겁이 많아 보이는 인상이었다.

단발머리의 여고생 손님은, 카운터 쪽은 보지도 않고 곧장 케이크 진열장 앞으로 다가갔다. 그리고 손가락을 들어 그중 하나를 가리켰다.
 "이걸로…… 주세요."
 작고 예쁘게 생긴 쉬폰 케이크였다.
 진열대에서 케이크를 꺼내는데 왼팔이 욱신거려 살짝 케이크가 흔들렸다. 깁스를 푼 지 얼마 안 돼서 그런지 아직 힘도 잘 들어가지 않는 것 같았다. 케이크를 바닥에 떨어뜨리기라도 했으면 엄마가 돌아와서 무진장 잔소리를 했으리라. 혜진이는 누구를 향한 것인지 모를 욕설을 속으로 퍼부으면서도 손님에게 물었다.
 "초 몇 개 드려요?"
 "36개요."
 미묘한 숫자다. 부모님 또래라기엔 숫자가 너무 적고, 언니 오빠라기엔 숫자가 너무 많다. 원조 교제라도 하는 건가? 하지만 원조 교제라면 여고생이 받는 거지 사긴 왜 사겠는가.
 혜진이는 그렇게 실없는 생각을 하면서도 엄마가 시킨 대로 물었다.
 "케이크에 뭐 써드릴까요?"
 안 되는 장사, 그렇게라도 어찌해보자고 엄마가 고안해낸 서비스 정책이었다. 별 쓸데없는 짓 같지만.

혜진이의 질문에 잠시 머뭇거리던 여고생은 고개를 숙인 채 대답했다.

"⋯⋯제가 직접 써도 돼요?"

나쁠 건 없었다. 안 그래도 자신 없는데, 직접 쓰는 거면 망쳐도 자기가 망치는 거니까 뭐라고 못하겠지.

혜진이는 얼른 고개를 끄덕이며 답했다.

"네, 그러세요. 이리로⋯⋯."

안쪽으로 따라 들어온 여고생은, 혜진이의 안내에 따라 케이크에 글씨를 쓰기 시작했다. 긴장했는지 자꾸만 손을 떠는 것 같았다.

뭘 어찌 쓰나 물끄러미 지켜보던 혜진이는 눈을 동그랗게 떴다.

글씨를 쓰고 있는 여고생의 볼을 타고 눈물방울이 흘러내리고 있었던 것이다.

'뭐지?'

예의상으로라도 물어봐야 하나 싶어서 입을 벌렸다가, 혜진이는 그냥 입을 다물기로 했다.

'그날' 이후, 혜진이는 누가 아파하는 모습을 보면 섣불리 다가가거나 입을 열지 못했다. 자신이 구렁텅이에 빠졌을 때 가장 간절히 바랐던 것이 바로 '아무도 몰랐으면!' 이었기 때문이다. 그래서 혜진이는 여고생이 눈물을 훔쳐내는 모습을 보면서도 아무것도 묻지 않은 채 조용히 케이크 값을 말하고 계산하는 것을 도왔다.

그리고 딸랑, 방울을 울리고 여고생이 떠나는 것을 보면서 생각했다.

'하긴, 뭔지 몰라도 나보다 심한 일을 당하진 않았을 거야. ……젠장.'

6

 은아는 거실에서 창밖을 바라보고 서 있었다.
 유림의 성화로 깔끔하게 다듬어진 단발머리가 목덜미에서 찰랑거렸다. 창밖으로 회색 하늘과 무리지어 늘어선 아파트들, 멀리 길가에 바삐 오가는 사람들이 보였다.
 오늘도 수민에게서 몇 번이나 연락이 왔다. 하지만 은아는 단 한 차례도 답장하지 않았다. 처음엔 전화를 하고 답장을 보채던 수민도 어느 샌가 조용해졌다. 수민은 할 얘기가 있다고 했지만 지금 은아에겐 그럴 만한 마음의 여유가 없었다.
 몸이 욱신거릴 때마다 당시의 일이 떠올라 미칠 것만 같았다. 잠들 수도 없었다. 침대에 누워 있으면, 마치 오랫동안 놀이기구를 타고 난 밤처럼 그때의 감각이 몸에서 재현되며 울렁거리는 느낌이 들었다.

그 끔찍함보다도 가장 견딜 수 없는 건, 아직도 이 일이 끝나지 않았다는 사실이었다. 은아는 알고 있었다. 그들에게 동영상이 있는 한, 빠져나올 수 없다. 언제 또 불려가 그때처럼 짓밟히게 될지 모른다.

 은아는 유리창에 비친 자신의 얼굴을 바라보았다. 무력하고 절망에 빠진 얼굴. 동영상을 떠올리는 것과 동시에 얼굴이 무참하게 일그러졌다.

 몸에 커다란 구멍이 뚫려, 숨을 쉴 때마다 그 사이로 한기가 지나다니는 것만 같았다.

 유림은 그런 은아의 뒷모습을 보며 깊은 한숨을 내쉬었다. 은아는 여전히 학교에도 나가지 않고, 집 밖으로도 나가지 않았다. 안쓰럽고 안타까운 마음에 매일이 힘겨웠다. 항소 준비는 지지부진했고, 전남편 영민과는 싸우기만 했다. 뿐만 아니었다. 카페 인테리어 공사 날짜는 다가오는데, 아무것도 손대지 못하고 있었다.

 무엇 하나 제대로 돌아가는 일이 없었다.

 그때 은아가 부엌으로 들어가려던 유림을 불러 세웠다.

 "엄마."

 유림을 부르면서도 은아는 베란다 너머의 먼 곳을 바라보고 있었다. 유림은 애써 웃으며 대답했다.

 "응, 왜?"

 "내일이 엄마 생일이네. ……미안. 선물 사야 하는데."

"아, 그러고 보니……."

여유가 없어서 그런 줄도 몰랐는데, 생각해보니 내일이 유림 자신의 생일이었다. 이 힘든 와중에도 엄마 생일이라고 마음을 쓰고 있었구나……. 그런 생각이 드니 문득 더욱 안쓰럽고 고마워서 눈물이 나왔다. 유림은 은아에게 들키지 않도록 살짝 고개를 숙이고 흐르는 눈물을 닦아냈다.

"엄마는 괜찮아. 엄마 생각해주는 것만으로도 고맙다, 은아야."

은아는 그렇게 말했으면서도 여전히 창밖을 바라보고 있었다. 유림은 마음을 굳게 먹고 한마디를 덧붙였다.

"은아야. 내일 엄마 생일인데, 우리 뭐 맛있는 거 해 먹을까?"

"……그래."

"엄마는 은아랑 같이 장보러 가고 싶은데. 아 참, 수민이도 부를까?"

"미안, 엄마. 그냥 우리끼리만 갔으면 좋겠어."

은아의 목소리는 아주 작았다. 유림은 눈물 자국을 모두 닦아내고 자리에서 일어났다.

"그래, 그러자. 우리끼리 재미있게 놀지 뭐."

어떻게든 은아의 기분을 풀어주기 위해 유림은 바삐 움직였다. 은아의 방으로 들어가 외투를 가져다주는 등 준비를 서둘렀다.

은아의 시선이 유리창에 비친 유림을 따라다녔다. 몰래 눈물을 훔치는 것도 알았다. 하지만 엄마에게 너무 미안해서 무슨 말도 꺼낼 수가 없었다. 그러다 띠링, 소리와 함께 핸드폰이 울리자 잔뜩 굳은 얼굴로 발신자를 먼저 확인했다.

놈들이었다.

핸드폰을 들고 있는 은아의 두 손이 덜덜 떨렸다. 크게 부릅뜬 눈에서 후드득 눈물이 흘러내렸다. 발신자는 박준이었다. 은아는 저도 모르게 냅다 전화를 끊어버렸다. 그러자 곧장 메시지가 떴다.

- 끊고 지랄이야 뒤질라고. 야, 3탄 찍어야지 ㅋㅋㅋ 내일 또 와라.

은아의 생각이 옳았다. 악몽은 아직 끝나지 않았던 것이다. 어쩌면 이제부터 시작인지도 몰랐다.

빳빳하게 굳어 움직이지 않는 은아에게 유림이 다가왔다.

"은아야. 안 나가니?"

은아는 울먹이는 얼굴로 유림을 바라보았다.

"어, 엄마……."

"으, 은아야. 갑자기 또 왜 그래?"

"나, 나……."

은아가 더듬거리며 엄마를 바라보았다. 애처롭게 흔들리는 눈동자에서 쉴 새 없이 눈물이 흘러내렸다. 뭔가 하고 싶은 말이 있는데 하질 못하는 그런 표정이었다. 그렇게 한참

할 말을 고르던 은아가 가까스로 입을 열었다.
"……나 갑자기 아빠가 보고 싶어졌어."
"응? 지금?"
"응. 지금……."
유림은 은아의 눈치를 보다가 할 수 없이 전화를 꺼내 들었다.
하지만 아무리 걸어도 남편은 전화를 받지 않았다. 유림은 입술을 깨물며 안절부절못했다.
"아빠가 바쁜가봐. 연락이 안 되네. 직접 찾아가 봐야 할 것 같아. 같이 갈래?"
"……아니. 난 집에 있을래."
"그, 그래. 그럼 다녀올 테니까 기다리고 있어. 꼭, 알았지?"
"응."
잠시 불안해하는 얼굴로 은아를 바라보던 유림은 머뭇머뭇 현관을 나섰다. 그리고 재빨리 혜수의 오피스텔을 향해 차를 몰았다. 가는 내내 쉬지 않고 전화를 걸었지만 남편은 응답이 없었다.
결국은 소리샘에 메시지를 남겨야 했다.
"부탁이 있어. 이건 꼭 들어줘야 돼. 은아 부탁이야. 오늘……."

은아는 베란다에 서서 급히 아파트 단지를 빠져나가는 유림의 차를 내려다보고 있었다. 유림의 차가 멀어지자, 방으로 들어가 옷을 갈아입었다. 재빨리 외출 준비를 마친 은아는 혼자서 근처 제과점으로 향했다. 엄마에게 줄 마지막 선물을 고르기 위해서였다.

* * *

 유림은 힘없이 집으로 돌아왔다.
 남편은 결국 그녀를 만나주지 않았다. 계속해서 전화를 걸고 메시지를 남겼지만 응답이 없었다. 은아의 일로 화가 단단히 난 모양이었다. 아빠를 만나고 싶다는 은아의 부탁도 들어주지 못하게 되자, 이것마저 자신의 탓인 것만 같아 유림은 엄마인 자신이 너무나 한심하게 느껴졌다.
 마음이 무거운 탓인지 집으로 돌아가는 발걸음마저 무겁기 그지없었다. 엘리베이터에서 내려 아파트 복도를 걷는 동안 유림은 몇 번이나 한숨을 쉬어댔다. 그리고 도어 락을 열고 집 안으로 들어갔다.
 "은아야, 엄마 왔어."
 그래도 아이 앞에서는 우울한 얼굴을 보여선 안 된다는 생각에, 억지로 쾌활한 목소리를 냈다. 하지만 은아는 대답을 해주지 않았다.

집 안은 고요했다.

뭔가 이상했다. 자연스럽지 않은, 무거운 공기가 흐르고 있었다. 갑자기 집의 모든 것이 낯설게만 느껴졌다. 유림은 거실을 둘러보다 곧장 은아의 방으로 갔다.

조심스럽게 노크를 하고 문을 열어보았지만 은아는 방에 없었다. 혹시 밖에 나갔나 싶어 현관을 살펴보니, 은아의 신발이 고스란히 놓여 있었다.

그때 유림의 귓가에 쏴아아 하는 작은 물소리가 들려왔다. 욕실 쪽이었다.

"은아야! 안에 있니?"

유림이 노크를 하며 물었다. 하지만 안에선 아무런 대답도 들려오지 않았다.

이상했다. 계속해서 이어지는 정적이 한없이 불안했다. 유림의 심장이 세차게 뛰기 시작했다.

뭔가가 잘못되었다.

유림은 조심스레 욕실 문손잡이를 잡고 돌렸다. 문은 잠겨 있지 않았다.

그리고 문을 연 순간, 유림은 눈앞에 펼쳐진 광경을 도저히 믿을 수가 없었다.

욕조에서 붉은 핏물이 넘쳐흐르고 있었다. 그 안에 은아가 있었다. 샤워기는 틀어진 채 고정돼, 새파랗게 질린 은아의 얼굴에 물방울을 튀겼다. 욕조와 욕실 바닥을 온통 붉게 물들이고 있는 핏물을 따라 시선을 옮기니, 물속에서 여전히 맹렬한 기세로 피를 뿜어내고 있는 은아의 손목이 보였다.

유림은 찢어질 듯한 비명을 지르며 달려갔다.

"은아야아아아—!"

은아는 욕조에 빠진 채 눈을 감고 있었다. 바로 아래엔 손목을 그은 것으로 보이는 커터 칼이 떨어져 있었다.

유림은 샤워기의 물을 끄며 허겁지겁 은아를 들어 올렸다. 차갑고 붉은 물이 유림의 하얀 니트와 카디건에 스며들었다. 유림은 은아를 욕실 바닥에 눕혔다. 은아의 가느다란 손목, 끔찍하게 벌어진 상처에서 끊임없이 붉은 피가 뿜어져 나왔다.

유림은 어쩔 줄 모르는 얼굴로 주변을 둘러보다 벽에 걸려 있는 수건을 발견했다. 그리곤 생각할 것도 없이 수건을 낚아채 은아의 손목을 감쌌다.

"은아야! 은아야! 엄마야! 엄마 말 들려?"

아무리 애타게 소리쳐도 은아는 대답이 없었다. 유림은 끊임없이 눈물을 흘리며 딸을 흔들어 깨우려 했다. 하지만 소용없었다. 은아는 굳게 눈을 감고 힘없이 늘어져 움직이지 않았다. 파랗다 못해 보라색으로 변해버린 입술엔 온기가 없었다. 하얀 얼굴이 시체처럼 창백했다.

죽을지도 모른다. 유림은 은아가 이대로 눈을 뜨지 않을지도 모른다는 생각에 눈앞이 캄캄해졌다.

병원에 가야 했다. 다행히 멀지 않은 곳에 큰 병원이 있었다. 유림은 어디서 그런 힘이 났는지, 은아를 번쩍 들어 등에 업었다. 그리고 현관을 박차며 집을 뛰쳐나갔다.

복도를 가로질러 엘리베이터를 기다리는 시간이 그렇게 길게 느껴질 수가 없었다. 계단으로 달려 내려가려던 때, 다행히 엘리베이터가 도착했다.

축 늘어진 은아의 몸은 무거웠다. 그리고 얼음장 같았다. 유림은 내려가면서도 계속해서 은아의 이름을 불렀지만 여전히 대답은 없었다.

"은아야, 은아야! 엄마 말 들려? 은아야 제발 대답해봐, 은아야아……!"

조용한 엘리베이터 안에서 유림의 비명과도 같은 목소리가 울려 퍼졌다. 은아의 손목에서 떨어지는 핏방울이 바닥을 어지러이 수놓았다. 유림은 이를 악물며 다리에 힘을 주었다. 이대로 딸을 보낼 수는 없었다. 이렇게 보내기엔 이 작은 아이가 너무 가여웠다.

몇 번을 넘어질 뻔하면서 유림은 끝내 은아를 업고 주차장에 도착했다. 주차장을 지나가던 몇몇 사람들이 깜짝 놀라 유림과 은아를 바라보았다. 하지만 눈물에 젖은 유림의 눈에는 아무것도 보이지 않았다. 어떤 소리도 들리지 않았다. 그저 은아를 구해야겠다는 생각뿐이었다.

"기다려! 조금만 기다려…… 은아야. 엄마가 구해줄게. 기다려……!"

울먹이는 유림의 목소리를 들었기 때문인지, 조수석에 태우는데 은아가 잠시 정신을 차렸다. 은아는 꺼져가는 목소리로 엄마를 불렀다.

"엄……마……."

"으, 은아야! 정신이 들어?"

"엄……마……."

"괜찮아, 은아야! 괜찮아! 이제 괜찮아질 거야……!"

재빨리 차에 탄 유림은 시동을 걸면서 흐느끼는 목소리로 은아에게 외쳤다. 자꾸만 울음이 터져 나와 말을 잇기가 힘들었다. 어떻게든 은아에게 말을 해야 하는데, 입을 여는 순간 운전대를 놓치고 오열할 것만 같았다. 이를 악물고 운전하는 유림의 옆에서 은아가 속삭이듯 중얼거렸다.

"엄……마. 울……지 마……."

내 새끼. 눈에 넣어도 안 아플 내 아이가 죽어가고 있었다. 유림은 달려가는 길과 어두운 하늘이 통째로 사라지는 것 같은 환상 속에서 오열했다. 유림의 세상엔 오직 은아뿐이었는데, 그 하나뿐인 빛이 사라지려 하고 있었다.

아무리 노력해도 눈물이 멈추지 않았다. 눈물 때문에 차가 비틀비틀했지만 유림은 있는 힘껏 집중해서 운전했다. 시간이 지날수록 은아의 숨소리가 약해지는 것이 느껴졌다. 불길한 생각이 끊임없이 유림을 괴롭혔다. 은아의 손을 감싸고 있던 하얀 수건은 어느새 시뻘건 핏물에 젖어 있었다.

"안 돼, 은아야…… 안 돼. 엄마 혼자 두고 가면 안 돼!"

병원 앞에 도착하자마자 다시 은아를 업은 유림은, 자꾸만 흘러내리는 은아의 몸을 추스르면서 마지막 남은 힘을 짜내 달려갔다. 넘어져서 무릎이 까져도 아랑곳하지 않았다. 맨발로 달려가는 유림의 얼굴은 등에 업혀 있는 은아보다 더 하얗게 질려 있었다.

"여기요! 여기 우리 아이가……!"

간신히 응급실에 도착한 유림이 고래고래 소리를 질렀다. 의사와 간호사들이 달려오고, 은아는 이동 침대로 급하게 옮겨졌다. 산소 호흡기가 씌워진 채 의료진에 이끌려가는 은아를 보며 유림은 다시 한 번 오열했다.

"은아야. 은아야아……."

지칠 대로 지쳐버린 유림은 울음을 터뜨리며 병원 바닥에 풀썩 쓰러졌다.

* * *

"과다 출혈이야. 혈압이 거의 안 잡혀. 피를 너무 흘렸어!"

은아는 온몸에 주렁주렁 의료 장비를 매단 채 침대에 누웠다. 은아를 둘러싸고 응급의들이 분주히 움직이며 심폐소생술을 하기 시작했다.

유림은 처치실 유리창 너머로 그 모습을 바라보며 두 손을 모아 쥐었다. 불안해 견딜 수가 없었다. 믿지도 않는 신을 향해 중얼거리며 기도했다.

"하나님, 우리 은아 내버려 두세요. 그냥 조금만 더 데리고 있을게요. 더 이상 때 안 묻히고 데리고 있을게요. 그러니까 데려가지 마세요······. 제발······."

하얀 침대 위의 은아는 아무런 반응도 보이지 않았다. 의사들의 얼굴에 초조함이 가득했다. 심폐소생도, 전기 충격도 소용이 없었다.

"좀 더 세게 해봐! 아직 괜찮아!"

"블러드! 그냥 쥐어짜! 그냥 들이부으란 말이야!"

유림은 의사들이 고함치는 소리를 듣고 있지 않았다. 응급실 안의 은아를 향해 시선을 고정하고 오직 아이에게만 말을 걸었다. 제발 일어나 달라고, 엄마를 혼자 두고 가지 말라고 애원하고 매달렸다.

그러던 그때, 날카로운 바이탈 싸인이 응급실 전체를 휘감았다.

삐이-!

응급의는 이를 악물고 계속해서 심폐소생술을 이어갔다. 하지만 소용없었다. 아무리 해도 은아의 맥박은 돌아오지 않았다.

옆에 서 있던 또 다른 응급의가 허탈한 표정으로 은아에게 다가갔다. 그리고 은아의 눈동자에 작은 플래시를 비춰보았다. 그리곤 고개를 저으며 천천히 물러났다.

20시 20분. 은아가 숨을 거두었다.

믿을 수가 없었다. 유림의 심장도 함께 멈춰버렸다.

"사망하였습니다."

누가 죽었다는 것인가. 유림은 멍하니 고개를 들어 의사를 바라보았다. 의사가 침통한 얼굴로 고개를 저었다.

말도 안 된다. 은아가 죽다니. 뭔가 잘못된 것이 틀림없었다.

너무 괴로워서, 상처가 너무 커서 나쁜 생각을 잠시 했을 뿐, 은아는 엄마를 두고 혼자 죽어버릴 아이가 아니었다. 병원으로 오는 도중에도 정신을 차려 엄마에게 울지 말라고 하던 착한 아이다.

그런 내 아이인데!

유림의 귀에는 아무 말도 들리지 않았다. 거짓말. 전부 거짓말이었다. 유림은 넋이 나간 얼굴로 침대 위의 은아를 바라보았다. 동그랗고 하얀 얼굴. 엄마를 닮은 눈, 엄마를 닮은 코……. 언제나 웃으며 곁에 있을 줄 알았는데, 아무리 철없고 못난 엄마여도 끝까지 함께할 거라 생각했는데.

눈물이 뜨거웠다. 눈동자가 타는 것처럼 아팠다.

"아, 아아아……."

유림이 무릎을 꿇으며 털썩, 자리에 쓰러졌다. 머릿속이 새까맣게 타들어갔다.

* * *

어디선가 본 것 같은 환영이 머릿속을 맴돈다.

어느 밝은 밤, 하얀 자전거의 바퀴살이 달빛을 받으며 기분 좋게 돌고 있었다. 유림이 앞자리에 앉아 자전거를 몰고, 은아가 목욕 가방을 든 채 뒷자리에 앉아 있었다. 모녀의 젖은 머리가 밤바람에 휘날렸다.

자꾸만 비틀비틀 흔들리는 자전거 위에서 유림이 크게 웃으며 소리쳤다.

"야, 은아. 너 살 좀 빼야겠다. 이제 너 무거워서 못 싣고 다니겠네."

"아, 엄마!"

은아가 뾰로통한 얼굴로 유림의 등을 가볍게 때렸다.

"이 동네 찜질방이 더 좋다. 그치?"

은아는 대답 대신 유림의 등에 얼굴을 파묻었다. 그리고 아기처럼 볼을 비비더니 행복한 미소를 지으며 이야기했다.

"아~ 난, 엄마 냄새가 제일 좋아."

유림이 간지러움을 타는 바람에 중심을 잃은 자전거가 휘청거렸다.

"야, 조심해. 엄마 거기 성감대야."

은아는 유림의 농담에 즐거운 듯 큰 소리로 웃음을 터뜨렸다. 두 사람의 웃음소리가 아파트 공원을 가로질렀다. 은아는 유림의 옆구리를 간질이고, 유림은 은아를 떨어뜨리기라도 할 것처럼 위태롭게 자전거를 몰았다.

그러다 시간이 흘러 달빛 가득한 공원을 맴돌던 은아의 맑은 웃음소리가 천천히 가라앉기 시작했다. 유림의 귓가에, 그리고 가슴속에 가라앉아 조금씩 사그라졌다.

이제는 아무 소리도 들리지 않았다.

유림은 천천히 눈을 떴다.

낯선 천장이 보였다. 새하얀 천장과 코를 찌르는 소독약 냄새. 시선을 돌리자 하얀 커튼과 수증기를 뿜어내고 있는 가습기가 보였다. 이곳은 병원 응급실이었다. 유림은 그제야 뭔가를 떠올린 듯 자리에서 벌떡 일어났다. 그리고 휘청거리는 걸음을 옮겨 조금 전 은아가 누워 있던 처치실로 향했다.

하지만 은아는 없었다. 그곳엔 빈 침대만 놓여 있을 뿐이었다.

망연자실한 얼굴로 서 있는 유림에게 간호사 하나가 다가왔다. 그리고 유림을 부축하며 말했다.

"따님은 저쪽에 있습니다."

유림은 간호사와 함께, 커튼으로 가려진 어느 침대로 향했다.

천천히 커튼을 걷어내자 하얀 시트를 덮고 있는 은아가 보였다. 유림은 부들부들 떨리는 손으로 시트를 끌어내렸다. 은아의 얼굴이 드러났다. 핏기 없이 싸늘한 얼굴……. 유림이 손을 뻗어 은아의 뺨을 쓰다듬었다. 차가웠다. 얼어붙은 것처럼 차가웠다.

"으, 은아. 은아야……."

너무 많이 울었는지 더 이상 눈물이 나오지 않았다. 메마른 눈에서 타는 듯한 고통만이 느껴질 뿐, 눈물은 흐르지 않았다.

하지만 유림은 그 어느 때보다도 슬피 울고 있었다.

유림은 은아가 죽었다는 사실을 믿을 수가 없어 계속 은아의 머리를 쓰다듬었다. 계속 쓰다듬다 보면 은아가 살며시 눈을 뜨고 웃어줄 것만 같았다. 왜 이렇게 늦었냐며 핀잔을 주고, 오늘은 잠이 안 오니까 같이 놀다가 자자고 응석을 부릴 것만 같았다.

하지만 은아는 웃지 않았다. 울지도 않았다. 싸늘하게 식어 움직이지 않았다.

유림을 두고 혼자 죽어버렸다.

"으, 으으으으……."

은아의 손을 움켜쥔 유림의 손이 부들부들 떨렸다.

"은아야. 은아야? 은아야……. 은아, 은아, 우리 은아……."

주위에 서 있던 사람들이 모두 모녀에게서 시선을 돌렸다. 유림은 은아의 얼굴에 자신의 이마를 대고 절규하기 시작했다.

* * *

은아의 장례식은 조촐하게 치러졌다.

검은 상복을 입은 유림이 은아의 영정 앞에 앉아 있었다. 고등학생이 된 기념으로 찍었던 입학식 사진, 그 속에서 은아가 밝게 웃으며 유림을 바라보고 있었다. 그걸 가만히 바라보고 있자니, 이제 고등학생이니까 공부도 더 열심히 하고 첼로 연습도 열심히 해서 꼭 고등부 콩쿠르에 나가 상을 받아 오겠다던 은아의 목소리가 들리는 것 같았다.

유림이 넋을 놓고 앉아 있는 동안 은아를 찾아온 사람들의 발길이 이어졌다. 친척들과 친구들, 오 형사와 수민도 얼굴을 비쳤다. 이혼한 남편도 침울한 얼굴로 은아의 영정을 지키고 있었다. 만나면 싸우는 것밖에 안 하던 두 사람이지만 은아가 죽은 이후엔 그 어떤 것도 의미가 없었다.

"은아 어머니."

오 형사가 다가왔다. 유림이 고개를 들자, 오랫동안 잠을 자지 못해 붉게 핏발이 오른 눈동자가 보였다. 엉망으로 여윈 얼굴엔 온통 눈물 자국뿐이었다. 벌써 얼마나 식사를 걸렀는지 알 수가 없었다.

은아가 죽었는데, 내 아이가 그리 고통스럽게 스스로 목숨을 끊었는데 밥이라니. 생각만 해도 토기가 치솟아 올랐다.

조심스레 다가온 오 형사가 유림의 모습을 보더니 안타까운 마음에 입을 열었다.

"은아 어머니. 식사라도 좀 하시는 게……."

유림은 단호하게 고개를 저었다. 절대로 은아의 곁을 떠나지 않겠다는 듯 굳은 얼굴로 대답했다.

"우리 은아, 혼자 있는 거 싫어해요. 그래서 여기 있는 거예요."

오 형사가 입을 다물었다. 무슨 말을 해야 할지 알 수가 없어 그도 착잡하기 그지없었다. 그때 유림이 조용히 그를 불렀다.

"오 형사님."

"네?"

"재판 무르고 싶어요. 가능한가요?"

유림은 이미 항소를 해놓은 상태였다. 하지만 일이 이렇게 된 이상, 재판은 이제 아무 의미가 없었다.

"은아가 이렇게, 이렇게 힘들어하고 있었는데……. 저는 아무것도 해준 것이 없어요."

오 형가는 참담한 마음에 고개를 숙였다.

"……죄송합니다."

그리고 더 이상 말을 잇지 못했다. 어떤 말로도 위로가 될 수 없다는 것을 깨달은 그는 유림에게 꾸벅 인사를 한 뒤 등을 돌렸다.

눈물이 마른 유림의 눈은 그저 하염없이 은아의 영정을 바라보고 있었다.

* * *

어떻게 시간이 지나간 걸까.

은아의 장례식이 끝나고 유림은 어느새 자신의 아파트로 돌아와 있었다. 문을 열고 현관에 들어서자 은아의 신발과 슬리퍼가 가장 먼저 시야에 들어왔다. 시선을 옮겨보았다. 거실 너머 베란다에 은아의 옷들이 걸려 있었다. 얼마 전에 사줬던 속옷도 있었다.

낯설었다. 집 안이 온통 낯선 공기로 가득 차 있었다. 마치 남의 집에 들어온 기분이다. 유림은 선뜻 집 안으로 들어가지 못하고 멍하니 현관에 서 있었다.

유림의 시선을 닿는 곳마다 은아의 흔적이 남아 있었다. 은아가 쓰던 밥그릇, 은아와 함께 보던 TV, 은아와 함께 앉았던 소파, 은아와 함께 타던 자전거, 은아와 함께 썼던 요리도구, 은아와 함께했던…….

유림은 차가운 거실 바닥에 무너지듯 주저앉았다.

무의미한 시간이 계속 흘러갔다. 한 시간, 두 시간, 세 시간.

유림은 그저 무표정한 얼굴로 자리에 앉아 있을 뿐이었다. 밤이 깊어 어둠이 짙게 내리깔렸지만 불을 켤 생각도 하지 못했다. 적막한 집 안에 멀리 지하철 지나가는 소리가 울렸다.

어느새 뻐꾸기시계가 열 시를 알렸다. 그와 동시에 띠리링, 소리가 나더니 휴대 전화에 메시지가 도착했다.

- 고객님의 생일을 축하합니다. 〈00생명〉

멍하니 그걸 보던 유림이 혼자 중얼거렸다. 그러고 보니, 내 생일이었지.

가까스로 정신을 차린 유림이 힘없는 걸음을 옮겼다.

그러다 문득 욕실 문이 열려 있는 걸 보고 말았다. 은아가 손목을 그었던 장소. 유림은 걸음을 멈추고 가만히 서서 열린 문 안쪽으로 욕실 바닥을 바라보았다.

아직까지 붉은, 은아의 핏자국이 남아 있었다.

유림은 터덜터덜 걸음을 옮겨 욕실로 향했다. 경황이 없어 제대로 청소를 하지 못했더니 욕실 바닥이 온통 피투성이였다.

샤워기를 든 유림은 말없이 은아의 흔적을 지워갔다. 이를 악물고 금방이라도 터져 나오려는 울음을 계속해서 삼켰다. 울어봤자 은아는 돌아오지 않는다. 이제 유림은 혼자였다. 텅 빈 이 집에, 삭막한 이 세상에 오로지 혼자였다.

자꾸만 울음이 치솟아 유림은 대강 청소를 마치고 다시 걸음을 옮겨 부엌으로 들어갔다. 그리고 냉장고 문을 열었다. 메마른 목이 타는 듯이 아파서 물이라도 마실 생각이었는데, 냉장고 안에서 낯선 케이크 상자를 발견하고 말았다.

유림은 조심스레 케이크를 꺼내 상자를 열었다. 자그마한 케이크엔 동글동글한 글씨로 〈Don't cry mommy〉라고 선명히 적혀 있었다. 유림은 그것이 은아가 자신을 위해 준비한 마지막 케이크라는 걸 단번에 알 수 있었다.

- 울지 마, 엄마.

의식을 잃어가는 와중에도 간신히 정신을 차려 유림을 달래던 은아. 아프고 괴로웠을 텐데, 우는 엄마를 끝까지 걱정하던 아이.

유림은 털썩 무릎을 꿇었다. 참았던 눈물이 다시 쏟아졌다. 도대체 얼마나 더 울어야 할까. 알 수가 없었다.

* * *

다음 날, 유림은 청소를 하기 위해 은아의 방에 들어갔다. 그녀는 은아의 방을 그대로 내버려 둘 생각이었다. 은아가 마지막까지 사용하던 그때의 그 모습으로.

유림은 먼저 베란다에 걸려 있던 은아의 옷을 개어 옷장에 차곡차곡 정리했다. 그리곤 걸레를 들고 책상 위의 먼지를 훑어내기 시작했다. 자전거를 타고 있는 은아의 사진이 눈에 들어왔다. 사진 속의 은아는 밝게 웃고 있었다.

적어도 사진 속의 은아는 영원히 웃고 있을 것이다. 유림은 은아와 눈을 맞추고 힘겹게 미소를 지어 보았다. 은아가 하늘에서도 이렇게 웃고 있었으면 좋겠다고 생각하면서.

그러다 문득, 유림은 사진 옆에 놓인 은아의 핸드폰을 발견했다. 얼마 전 새로 사준 스마트 폰이었다. 아픈 눈을 깜빡이며 한동안 그것을 바라보던 유림은 살짝 손을 뻗어 은아의 핸드폰을 들어 올렸다. 비밀번호가 걸려 있었다.

하지만 유림은 은아가 사용하는 번호를 알고 있었다. 은아는 항상 같은 번호만을 사용했으니까.

바로 어제인, 유림의 생일 날짜였다.

유림은 은아와 나누었던 문자들을 떠올리며 추억을 곱씹었다. 잊고 있던 이야기들이 이 안에 담겨 있으리라. 애써 웃음 짓는 유림의 눈에서 다시 눈물이 흘러내렸다.

그런데, 은아의 핸드폰에 있어서는 안 될 녀석들의 이름이 보였다.

박준.

유림의 얼굴이 삽시간에 창백하게 굳어졌다. 발신인 란에 선명하게 떠올라 있는 녀석의 이름을 보는 순간 피가 거꾸로 솟는 기분이었다.

유림은 떨리는 손으로 메시지를 확인해보았다.

- 지금 나와라. 너네 엄마한테 이거 보내기 전에.
- 끊고 지랄이야 뒤질라고. 야, 3탄 찍어야지 ㅋㅋㅋ 내일 또 와라.

눈물은 어느새 멈추고 말았다. 유림의 얼굴이 처참하게 일그러졌다.

설마, 설마 아닐 거야.

유림은 떨리는 손으로 놈들이 보낸 메시지를 하나하나 확인했다. 그러다 동영상이 첨부된 멀티 메일을 발견하고 말았다.

- 잘 나왔지? 지금 오면 이거 지우고 안 오면 인터넷에 뿌린다 ㅋㅋ

인터넷에 뿌린다니, 뭘? 유림은 차마 상상조차 하지 못한 채 저도 모르게 손가락을 움직였다. 플레이 버튼을 누르자, 놈들이 보낸 동영상이 재생되기 시작했다.

기분 나쁜 곳이었다. 어둡고 좁은 옥상. 바로 은아가 다니던 독서실 옥상이었다.

정신없이 이리저리 흔들리는 영상 속엔 누군가의 킬킬거리는 웃음소리가 가득했다. 박준, 한민구, 윤조한. 놈들이었다. 유림은 두 눈을 부릅뜨고 영상을 주시했다. 그리고 잠시 후, 화면 속에서 은아의 모습을 발견했다.

은아의 입엔 청 테이프가 붙어 있었다. 겁에 질린 눈동자가 하염없이 흔들렸다. 쓰러져 있는 은아의 다리를 붙잡고 누군가 끌어내렸다. 어두워서 잘 보이진 않았지만 분명 박준과 한민구였다. 한쪽에 떨어져 서서 구경하고 있는 윤조한의 모습도 보였다.

- 씨발, 어디부터 해줄까? 어? 일단 아래부터 시작할까?

- 존나 무드 없네. 보통은 위부터지 이 병신 새끼야, 니가 그러니까 여친이 없는 거야.

- 닥쳐, 이 새끼야! 아무튼 내가 먼저 한다? 못 움직이게

똑바로 좀 잡아봐.

 이후, 유림에게 지옥과도 같은 영상이 펼쳐졌다. 소중한 딸이 짐승 같은 녀석들에게 겁탈을 당하는 영상이었으니까.

 뜨겁고 거대한 것이 뱃속을 치고 올라왔다. 유림은 몸을 지탱할 수 없을 정도로 분노했다. 사지가 덜덜 떨리고 숨을 쉴 수가 없었다. 핸드폰을 쥔 채로 굳어서 시선을 돌릴 수도 없었다.

 은아가 신음을 흘리며 낮은 소리로 울부짖고 있었다.

 은아의 고통이 그 안에 있었다. 유림은 울음을 꾹 참고 영상을 끝까지 지켜보았다. 그러다 영상의 마지막 부분에서 예상치도 못했던 또 다른 등장인물을 발견했다.

 "……!"

 잠깐 스쳐지나가는 화면에서 어떤 여자아이가 보였다. 수민이었다. 유림은 잠시 영상을 멈추고 그 장면을 바라보았다. 수민이 겁에 질린 얼굴로 옥상 문 뒤에 숨어 있었다.

 '수민이가…… 있었다고? 그 자리에……?'

 유림은 혹시 잘못 본 게 아닌가 싶어 몇 번이고 그 장면을 돌려보았다. 하지만 수민이 맞았다. 동그랗게 말린 긴 단발머리와 씩씩하면서도 야무져 보이는 눈동자. 수민이었다.

 영상이 끝나자 유림은 급히 그 뒤에 수신된 다른 메시지도 살펴보기 시작했다. 아니나 다를까, 또 다른 멀티 메일이 있었다. 은아의 핸드폰을 확인하는 유림의 손끝이 차갑게 식은 채 바들바들 떨리고 있었다.

이번엔 작고 허름한 골방이었다. 은아는 그곳에서 박준과 한민구에게 겁탈당하고 있었다. 유림의 얼굴이 다시 일그러졌다. 한 번이 아니었단 말인가. 날짜를 보니, 재판이 끝난 지 얼마 되지도 않았을 때였다. 유림은 첼로 레슨을 받으러 가겠다며 급하게 집을 나서던 은아의 뒷모습을 떠올렸다.

방문을 잠가놓고 비명을 지르던 것도, 모두 이놈들 때문이었다.

'은아야……'

유림은 손으로 입을 틀어막은 채 계속 화면을 바라보았다. 박준이 뒤에서 은아를 붙잡고 있었다. 은아는 아무런 저항도 하지 못한 채 그저 울기만 했다. 눈물을 뚝뚝 흘리며 이를 악물고 고개를 저었다. 자신의 얼굴에 드리워진 핸드폰 카메라를 보며 치를 떨었다.

그런 은아에게 한민구가 첼로를 내밀었다.

— 야, 깽깽이 좀 해봐.

— 야! 이 병신아. 지금 나 하고 있는 거 안 보이냐?

— 왜 인마? 동시에 하면 되지. 재밌잖아! 아마 이런 건 우리가 세계 최초일걸?

— 헐, 이 병신이. 크크크크!

싫다며 고개를 흔드는 은아에게 한민구가 계속해서 첼로를 내밀었다. 저질이고 악랄했다. 은아는 결국 녀석들이 시키는 대로 겁탈을 당하며 첼로를 연주할 수밖에 없었다. 끼이, 첼로가 은아와 함께 흔들리며 형편없이 갈라진 소리를 냈다. 당연히 제대로 된 연주가 나올 리 없었다. 하지만 녀석들은 울먹이는 은아를 보며 더욱 신이 났는지 킬킬거리며 웃음을 터뜨렸다.

- 야! 카메라를 보면서 해야지. 여기 카메라를 보란 말이야, 병신!

한민구가 핸드폰을 은아의 얼굴 앞에 가까이 가져다댔다. 공포에 질린 은아의 시선이 카메라에 잡혔다.

그리고 유림은 화면 속의 은아와 눈이 마주쳤다.

텅 빈, 죽음을 예감한 눈동자였다.

"아아아아악-!"

절규하듯 비명이 튀어나왔다. 유림은 핸드폰을 움켜쥔 채 미친 사람처럼 바닥을 손톱으로 긁었다. 가슴을 쥐어뜯고 자신의 얼굴을 때리며 짐승처럼 울었다. 죽이고 싶었다. 당장이라도 영상 속에 들어가 저 더러운 것들을 찢어 죽이고 싶었다. 울분이 차올랐다. 머리가 터질 것 같았다. 유림은 손을 높이 들어 핸드폰을 바닥에 내던지려 했다.

하지만 그럴 수 없었다.

- 엄마……. 엄마…….

눈물에 젖은 은아의 목소리가 흘러나왔다. 유림은 다시 영상을 바라보았다. 은아가 울면서 애타게 자신을 찾고 있었다. 손이 부들부들 떨렸다.

박준과 한민구가 은아의 **뺨**을 때리며 킬킬거렸다.

- 씨발 년이 나이가 몇 인데 엄마를 찾아?
- 그 병신 같은 아줌만 지금 TV나 보면서 시간 때우고 있을걸.

더 이상 견딜 수가 없었다. 유림은 자리에서 벌떡 일어났다. 그리고 은아의 휴대 전화를 쥔 채 집을 뛰쳐나갔다. 생각할 여유 같은 건 없었다.

엘리베이터를 타고 지하 주차장에서 내린 유림은 성큼성큼 자신의 차로 걸어가며 누군가에게 전화를 걸었다. 잠시 신호가 간 뒤 상대방이 전화를 받았다. 수민이었다. 유림이 날카롭게 쏘아 붙였다.

"수민이니?"

수민은 왠지 모르게 조금 당황한 것 같은 목소리로 답했다. 유림은 주차장을 가로지르며 급하게 말을 이었다.

"어, 그래. 수민아 나야. 물어보고 싶은 게 있어서 전화했어."

그리고 유림은 단도직입적으로 말했다.

"너, 그날, 옥상에 있었지?"

수민은 예상치 못한 유림의 질문에 제대로 된 대답을 하지 못했다. 하지만 유림은 더 이상 수민의 사정 같은 건 봐주지 않았다. 전화기를 움켜쥔 유림이 버럭 소리를 질렀다.

"어서 말해봐. 너 그날 옥상에 있었잖아!"

이미 모든 것을 알고 묻는 듯한 유림의 목소리에 수민은 어쩔 수 없이 대답했다.

– ……네.

금방이라도 울음을 터뜨릴 것 같은 목소리였다. 그래서 유림은 더 화가 났다. 모든 걸 알고 있었으면서, 수민은 왜 가만히 입을 다물고 있었던 걸까. 만약 수민이가 나서서 증언을 해줬더라면 재판의 결과도, 은아도 이렇게까지 되진 않았을 것이다. 다급하게 차에 올라탄 유림이 날카로운 목소리로 외쳤다.

"그런데, 그런데 왜 얘기 안했니? 재판장에서 왜 얘기 안 했어? 왜!"

– 죄송해요. 아줌마. 죄송해요…….

"지금이라도 나랑 경찰서 가자. 가서 다 말해!"

그러자 수민이 잔뜩 겁먹은 목소리로 외쳤다.

– 시, 싫어요! 아줌마! 안 돼요! 안 돼요…….

"안 된다니, 왜? 너 은아 친구잖아! 너……. 너도 혹시 그놈들이랑 한패야?"

– 아니에요! 그건 절대 아니에요!

"그럼 왜 그러는 거야? 응?"

수민은 한참이나 대답이 없었다. 조용히 수민의 대답을 기다리던 유림은 어느 순간부터 수화기 너머로 계속 흐느껴 우는 소리가 들리는 것을 알 수 있었다.

조금씩 흘러나오던 울음소리는 곧 아주 서럽게 변해갔다. 유림은 소리치던 입을 다물고 숨을 죽였다. 수민은 숨이 넘어갈 것처럼 울음을 삼키며 한참을 망설이더니, 간신히 입을 열어 말했다.

- 저, 저도……. 저도 걔네들한테……. 은아보다 훨씬 전에…….

"뭐라고……?"

순간, 유림은 머릿속에 벼락이 떨어진 것 같은 기분을 느꼈다.

- 저, 저도 은아처럼 당했단 말이에요. ……너무 무서웠어요. 아빠한테도 무서워서 말도 못했어요.

"어떻게 그럴 수가……."

유림은 그동안 은아의 곁에 머물며 어떻게든 은아를 달래려 애쓰던 수민의 얼굴을 떠올렸다. 늘 밝고 상냥한 아이라고만 생각했는데, 사실은 그동안에도 쭉 은아와 같은 고통을 겪고 있었던 것이다. 유림은 커다란 충격에 할 말을 찾지 못하고 머뭇거렸다.

한참을 울던 수민이 유림에게 용서를 빌었다.

- 죄송해요, 아줌마. 저도 너무 무서워요……. 정말 죄송해요. 정말…….

유림은 핸들을 붙잡고 고개를 숙였다. 은아만이 아니었다.

동영상을 찍어 피해자를 협박하는 수법을 보니, 한두 번 해 본 솜씨가 아닌 것 같았다.

또 있을까?

대체 얼마나 더 많은 아이들이 그 짐승만도 못한 놈들의 손에 희생당해야 했을까. 그 아이들도 모두 은아처럼 울고, 발버둥치고, 엄마를 부르다 시들었을까.

고장 난 수레처럼 덜컹거리던 심장이 깊은 바닥으로 추락하고 있었다. 유림은 생각했다. 세상에, 그 많은 어른들은 다들 뭘 하고 있었나. 내 아이와 저 아이들이 죽음을 선택할 정도로 벼랑 끝에 몰려 있을 때, 다들 뭘 하고 있었나.

— 흑, 흐윽……. 죄송해요. 저도 찍혀서……. 걔네들이 말하면 인터넷에 다 돌린다고…….

"……그래 알았어. 울지 마, 수민아. 무서워하지 마. 아줌마가 잘못했어. 내가 잘못했어……."

수화기 너머에선 여전히 서럽게 울고 있는 수민의 목소리가 들렸다. 유림은 핸들이 부서져라 손을 움켜쥐었다. 그리고 그 위로 뚝뚝 떨어지는 눈물을 노려보았다.

'은아야. 엄마 이제 안 울어. 안 울 거야.'

법이 하지 못하는 일이라면 사람이 하면 그만이다. 유림은 절대로 놈들을 가만두지 않겠다고 되뇌었다. 은아와 수민이 당한 만큼, 다른 아이들이 고통 받았던 만큼. 아니 그 이상으로 되돌려줄 것이다.

입을 꾹 다물며 마른침을 삼킨 유림은 목소리를 낮추어 수화기 건너편의 수민에게 말했다.

"수민아. 걔네들 어디 있어? 지금."

— 저, 저도 잘 몰라요.

"짐작 가는 곳이라도 없어?"

— 도, 독서실 옥상 아니면 아파트 단지 놀이터에 있을 거예요. 그런데 갑자기 왜요?

"좀 만나보려고 그래. 만나서 이야기를 하고 싶어서."

놈들을 만나러 가겠다는 유림의 말에 수민이 깜짝 놀라 새된 소리를 질렀다.

— 아, 아줌마? 위험해요. 걔들 그렇게 만만한 애들 아니에요……!

유림도 그 사실은 잘 알고 있었다. 하지만 이대로 물러날 수는 없었다.

유림은 눈가의 눈물을 훔치며 가속페달을 밟았다. 타이어가 주차장 바닥에 미끄러지는 소리가 났다.

"고마워 수민아. 다음에 또 이야기하자."

— 아, 아줌마!

유림은 그 말을 끝으로 전화를 끊어버렸다. 그녀는 분노에 가득 찬 눈으로 전방을 노려보며 차를 몰았다. 지금 그녀가 향하는 곳은 녀석들이 자주 간다는 독서실 옥상이었다.

독서실 근처에 차를 세운 그녀는 건물 안으로 들어가 천천히 독서실 계단을 타고 올라갔다. 어두컴컴하고 지저분한 계단엔 수십 개의 담배꽁초가 어지럽게 흩어져 있었다. 정체를 알 수 없는 악취가 나기도 했다.

초콜릿 상자를 들고 두근거리는 마음으로 이 계단을 올랐을 은아를 생각하며 유림은 이를 악물었다.

옥상이 가까워지자 누군가가 떠들고 있는 목소리가 들렸다. 살짝 열린 옥상 문틈으로 확인해보니 한 무리의 남학생들이 보였다. 척 보기에도 불량해 보이는 녀석들이 쭈그려 앉아 담배를 물고 있었다.

유림은 그중 익숙해 보이는 얼굴을 하나 발견했다. 박준이었다. 바닥에 가래침을 뱉으며 킬킬거리는 모습에 저절로 눈살이 찌푸려졌다. 유림은 숨을 죽이고 조용히 귀를 기울여 녀석들의 대화를 들었다.

"그래서 내가 이렇게 좆나 돌려줬더니 싫다던 년이 좋아하면서 아, 아, 하면서 더 달라붙더라."

"구라 까네. 그래서 그년 또 불러낼 거냐?"

"씨발, 지금 이 자리로 불러 올 수도 있다니깐!"

박준은 은아가 죽은 것조차 모르고 있었다. 녀석에게 은아는 그저 심심풀이 장난감일 뿐이었다. 다른 녀석들에게 과시하기 위해 보란 듯이 핸드폰을 꺼내 든 박준은 곧바로 은아에게 전화를 걸었다.

그리고 유림의 손에서 전화기가 울렸다.

유림의 시선은 은아의 핸드폰 화면으로 옮겨졌다. 발신자는 당연히 박준이었다. 부들부들 떨리던 몸이 차분해졌다. 유림은 천천히 전화기를 들어 귓가에 가져다 댔다.

"허어? 오늘따라 이 씨발 년이 전화를 빨리 받네? 야. 나거든? 지금 독서실 옥상으로 튀어 와라. 저번엔 한 번 봐줬지만 이번에도 안 오면 어떻게 되는지 알지?"

유림은 대답하지 않았다. 귀로는 전화기 너머에서 이죽거리는 박준의 목소리를 듣고, 눈으로는 문틈 새로 보이는 박준의 모습을 노려보았다.

멈췄던 심장이 다시 뛰기 시작했다. 어찌할 수 없는 살의가 들끓었다.

"왜 대답이 없어, 이 개년이? 야. 너 마지막 기회다. 진짜 안 오면 당장 인터넷에 뿌릴 테니까 빨리 튀어와."

더 이상 참을 수가 없었다. 유림은 피가 나도록 입술을 세게 깨물었다. 그리곤 옥상 문을 걷어차고 튀어나갔다. 낡은 철제문이 부서질 듯 커다란 소리가 났다. 박준을 포함한 한 무리의 불량 학생들이 모두 유림을 향해 고개를 돌렸다.

유림은 두 눈을 부릅뜨고, 한 손엔 은아의 핸드폰을 든 채 박준을 향해 뚜벅뚜벅 걸어갔다. 그리고 아직까지 통화 연결 중인 핸드폰에 대고 말했다.

"네가 찾는 애가 아니라서 미안하네."

메마르고 거친 목소리였다. 박준은 생각지도 못했던 유림의 등장에 흠칫하는 표정이었다. 함께 있던 놈들도 서로를 둘러보며 무슨 일이냐고 수군거렸다.
　전화를 끊은 유림은 분노로 덜덜 떨리는 목소리를 억지로 가다듬었다. 그리고 박준을 향해 씹어뱉듯 말했다.
　"네가 보냈지?"
　물으나마나였다. 누가 보냈건, 모두 한 패거리임에 틀림이 없었으니까. 그래도 유림은 반드시 자백을 듣고야 말겠다는 듯 다시 한 번 물었다.
　"그 동영상. 네가 보낸 거 맞지?"
　자리에서 벌떡 일어난 박준이 저도 모르게 뒷걸음질을 쳤다.
　"휴대폰 내놔."
　"뭐, 뭐?"
　"내놓으라고! 휴대폰!"
　유림은 계속해서 박준의 앞으로 다가갔다. 유림이 무서운 얼굴로 윽박지르자, 박준은 당황한 기색이 역력한 얼굴로 대꾸했다.
　"차, 참 나……. 씨발, 아, 아줌마 뭐야?"
　유림이 동영상에 대해 알고 있다는 사실에, 박준은 이렇다 할 변명조차 하지 못하고 머뭇거렸다.
　"뭐야. 이제 와서 발뺌하는 거야? 조금 전에 이 전화기에 대고 당당하게 말하던 모습은 어디로 갔지?"
　유림의 입가에 차가운 비소가 걸렸다.

"나, 난 몰라요. 그냥 장난 좀 쳐본 건데······."
"같은 말 계속하게 하지 마. 휴대폰 내놔!"
"아 씨발, 난 모른다고!"

구석으로 몰린 박준이 다급하게 주변을 둘러보았다. 모여 있던 녀석들이 수군거리며 박준을 바라보고 있었다.

이렇게 되면 이판사판이었다. 더 이상 물러날 곳이 없었던 박준은 보란 듯이 주머니 속에서 자신의 핸드폰을 꺼냈다. 그리고 유림을 향해 되레 큰소리를 쳤다.

"씨발 이 아줌마가 겁을 상실했나······. 그렇게 가져가고 싶으면 자기가 직접 가져가 보든가."

"뭐?"

"그런데 덤볐다가 뒈져도 난 책임 못집니다?"

용기를 되찾은 박준의 도발에 녀석들이 한꺼번에 웃음을 터뜨렸다. 유림을 향해 핸드폰을 흔들어 보이는 얼굴 어느 곳에서도 십대의 천진함이나 순수는 찾아볼 수 없었다.

유림은 새삼 경악했다.

미성년자라고? 청소년이라고? 아직 성인이 아니기 때문에 제대로 처벌할 수가 없다고?

저 모습 어디에 어린아이가 있단 말인가.

유림은 치솟아 오르는 모멸감과 분노에 몸을 떨었다. 은아가 느꼈을 모든 고통이 그녀에게로 돌아오는 기분이었다. 유림은 더 이상 생각할 것도 없이 박준에게 달려들었다. 그리고 두 손을 뻗어 그의 휴대폰을 빼앗으려 했다.

"내놔! 내놔!"

"아 씨발 이 아줌마 미쳤어? 이거 안 놔?"

박준은 유림이 진짜로 달려들자 당황한 얼굴로 그녀를 밀쳐냈다.

"아, 씨발 좆같네. 뭔진 모르겠지만 나 아니야! 아니라고 이 미친년아!"

유림의 귓가에 박준이 내지른 거친 고함이 크게 울렸다. 평생을 누군가에게 손찌검 한번 하지 않고 살아왔던 유림은, 그 순간 미약하게나마 남아 있던 인내의 끈을 놓아버렸다. 그리고 박준의 얼굴을 향해 있는 힘껏 손바닥을 휘둘렀다.

철썩!

강하게 휘두른 유림의 손이 박준의 얼굴을 때리고 지나갔다. 박준은 순간적으로 일어난 일에 어이가 없었던 나머지 그 자리에서 굳어버렸다. 얼얼한 볼에 혓바닥을 굴리며 옆을 보니, 친구들이 웅성거리며 그와 유림을 바라보고 있었다. 얼굴이 벌겋게 달아올랐다. 맞아서 아픈 것보다, 쪽팔림이 더했다.

인상을 구기며 욕설을 내뱉었다. 하지만 유림은 아랑곳하지 않고 여전히 그의 전화기를 빼앗으려 했다. 박준과 유림 사이에 거친 실랑이가 벌어졌다.

"꺼지라고 미친 아줌마야!"

"내놔! 빨리 내놔!"

"아, 이 씨바알!"

두 사람의 외침이 독서실 옥상을 넘어 건물 아래 도로까지 퍼져 나갔다. 구경하는 녀석들은 이제 재밌어하고 있었다. 박준은 갈수록 초조해졌다. 필사적으로 달려드는 유림의 힘이 생각보다 센 탓이었다.

그러다 결국, 유림은 박준의 손아귀에서 핸드폰을 빼앗는 데 성공했다.

"너, 이거 경찰에 보낼 거야. 넌 평생 감옥…… 아니, 지옥에 가게 될 거야. 알겠어?"

유림이 날카롭게 소리쳤다. 박준이 기가 막혀 유림을 바라보았다. 뒤돌아 달려가는 유림을 보고 녀석들이 수군거리기 시작했다.

"헐, 뭐야? 씨발. 박준 저 새끼 아줌마한테 당한 거야?"

"크크크, 병신 새끼."

그 소리에 박준은 이를 빠득 갈았다. 그는 재빨리 주변을 둘러보았다. 마침 버려진 각목이 하나 굴러다니고 있었다. 박준은 재빨리 그 각목을 집어 들고 유림을 쫓아갔다.

"야 이 씨발 년아!"

박준이 계단에서 뛰어내리며 유림을 발로 걷어찼다. 그리고 중심을 잃은 유림의 머리를 각목으로 강하게 후려쳤다. 퍼억, 소리가 났다. 유림은 그 일격에 머리에서 피를 뿜으며 무너져 내렸다. 그리고 옥상 계단에서 굴러떨어졌다.

뒤따라 나온 녀석들이 그 모습을 경악한 눈으로 바라보았다. 일이 커지고 있었다. 완전히 이성을 잃어버린 박준은 쓰러진 유림에게 계속 각목을 휘두르고 발차기를 거듭했다.

"이 씨발 년아! 야! 니가 또라이니까 니 딸년도 또라이지! 어?"

퍽퍽 소리가 계단 전체에 울렸다.

"야. 말려야 하는 거 아냐? 저 아줌마 머리에서 피 나는데?"

따라온 양아치들이 그 모습을 보며 수군거렸지만 아무도 앞에 나서서 박준을 말리려고 들진 않았다.

허억, 허억, 허억…….

한참 유림을 후려치던 박준이 거친 숨을 몰아쉬며 그녀를 내려다보았다. 쓰러진 유림의 머리에서 피가 나고 있었다. 발로 툭 건드려봐도 아무런 반응이 없었다.

"뭐, 뭐야 이거?"

마치 죽은 것 같았다. 갑자기 두려움이 밀려왔다. 그는 일단 재빨리 유림의 품을 뒤져 자신의 휴대 전화를 꺼냈다. 그리고 허겁지겁 계단을 뛰어내리기 시작했다. 하지만 오래가지 못하고 제자리에 설 수밖에 없었다.

독서실 계단 아래, 많은 사람들이 모여 웅성거리고 있었다. 옥상에서 일어난 소동 때문에 모여든 사람들이었다.

"뭘 봐, 씨발! 구경났냐? 저리 비켜!"

사람들에게 가로막힌 박준은 애써 길을 뚫고 독서실 건물 밖으로 뛰쳐나갔다. 하지만 거기까지였다.

삐이이익!

누군가로부터 신고를 받은 경찰이 박준을 향해 달려들었다.

깜짝 놀란 박준은 허겁지겁 달아나기 시작했다. 하지만 그마저도 멀리가지 못했다. 바로 옆 골목에서 튀어나온 또 다른 경찰에게 잡혀 팔을 꺾였다.

"아, 놔! 놓으라고 씨발!"

그가 소리를 지르며 발버둥을 쳤다. 계단을 살피던 사람들이 구급차를 부르라며 소리를 치고 있었다.

그 모습을 군중 속에 섞여 몰래 바라보던 사람이 있었다. 수민이었다. 경찰에 신고한 것도, 구급차를 부른 것도 수민이었다. 수민은 박준이 경찰들에게 끌려가는 것을 확인한 뒤 재빨리 계단을 올라갔다.

유림은 옥상으로 향하는 계단 끝에 쓰러져 있었다. 유림의 머리에선 붉은 핏물이 흘러나오는 중이었다. 깜짝 놀란 수민이 비명을 지르며 유림에게 다가갔다.

"아, 아줌마! 정신 차리세요!"

가까스로 눈을 뜬 유림은 수민을 보며 애써 웃어 보이려 했다.

"미, 미안하구나, 수민아. 나……."
갑자기 정신이 아득해졌다. 유림은 깊은 수렁 속으로 빠지는 것 같은 기분이 들었다. 부들부들 떨던 유림이 눈을 뒤집으며 정신을 잃었다. 수민은 찢어질 것 같은 목소리로 울부짖었다.
멀리서 구급차 사이렌 소리가 들려오고 있었다.

송민정.

박준 무기정학, 한민구 유기정학, 윤조한 근신.
이후 시간 간격을 둔 피해자 학생 유은아의 자살.
학교에서는 쉬쉬하고 있었지만, 아이들 사이에서는 이미 부풀릴 대로 부풀려진 소문이 파다하게 돌고 있었다. 유은아와 같은 독서실을 다니는 아이들이나, 심규진 패거리, 또한 한민구나 박준과 어울려 노는 양아치들이 소문의 주요 출처인 듯했다.
소문의 내용은 얘기가 나올 때마다 조금씩 달라졌다. 누군가는 전학 온 은아가 윤조한을 따라다니면서 남자애들이랑 같이 논 건데 적반하장으로 고발한 거라고 했고, 또 누군가는 심규진한테 밉보여서 결국 해꼬지를 당한 거라고도 했다.
그러다 유은아가 자살을 선택하자 소문은 오히려 가라앉았다. 물론 그건 관심이 시들해져서가 아니라, 가해자와 피해자가 한층 더 분명히 드러났기 때문이었다.
그런데 유은아가 자살했다는 소문이 퍼진 바로 다음 날, 학교 안은 다시금 소문으로 어수선해졌다.
"박준 걔 정말 미친 거 아니냐? 어떻게 걔네 엄마를 각목으로 후려 패?"

"쇠파이프 아니었어? 머리 피 흘리면서 쓰러져 있는데도 막 계속 때렸다던데? 그 독서실 우리 집하고 가까워서 나도 그날 경찰 사이렌 소리 들었는데, 사람들 몰리고 장난 아녔어."

구석에 앉아서 수학 문제를 풀고 있던 민따, 송민정은 손을 멈춘 채 가만히 그 소리를 듣고 있었다.

유은아, 전학생이라는 그 아이가 첼로를 메고 복도를 지나던 모습을 민정이는 언젠가 본 적이 있었다. 얼굴은 잘 기억이 안 나지만 첼로를 멘 뒷모습만은 기억이 났다.

"근데 그거 신고 누가 한 거래? 거기 독서실 아저씨 꼴통이라, 위에서 무슨 일이 있든 나 몰라라 한다며."

"모르지. 아, 이건 내 생각인데, 오수민이 그 애 엄마 병원까지 울면서 따라갔다더만 걔 아니냐? 걔네 아빠 경찰이라며. 그리고 은아랑 절친이었대."

"진짜? 근데 은아란 애 전학생 아니었어? 온 지 얼마나 됐다고 절친이래? 걔가 신고한 거면 그냥 원래 신고 정신 투철한 성격이라 그런 거겠지."

민정이는 들고 있던 샤프를 내려놓고 자리에서 일어섰다. 그리고 결코 작지 않은 목소리로 수다를 떨고 있던 두 여자아이에게 다가가서 물었다.

"……저기, 오수민이 몇 반이야?"

유령처럼 다가와서 던진 민정이의 질문에 놀랐는지 두 아이는 몸을 흠칫했다.

"헉, 깜짝이야. 완전 식겁했네."

"바로 옆에 3반인데, 오수민."

그리고는 이렇다 저렇다 말도 없이 교실 밖으로 빠져나가는 민정이의 뒷모습을 보며 수군거렸다.

"웬일이래, 저 민따가."

"야, 야, 듣겠다."

민정이는 아이들이 그러든 말든 3반으로 향할 뿐이었다.

7

 유림이 눈을 뜬 곳은 어느 병원의 병실이었다. 몇 번이나 왔다고 익숙해진 하얀 천장에 유림이 기가 막힌 웃음을 터뜨렸다.
 머리가 아팠다. 슬쩍 만져보니 붕대가 단단하게 감겨 있었다. 아무래도 처음 맞았을 때 이마가 찢어졌던 모양이었다. 유림은 자리에서 일어나기 위해 몸을 움직였다. 하지만 온몸이 너무 아파 일어날 수가 없었다. 낮은 신음이 흘러나왔다.
 "어? 아줌마……?"
 유림이 눈을 뜨자, 곁을 지키고 있던 수민이 자리에서 벌떡 일어났다. 유림이 독서실에서 구급차에 실려 온 뒤부터 수민은 집에도 가지 않고 유림을 간호하고 있었다. 테이블에 쌓여 있는 책과 교복이 그 사실을 증명하고 있었다.

유림은 물끄러미 수민의 교복을 바라보았다.

"자, 잠시만요! 사람을 불러올게요!"

수민이 당황한 얼굴로 병실 밖으로 뛰쳐나갔다. 그리고 얼마 지나지 않아 익숙한 얼굴이 나타났다. 오 형사였다. 오 형사가 놀란 얼굴로 유림에게 말했다.

"괜찮으십니까?"

눈을 깜빡이며 오 형사를 바라보던 유림이 머리를 짚으며 대답했다.

"……얼마나 시간이 지난 거죠?"

"하루 정도 지났습니다. 아, 아무튼 이젠 괜찮으신 거죠?"

"제가 지금 괜찮아 보이나요?"

유림의 상태가 괜찮을 리 없다는 사실은 누구나 알 수 있는 사실이었다. 은아가 죽었을 때부터, 은아에게 그런 일이 일어났을 때부터 유림은 조금씩 미쳐가는 기분이었다. 그리고 이제는 세상 모든 것이 흉측하게만 보였다. 무능한 경찰 역시 마찬가지였다.

굳은 얼굴로 한숨을 내쉬는 오 형사에게 유림이 다시 한 번 물었다.

"저야말로 묻고 싶네요. 그 뒤로 어떻게 된 거죠? 계단에서 쓰러진 이후로는 전혀 기억이 없는데."

유림이 아무것도 모르는 건 당연했다. 오 형사가 인상을 구기며 물었다.

"박준. 그놈이죠? 유림 씨를 그렇게 만든 녀석 말입니다. 박준 그 자식 맞죠? 그놈 지금 당장 구치소로 보내겠습니다. 간단하게 진술서만 작성하셔도……."

오 형사는 그 말과 함께 미리 준비해둔 종이와 펜을 꺼냈다. 무표정한 얼굴로 그 모습을 지켜보던 유림이 말했다.

"구치소로 간다면 얼마나?"

"이런 경우는……. 2주 정도일 겁니다."

자신 없는 말투였다. 유림은 피식, 메마른 웃음을 흘렸다.

"관두죠."

"……네?"

오 형사의 반문에 유림이 어처구니없다는 듯 손을 내저었다. 그리고 얼떨떨해하는 오 형사를 보며 왠지 서늘함이 묻어나는 목소리로 이야기했다.

"박준이 아니에요. 다른 아이였어요. 아니……. 아이였는지 어른이었는지도 기억 안 나네요. 머리를 너무 심하게 다쳤나?"

"이제 와서 무슨 얘깁니까? 파출소 순경이 현장에서 붙잡았는데요."

"순경이 쫓아오니까 겁이라도 집어먹고 달아난 거겠죠. 원래부터 착한 아이는 아니잖아요? 박준 그 아이."

"유, 유림 씨?"

"아무튼 아닌 것 같아요. 그 애는."

유림이 계속 아니라고 주장하자, 오 형사의 얼굴이 점점 굳어졌다. 그는 유림을 향해 경직된 목소리로 물었다.

"……벌주지 말자는 겁니까?"

유림은 대답 대신 다시 한 번 메마른 웃음을 터트렸다. 그녀는 마치 정신이 나간 사람 같았다.

"걔한텐 왜 찾아간 거예요?"

오 형사의 질문에 수민이 유림의 눈치를 살폈다. 하지만 유림은 대답하지 않고 계속 웃기만 할 뿐이었다. 웃다가 지쳐서 침대 위에 쓰러질 때까지, 눈물이 가득 고인 눈으로 웃었다. 마지막엔 우는 것도 웃는 것도 아닌 신음 소리가 흘러나왔다.

* * *

유림의 선처 덕분에 박준은 금세 풀려났다. 고작 2주라니. 유림은 녀석에게 그만큼의 벌은 아무 의미도 없을 거라 생각했다. 그 정도로 용서할 수 있는 놈이 아니었다. 사람이 아닌 것에게는 사람의 잣대를 적용해선 안 되는 거였다.

넋을 잃은 얼굴로 병실에 누워 있던 유림이 오 형사의 연락을 받은 지 얼마 지나지 않아, 박준의 아버지가 찾아왔다.

"저……."

멀끔한 옷을 입고 찾아온 박준의 아버지는 병실 입구에 서서 어찌할 바를 모르고 있었다. 유림의 상태가 정말로 심각했기 때문이었다. 머리를 감싼 붕대와 목에 생긴 새까만 멍, 온몸에 난 생채기들…….

 도저히 가벼운 부상이라고는 생각할 수 없을 정도로 상처가 많았다.

 무엇보다 유림의 얼굴엔 생기가 없었다. 유령처럼 고요하게 가라앉은 얼굴로, 유림은 그를 향해 천천히 고개를 돌렸다.

 "따님…… 일도 그렇지만…… 정말 뭐라고 사죄의 말을 해야 할지…….''

 사죄? 유림은 가만히 그의 얼굴을 들여다보았다. 면목 없다며 고개를 숙이고 서 있는 그의 얼굴에 박준이 있었다. 부자지간이니 닮은 것이 당연했다. 유림은 다시 그에게서 차갑게 고개를 돌려 창밖을 바라보았다. 죽기 전, 은아가 그랬던 것처럼 초점 없는 눈을 깜박였다.

 "저기……."

 그가 다시 한 번 유림을 불렀다. 하지만 유림은 조금도 신경 쓰지 않고 계속해서 창밖만 바라보았다.

 "그게, 어쩌다가 이렇게 됐는지……. 정말 면목이 없습니다."

 박준 아버지가 허리를 굽혀 사과했다. 유림은 그제야 냉소

하며 입을 열었다.

"후후후……. 면목? 당연히 없어야죠. 그런 게 있으면 안 되죠."

그는 착잡한 마음에 입술을 깨물었다. 그러더니 주머니 속에서 봉투 하나를 꺼내 유림의 눈앞에 내밀었다.

"일단 이거라도 받아주십시오. 이번 사건도 눈감아주시고, 도저히 그냥 지나칠 수가 없어서……. 받아주세요."

유림은 힐끔 봉투를 쳐다보았다. 꽤나 두툼해 보였다.

"……넉넉히 넣었습니다. 만족하실 겁니다."

그 말에 유림은 터지려는 실소를 겨우 참았다. 만족? 만족이라고? 돈이면 다 해결될 거라고 생각하는 건가? 그러고 보니 은아 때도 합의금으로 어떻게든 때우려 했던 사람이다. 속으로 실소하던 유림은 다시 창밖을 바라보며 이야기했다.

"만약에 제가 아드님께 맞아 죽었으면, 그 봉투를 제 영정에 내미셨을까요?"

"……네?"

"필요 없어요. 가져가세요."

"하, 하지만……."

당황하는 박준 아버지에게 유림은 부드럽고도 차가운 목소리로 권했다.

"가져가세요. 쓸 일이 있을 거예요."

"……예?"

유림은 싸늘하게 웃으며 유리창에 비친 그의 얼굴을 노려보고 있었다.

* * *

며칠 뒤, 유림은 무사히 퇴원했다.

퇴원한 유림은 집에 가자마자 짐을 싸기 시작했다. 은아의 사진과 몇몇 옷가지들, 그리고 은아가 마지막으로 남긴 케이크까지. 케이크를 꺼내는 순간 잠시 눈물이 나긴 했지만 애써 참아냈다. 무표정한 얼굴로 짐을 싸는 그녀는 마치 오랫동안 집을 떠나기 위해 준비하는 사람 같았다.

그러다 밤이 되면 차를 몰고 밖으로 나갔다. 그리고 박준의 뒤를 몰래 따라다니며 그의 행동을 주시하기 시작했다.

녀석은 유림의 일이 있었는데도 여전히 반성하는 기미를 보이지 않았다. 양아치들을 만나 시시덕거리며 아이들 돈을 빼앗고, 오토바이를 타고 도로를 질주했다.

유림은 그 모습을 하나도 빠짐없이 자신의 눈에 담았다. 그리고 박준이 혼자가 되기만을 기다렸다.

그러던 어느 날, 기회가 왔다. 친구들과 헤어져 혼자 오토바이를 몰던 박준이 인근의 지하 주차장에 들어갔다. 고요한 주차장엔 사람이 없었다. 오직 박준의 오토바이 소리만 요란했다.

유림은 조용히 차를 몰고 들어가 들키지 않게 멀리서 박준의 행동을 관찰했다. 그는 오토바이를 구석에 세운 뒤 주머니를 뒤적거려 뭔가를 꺼냈다. 기다란 드라이버였다.

여유로운 걸음으로 주변을 흘끔거리던 박준은 어느 고급차 앞에 섰다. 그리고 보는 눈이 없다는 것을 확인하자 허리를 숙여 무언가를 하기 시작했다. 단 2초 만에 덜컥 소리와 함께 차문이 열렸다. 경보 장치는 무용지물이었다. 상당히 익숙해 보이는 솜씨였다.

박준은 망설임 없이 차 안으로 들어갔다. 그리고 내비게이션을 떼어냈다. 안에 있는 현금을 챙기는 것도 잊지 않았다. 그리고 바닥에 침을 퉤 뱉으며 킥킥거렸다.

미리 준비한 가방에 훔친 물건을 쑤셔 넣은 그는 다시 주변을 둘러보며 다음 타깃을 물색했다. 그리고 얼마 떨어지지 않은 곳에 또 다른 고급차가 세워져 있는 걸 발견했다. 차에 다가간 그는 콧노래를 부르며 문틈에 드라이버를 꽂았다. 이번에도 수법은 같았다. 떼어낸 내비게이션과 현금을 가방에 넣고 여유롭게 차 안에서 빠져나왔다.

그런데 오토바이로 돌아가려는 순간, 등 뒤에 서 있던 유림을 발견했다.

유림은 마치 유령처럼 서서 박준을 노려보고 있었다. 아직까지 붉은 상처가 드러나 있는 얼굴엔 핏기가 없었다. 병원에서 감아준 붕대는 온데간데없었다. 그저 당장이라도 찢어

죽이고 싶다는 눈으로 그를 노려보고 있을 뿐이었다.
"헉! 씨발, 뭐야?"
소스라치게 놀란 박준이 뒷걸음질을 쳤다. 유림은 그에게 한 걸음씩 다가가며 물었다.
"아직 대답할 게 남았지?"
연신 욕설을 내뱉곤 있었지만, 박준은 옥상에서 만났을 때보다 훨씬 당황한 얼굴이었다. 아무도 없는 지하 주차장, 희미한 불빛에 드러난 유림의 얼굴은 소름이 끼치도록 무표정했다.
"나, 난 모른다니까요!"
끝까지 발뺌하는 박준을 향해 유림은 긴 한숨을 내쉬었다. 그리고 딱딱한 목소리로 말했다.
"괜찮아. 대답해봐. 어차피 우리 은아…… 죽었잖아."
그 말에 박준이 더욱 당황했다. 유림은 그 얼굴을 뚫어져라 바라보며 다시 물었다.
"누가 우리 은아 다시 불러냈니? 누가 꾸민 거니?"
박준의 동공이 크게 흔들렸다. 그는 깜짝 놀란 게 분명했지만 애써 태연한 척 큰 소리를 쳤다.
"뭐, 뭐라고요? 무슨 이야기예요?"
"그 동영상…… 누가 만들었어? 또 누가 가지고 있니? 너 말고 누가 또 동영상 가지고 있는 거야?"
유림은 여전히 높낮이가 없는 목소리로 그를 추궁했다. 유림이 한 걸음씩 가까이 다가올수록 박준은 식은땀을 흘리며 뒷걸음질을 쳤다. 그러다 어느 순간, 더 이상 물러날 곳이 없었던 그가 큰 소리를 치기 시작했다.

"왜, 왜 자꾸 나한테만 지랄이야! 아 씨발, 좆같네!"

"뭐?"

"씨발 년 하나 잘못 건드려서 진짜. 동영상 보고 싶으면 야동 사이트 찾아보든가! 왜 나한테 지랄이야?! 그 병신 같은 년이…… 뒈지기까지 하고……. 아, 완전 재수 없네."

유림의 미간이 심하게 일그러졌다. 그녀는 붉게 핏발이 선 눈으로 박준을 노려보았다.

"뭐, 뭐야? 노려보면 어쩔 건데!"

지금 당장이라도 죽여버리고 싶었다. 쓰레기 같은 말만 내뱉는 더러운 입에 돌멩이를 처넣고, 온몸을 갈기갈기 찢을 수만 있다면 그렇게 하고 싶었다. 하지만 유림은 참았다. 가지고 있는 모든 인내를 동원해 그를 내버려 둔 채 등을 돌렸다.

유림이 말도 없이 등을 돌려 멀어지자, 박준이 얼떨떨한 얼굴로 그녀를 바라보았다. 어쩐지 한시라도 빨리 이 자리를 벗어나야 할 것 같은 기분이 들었다. 훔친 네비게이터가 들어 있는 가방을 챙겨 들고, 그는 허겁지겁 달려가 오토바이에 올라탔다.

"헐, 씨발 저년 뭐야."

식은땀을 훔친 박준은 떨리는 손을 움직여 재빨리 오토바이의 시동을 걸었다. 그리고 주차장 입구를 향해 달려 나갔다. 그렇게 그가 주차장을 빠져나가려는 찰나였다.

퍼억!

유림의 차가 박준의 오토바이를 들이받았다. 박준은 둔탁한 충격음과 함께 허공을 날아 주차장 바닥에 내팽개쳐졌다.

"커헉!"

가슴이 너무 아팠다. 아무래도 갈비뼈가 나간 것 같았다. 쓰러진 그의 옆엔 부서진 오토바이의 파편이 잔뜩 널브러져 있었다. 배를 붙잡고 바닥을 뒹굴던 그는 헉헉거리는 숨을 몰아쉬었다.

너무 무서웠다. 이대로 죽을지도 모른다는 공포가 머릿속에 가득했다. 달아나야 했다. 그는 애써 다리에 힘을 주었다. 그리고 절뚝거리며 자리에서 일어났다.

하지만 겨우 자리에 일어선 박준을 향해 환한 헤드라이트 불빛이 쇄도했다.

콰드득!

유림의 차가 다시 한 번 박준을 들이받았다. 차에 정면으로 충돌한 박준은 주차장 기둥에 머리를 박았다. 퍼석, 하는 소리와 함께 주차장 기둥이 시뻘건 피로 물들었다. 깨진 머리에서 피가 흘러 박준의 눈동자를 새빨갛게 물들였다. 작게 웅얼거리는 박준의 입에서 피거품이 새어 나왔다.

차에서 내린 유림은 싸늘한 얼굴로 박준을 내려다보고 있었다.

"사, 살려……. 아, 아줌……. 사, 살……."

박준이 유림을 향해 손을 내밀어 살려달라 애원하고 있었다. 목숨을 구걸하는 그를 보며 유림은 조용히 말했다.

"더 해."

"제발, 살려……."

"더 하라니까. 은아가 너희들에게 했던 것처럼. 울고, 빌고, 매달려봐."

박준의 눈에서 조금씩 초점이 사라지고 있었다. 두 눈을 부릅뜬 채 그가 죽는 모습을 지켜보려던 유림은 박준의 숨이 쉽게 끊어지질 않자 다시 차에 올랐다.

바닥에 닿아 있는 박준의 시야에 유림의 자동차 타이어가 굴러가는 모습이 보였다. 시동이 걸리는 소리도 났다. 뒤로 물러났던 차가 다시 순식간에 앞으로 다가왔다.

쿵.

묵직한 소리가 났다. 바퀴에 깔린 박준의 몸에서 한차례 짧은 경련이 일어나고, 이내 조용해졌다.

유림은 차를 뒤로 물리지 않고 운전석에서 내려 놈의 죽음을 확인해보았다. 그는 두 눈을 부릅뜬 채 숨을 거두었다. 초점 없이 뻥 뚫린 동공에 유림의 얼굴이 비쳤다. 유림은 울고 있는지 웃고 있는지 자신도 모를 표정을 짓고 있었다.

'은아야…….'

엄마가 전부 갚아줄게.

난생 처음 사람을 죽였다. 그리고 그 시체가 눈앞에 있다. 꽉 쥐고 있던 손이 덜덜 떨렸다. 하지만 그녀는 이전처럼 울지 않았다.

마른침을 삼킨 유림은 떨리는 손을 뻗어 박준의 주머니를 뒤졌다. 점퍼 안에서 뭔가 잡히는 것이 있었다. 휴대 전화였다.

그의 전화기 안엔 은아에게 보냈던 영상들이 고스란히 담겨 있었다. 매섭게 그것을 바라보던 유림은 주저하지 않고 삭제 버튼을 눌렀다.

그때 윙윙거리는 소리가 주차장 입구 쪽에서 들렸다. 차가 들어오는 모양이었다. 박준의 시체를 잠시 바라보던 유림은 재빨리 차에 올라탔다. 그리고 들키지 않게 주차장을 빠져나갔다.

하늘에선 어느새 검은 비가 내리고 있었다.

* * *

우르르 비 내리는 소리가 경찰서 안까지 새어 들어왔다. 오 형사는 자리에 앉아 담배를 물고 한 무더기나 되는 서류를 살피고 있었다. 지저분한 그의 책상 한 구석엔 다 마시지도 않은 자판기 커피가 종이컵마다 담긴 채 늘어서 있었다.

잠시 밖으로 나갔던 송 형사가 급한 무전을 받고 경찰서 안으로 들어왔다. 그리고 곧장 오 형사에게 다가왔다.
"오 형사님! 사건 터졌습니다."
"또 뭔데?"
오 형사는 '사건'이라는 말을 듣기만 해도 피로해졌다. 왜 이리 요즘 한꺼번에 일이 많이 터지는지 모를 일이었다.
"그 왜 아시죠, 강간한 놈들."
송 형사의 말에 오 형사가 심드렁한 얼굴로 대답했다.
"강간? 누군데? 강간하는 새끼들이 워낙에 많아야지."
송 형사가 답답한 듯 가볍게 책상을 두드리며 말했다.
"아아, 그놈들 있잖아요. 옥상에서 여자애를……."
유은아 사건이다. 오 형사가 고개를 들고 의자에서 등을 떼며 말했다.
"그놈들이 왜? 사건 끝났잖아?"
"지금 막 그중에 하나가 죽었다고 연락 왔어요. 뺑소니라는데요?"
뺑소니. 우연한 사고인 것처럼 들리지만…… 어쩌면 그렇지 않을 수도 있었다. 불길한 예감이 들었다. 병원에서 봤던 유림의 얼굴도 떠올랐다. 텅 빈, 그리고 광기에 휩싸인 얼굴.
잠시 생각에 잠겼던 오 형사는 피우던 담배를 다급히 끄며 자리에서 일어났다.
"거기 어디야?"
"저…… 주차장이요. ○○빌딩 주차장."

멀지 않은 곳이었다. 오 형사는 우산도 쓰지 않은 채 빗길을 달려 나갔다.

송 형사도 우산을 챙겨 다급히 그 뒤를 쫓아 달렸다.

현장엔 먼저 도착한 경찰들이 노란 줄을 치고는, 몰려든 구경꾼을 통제하고 있었다. 오 형사는 곧 주차장 기둥 밑에 누워 있는 박준의 모습을 발견했다. 생각보다도 상태가 훨씬 더 처참했다. 그는 살짝 눈살을 찌푸리며 물었다.

"언제 죽었어?"

"한 시간도 안 된 것 같습니다."

"CCTV는?"

"지금 준비해놨습니다."

"……가자."

오 형사는 현장 검증 인원만 남겨둔 채 송 형사와 함께 주차장 관리사무실로 들어갔다. 그리고 그곳에서 사건 당시의 CCTV를 돌려보기 시작했다.

"먼저 오토바이를 들이받고…… 주차장을 한 바퀴 돌아서 또 치고 지나갔군. 처음부터 죽이려고 작정한 모양인데, 잠깐……?"

그런데 박준을 치고 간 차가 왠지 낯익었다. 오 형사가 버럭 소리를 질렀다.

"잠깐! 거기 다시 돌려봐!"

사고 직후 박준에게 다가가는 사람이 있었다. 여윈 체구의 여자. 오 형사는 한눈에 알아볼 수 있었다. 유림이었다.

쓰러져 피 흘리는 박준에게 다가간 유림은 뭐라 말을 하는 것처럼 보였다. 그러더니 다시 차에 올라 이번에는 완전히 박준의 몸을 바퀴로 깔아뭉갰다. 놈은 그 순간 절명한 것 같았다.

충격에 휩싸인 오 형사가 낮은 목소리로 중얼거렸다.

"유, 유림 씨가 어째서……?"

"아는 분입니까?"

송 형사가 고개를 들고 물었다. 그는 유림을 전혀 알아보지 못했다. 괴로운 듯 한 손으로 얼굴을 쓸어내리던 오 형사가 큰 소리로 윽박질렀다.

"멍청아! 유은아 엄마잖아!"

"아……!"

"잠깐, 나 다녀올 데가 있어. 먼저 가 있어. 일단 김유림 수배 내리고! 알겠지?"

오 형사는 그 말을 남기고 빗속을 내달렸다. 남겨진 송 형사는 박준의 시체가 구급차에 실려 가는 모습을 착잡한 얼굴로 바라보고 있었다.

* * *

유림의 차는 비가 내리는 8차선 도로 위 갓길에 세워져 있

돈 크라이 마미

었다. 그녀는 비상등을 켠 채 정신 나간 사람처럼 다급하게 박준의 핸드폰을 뒤졌다. 메시지를 일일이 확인하고 연락처를 검색했다. 그러다 오래 지나지 않아, 원하던 이름을 발견했다.

윤조한.

그녀의 손가락이 조한이 이름 위에서 멈췄다. 조한은 따지고 보면 이 모든 사건의 원흉이나 다름없을 녀석이었다. 그 녀석이 은아에게 접근하지만 않았더라면 이런 일은 일어나지 않았으리라.

잠시 망설이던 유림은 크게 심호흡한 뒤, 통화 버튼을 눌렀다. 빗소리를 뚫고 유행하는 가요가 흘러나왔다. 한참을 기다린 끝에 달칵 소리와 함께 조한의 목소리가 들렸다.

하지만 막상 전화를 걸고 보니 무슨 말로 녀석을 불러내야 할지 알 수가 없었다.

갑자기 얼굴에 경련이 일어나는 것을 느끼며, 그녀는 결국 아무 말 없이 전화를 끊어버렸다. 그러자 이번엔 조한에게서 전화가 왔다. 유림은 받지 않았다. 전화를 받지 않으니 다음엔 문자가 왔다.

- 왜 그래? 무슨 일 있어?

유림은 부들거리는 손으로 답장을 보냈다.

- 지하라서 끊긴다. 이따 11시에 독서실 옥상으로 올 수 있냐?

- 왜?
- 급하게 할 말 있어. 거기 아니면 안 돼.
잠시 후, 조한에게서 답장이 왔다.
- 알았어.
유림은 매서운 눈으로 그 문자를 보며 천천히 시동을 걸었다. 차창 밖으로 거세게 비가 내리치고 있었다.

* * *

11시. 독서실 옥상에 사복 차림의 조한이 나타났다. 그는 아무도 없는 캄캄한 옥상을 한 바퀴 둘러보고는 난간 가까이 걸어갔다. 비는 여전히 거세게 내리고 있었다.

한 손으로는 우산을 들고 다른 한 손으로 축축한 주머니를 뒤지자, 하얀 담배 갑이 튀어나왔다. 조한은 건물 아래 골목길을 내려다보며 담배를 물고 불을 붙였다. 치익, 소리와 함께 흰 연기가 우산 아래로 뿜어져 나왔다.

그때, 조한이 오기 전부터 미리 기다리고 있던 유림이 그의 뒤에서 조용히 나타났다.

"윤조한."

조한은 무심결에 뒤를 돌아보았다. 그리고 자신의 앞으로 성큼성큼 다가오는 유림의 모습에 소스라치게 놀랐다.

고스란히 비를 맞으며 다가오는 유림의 손엔 날카로운 칼이 쥐어져 있었다.

"헉!"

얼떨결에 우산을 놓친 조한은 뒷걸음질을 치기 시작했다. 유림은 멈추지 않고 그의 뒤를 바짝 따라갔다. 겁에 질려 달아나려던 조한은 바닥에 굴러다니는 소주병을 잘못 디뎌 털썩 넘어지고 말았다. 일어날 생각조차 하지 못했다. 유림은 그 바로 앞에 섰다.

조한의 옷도 유림과 마찬가지로 흠뻑 젖어들었다. 유림은 오랫동안 비를 맞아 창백하게 질린 얼굴로 조한을 내려다보았다. 칼을 들고 있는 손이 조금씩 떨렸다. 피를 흘리며 죽어가던 박준의 얼굴이 떠올랐다.

하지만 멈출 수 없었다. 유림이 조한에게 물었다.

"너, 나 누군 줄 알지?"

"왜, 왜 이러세요?"

조한은 파리하게 질려 있었다. 덜덜 떨리는 손으로 바닥을 짚으며 어떻게든 유림에게서 멀어지려 애썼다. 금방이라도 죽을 것처럼 얼굴을 일그러뜨리고 유림을 밀어냈다.

물론 소용없는 짓이었다. 유림은 들고 있던 칼을 들어 올려 조한의 얼굴을 겨누었다. 조한이 반사적으로 몸을 움츠리며 두 손으로 얼굴을 가렸다.

"아, 아악! 왜, 왜 이러세요?"

유림은 조한에게 조용히 휴대 전화를 내밀었다. 화면 가득 은아의 동영상이 재생되고 있었다.

"네가 꾸민 일이지? 네가 은아를 꼬셨지?"

"으윽……!"

잔뜩 겁에 질린 조한은 칼을 피하느라 제대로 화면을 바라보지 못하고 있었다. 유림은 조한의 뺨을 찰싹 때린 뒤, 그의 턱을 잡아 고정하며 외쳤다.

"똑바로 봐! 이거 누가 계획한 거야?"

"모, 몰라요! 난 모른다고요!"

"시치미 떼지 마!"

"지, 진짜예요. 저, 저도 피해자라고요!"

조한이 울부짖었다. 물론 유림은 그의 말을 믿지 않았다.

"거짓말."

"다른 애들이 시키는 대로 했을 뿐이에요. 정말이에요!"

유림의 눈이 가늘어졌다. 조한은 이제 유림에게 살려달라며 빌고 있었다.

"누가 시켰는데? 누구냐고!"

유림이 다시 한 번 크게 외쳤다. 온몸에 비를 맞으며 벌벌 떨고 있던 조한이 간신히 입술을 움직였다.

"다요. 전부 다……."

"……뭐?"

기가 막힌 대답이었다.

"은아가 저 좋아하는 거 알고……. 은아 안 데리고 나오면

제 동영상 뿌린댔어요. 박준이랑 한민구 그 녀석들이요."

"동영상? 거짓말하지 마!"

"거, 거짓말 아니에요! 아, 아줌마도 알 거 아녜요. 저랑 그 녀석들이랑 별로 안 친했던 거."

유림은 흠칫하는 눈으로 조한을 바라보았다. 사실 유림은 조한이 녀석들과 어떤 관계인지 정확히 알지 못했다. 그저 킬킬거리며 더러운 말을 쏟아내기 바빴던 박준과 한민구와는 달리, 조한은 어느 곳에서나 과묵한 모습으로 서 있거나 따라다닐 뿐이었다. 두 번째 동영상에선 조한의 모습이 보이지 않기도 했다.

하지만 고작 그런 이유로 녀석을 용서할 마음은 없었다.

"아, 아줌마. 저 진짜 그놈들이 그렇게까지 할 줄은 몰랐어요. 그렇게 될 줄은 정말 몰랐단 말이에요."

조한은 유림의 다리를 붙잡고 부들부들 떨고 있었다. 놓으라고 흔들고 밀어내도 매달려 떨어지지 않았다.

"은아한텐 제가 정말 잘못했어요……. 살려주세요. 네? 제가 예전에 잠깐 정신이 나가서 약 먹고 물건 훔쳤던 적이 있는데, 그걸 걔들한테 찍혀서……."

박준. 끝까지 자신의 잘못을 인정하지 않았던 악마 같은 놈의 얼굴이 떠올랐다. 그리고 살려달라 애걸하던 모습도. 유림은 조한에게 선언하듯 말했다.

"박준은 죽었어."

"네……?"

"박준은 죽었다고. 너랑 한민구밖에 안 남았어."

조한의 얼굴이 삽시간에 굳어졌다. 그는 도저히 믿을 수 없다는 얼굴로 유림을 바라보다가, 유림이 들고 있는 칼을 보며 한 손으로 자신의 입을 틀어막았다. 유림은 무표정한 얼굴로 조한의 반응을 지켜보다가 이번엔 한민구의 행방을 물었다.

"……한민구는 어디 있어!"

"그, 그건……!"

"어디 있냐고!"

유림의 다그침에 조한은 울상을 지었다.

"모, 몰라요! 진짜 어디 있는지 몰라요……!"

"그러면 불러. 전화해서. 안 그럼 네가 죽어. 알겠어?"

유림은 조한에게 위협적으로 칼을 들이밀었다. 조한은 그제야 허겁지겁 주머니에서 핸드폰을 꺼내 들었다. 그런데 덜덜 떨리는 조한의 손가락 사이로, 그의 핸드폰 배경 화면이 보였다.

"……잠깐!"

은아였다. 조한과 함께 찍은 은아의 사진이 그곳에 있었다. 부끄러운 듯 미소를 짓고 있는 얼굴. 유림은 손을 뻗어 조한의 핸드폰을 가로챘다. 그리고 뚫어져라 은아의 모습을 바라보았다.

갑자기 눈물이 핑 돌았다. 목이 메어 차마 말을 꺼낼 수가 없었다.

"저, 저 은아 싫어하지 않았어요. 그냥……. 그냥 어쩌다 이렇게 되어버린 거예요."

"……어쩌다? 어쩌다라고?"

"죄송해요! 제가 잘못했어요! 은아는 어떻게든 지켰어야 하는 건데……."

조심스레 유림을 바라보던 조한이 떨면서 애원과 후회의 말을 쏟아내기 시작했다.

유림은 조한의 핸드폰 속 은아의 사진을 바라보았다. 수줍게 웃고 있는 은아는 너무나 행복해 보이는 얼굴이었다. 어쩌다 조한의 이야기라도 나오면 시시콜콜한 수다에 설렘을 가득 담아 말하곤 했다.

유림은 조한에게 겨누었던 칼을 내려놓았다. 그리고 울음 섞인 목소리로 말했다.

"은아가 널 얼마나 좋아했는지 알아?"

조한이 입술을 깨물었다. 갈수록 거세게 쏟아지는 비에 유림의 눈물이 섞여 흘러내렸다.

"학교 다녀와서 네 이야기만 나오면 얼마나 부끄러워했는지, 너에게 줄 초콜릿을 만들며 얼마나 기뻐했는지…… 너는 알아?"

조한은 차마 대답을 하지 못했다. 그저 고개를 숙인 채 조금씩 울먹이고 있을 뿐이었다.

유림은 애써 조한에게서 고개를 돌렸다. 그리고 아주 작은 목소리로 말했다.

"……가."

"네?"

"빨리 가. 마음 변하기 전에."

조한은 그 말에 슬금슬금 눈치를 보다가, 허리를 깊이 숙여 인사하고는 도망치듯 옥상을 내려갔다.

홀로 남겨진 유림은 고개를 들고 시커먼 밤하늘을 바라보았다. 그녀의 얼굴 위로 차가운 비가 쏟아지고 있었다.

* * *

유림은 지친 걸음을 옮겨 자신의 가게 안으로 들어왔다. 그리고 들어오자마자 셔터를 내리고 문을 닫았다. 유리창엔 블라인드까지 전부 내려져, 가게는 한 치 앞도 볼 수 없을 정도로 어두컴컴했다. 유림은 부엌 천장에 달린 작은 등 하나만을 켜고 그 안으로 들어갔다.

인테리어 공사가 중단된 가게는 윙- 하는 냉장고 소리만 들릴 뿐, 온기 없이 고요하기만 했다.

유림은 떨고 있었다.

젖은 몸엔 체온이 없었다. 무겁게 달라붙은 옷에서 한기가 스며들었다. 하지만 유림은 자신이 몸을 떨고 있다는 사실조차 자각하지 못하고 있었다.

나갈 때 선반 위에 내던지다시피 버려두었던 핸드폰을 확인해보니, 전남편과 오 형사로부터 수십 개의 부재중 통화와 메시지가 와 있었다. 유림은 그중 어느 것도 눈에 담지 않았다. 메마른 웃음을 흘리며 구석에 놓여 있는 소파를 향해 전화기를 집어 던졌다.

유림의 손은 어느새 냉장고 문을 열고 있었다. 은아가 유림을 위해 마련한 케이크가 텅 빈 냉장고 한 가운데에 놓여 있었다. Don't cry mommy. 울지 마, 엄마.

유림은 울지 않으려고 억지로 눈을 크게 떴다. 하지만 목과 가슴에서, 뱃속 깊숙한 곳에서 울음이 올라와 참을 수가 없었다.

혼자 죽어야만 했던 내 아이.

"엄마가 미안해. ······미안해, 은아야."

유림은 케이크를 보며 계속해서 중얼거렸다. 죽는 순간까지 힘들어할 엄마를 걱정해준 너인데, 울지 말라는 말까지 못 지켜 미안해. 유림은 결국 한참을 울다가 그대로 소파에 누워 새우잠을 잤다.

그리고 다음 날이 밝았다.

하루가 지났다는 건 자고 일어나 차가운 물에 세수를 할 때쯤에야 깨달을 수 있었다. 비가 갠 바깥에서 아플 정도로 눈부신 햇살이 파고들었다. 유림은 세면대 앞에 서서 거울을 보았다. 서럽게 울던 얼굴은 사라지고, 또다시 다른 사람처럼 차갑게 변한 얼굴이 보였다.

간단히 세안을 마친 유림은 은아의 휴대 전화를 꺼냈다. 그리고 저장된 메시지를 살펴보기 시작했다. 그녀가 찾고 있는 건 바로 박준이 보냈던, 한민구의 집을 설명하며 빨리 오라고 협박하는 문자였다. 소장을 작성하면서 봐뒀던 적이 있어서, 유림은 박준의 메시지가 가리키는 것이 한민구의 집임을 알아차릴 수 있었던 것이다.

문자를 다 확인한 유림은 칼을 들었다. 그리고 차를 몰고 거리로 나갔다. 그녀는 은아가 전에 박준 일당에게 불려갔던 그 길을 똑같이 따라가고 있었다.

- 사거리에서 오른쪽으로 돌아서 올라와.

유림의 눈엔 커다란 첼로 가방을 둘러 멘 은아의 환영이 나타났다. 유림은 이를 악물고 눈물을 참았다. 은아가 이 길을 따라 놈들에게 불려갔을 거라 생각하니 억장이 무너지고 울분이 북받쳤다.

메시지에 나와 있는 길을 따라 차를 몰고 가던 유림은 한민구의 집이 있는 어수선한 골목 입구에 들어섰다. 골목이 굽어지는 구석 자리마다 쓰레기 더미가 넘쳐났다. 가난의 흔적이 묻어 있는 담벼락들이 주변을 둘러싸고 있었다.

유림은 다시 한 번 은아의 핸드폰 화면을 보며 메시지를 확인했다.

그런데 그때, 어딘가 낯이 익은 사람들이 유림의 차 옆을 스쳐 지나갔다. 언젠가 경찰서에서 만났던 한민구의 부모님이었다. 유림의 눈가에 작은 경련이 일었다. 그들이 집을 비웠으니, 안엔 한민구가 혼자 남아 있을 거란 생각이 들었다.

유림은 운전석에 앉아 무표정한 얼굴로 멀어져가는 그들의 뒷모습을 바라보았다. 그리고 그들이 완전히 골목 저편으로 사라지고 난 뒤에야 다시 차를 몰아 골목 안으로 들어갔다.

- 파란 대문.

차를 세우고 안으로 들어간 유림은 마침내 한민구의 집 앞에 섰다.

은아가 불려가 봉변을 당했던 그 집이었다. 막상 집 앞까지 오니 격렬한 분노와 두려움이 한꺼번에 몰려왔다. 하지만 이제 와 돌아갈 수는 없었다. 이미 되돌릴 수도 없는 일이었다.

유림은 조심스럽게 현관문에 귀를 대보았다. 집 안은 조용했다. 혹시나 하는 마음에 문손잡이를 잡고 돌려보았지만 잠겨 있었다.

문 앞에 서서 어떻게 할까 고민하던 유림은 차에서 모자를 하나 가지고 왔다. 그리고 크게 심호흡한 뒤 초인종을 눌렀다.

딩동.

세 번이나 누른 뒤에야 안에서 인기척이 느껴졌다. 유림은 재빨리 모자를 눌러썼다. 잠시 후 끼익, 소리와 함께 문이 열리며 한민구가 얼굴을 내밀었다.

"누구세요?"

방금 일어난 듯 부스스한 모습이었다. 그는 모자를 눌러쓰고 있는 유림을 알아보지 못했다. 유림은 침착하게 대답했다.

"수도 검침 왔어요."

그 말에 민구는 아무런 의심도 없이 유림을 들여보내 주었다.

현관에 들어선 유림은 잠시 그 자리에 서서 집 안을 둘러보았다. 동영상에서 봤던 그 거실이 한눈에 들어왔다. 유림은 모자 속에 감춰진 두 눈을 질끈 감았다가 떴다. 이 집 안에 고인 공기, 냄새, 그 모든 것이 역겨웠다. 토기가 치솟았다.

간신히 뜨거운 뱃속을 진정시키고 시선을 돌리자 한민구가 자신을 돌아보고 있었다. 유림은 의심을 피하기 위해 부엌 싱크대 쪽으로 다가가 수도 계량기를 만지작거렸다.

"수도에는 이상이 없네요. 부모님은 안 계세요?"

"없는데……."

"하루에 얼마 정도 물을 사용하죠?"

"그걸 내가 어떻게 알아요?"

유림의 질문이 귀찮았던지, 한민구가 짜증을 내기 시작했다.

"아, 씨발. 게임하는 도중이었는데. 벌써 죽었겠네. 일 끝났으면 가보세요."

그리곤 냉장고 문을 열고 우유팩을 꺼냈다. 놈의 등이 유림의 눈앞에 무방비하게 드러나 있었다. 유림의 호흡이 순식간에 거칠어졌다. 한 손에 우유를 들고 방으로 들어가려던 한민구가 몸을 움찔하더니 천천히 유림을 향해 돌아서기 시작했다.

"……아줌마, 왜 그……."

유림은 주머니에서 칼을 꺼내 들었다. 그리고 망설이지 않고 단번에 찔렀다.

"으윽!"

칼날이 한민구의 등을 깊게 베고 들어갔다. 갑자기 공격을 당해 다리에 힘이 풀린 민구가 바닥에 쓰러져 절박한 신음을 내뱉었다. 그가 들고 있던 우유가 쏟아지고, 벌어진 상처에서 시뻘건 피가 새어 나왔다.

유림은 민구의 등에 박힌 칼을 뽑아내며 날카롭게 외쳤다.

"네가 그랬지? 네가 우리 은아를……! 죽여버릴 거야! 이 개새끼…… 너한테도 있지? 동영상 어디 있어!"

유림이 다시 칼로 민구를 찌르려 했다. 하지만 간신히 정신을 차린 민구가 아슬아슬한 순간에 유림의 손목을 잡았다. 하지만 유림은 멈추기는커녕 더욱 힘을 주어 칼날을 그의 얼굴에 들이밀었다. 민구의 눈앞에 드리워진 칼날에서 붉은 피가 흘러내렸다.

광기에 물든 유림의 눈동자엔 복수심밖에 남아 있는 것이 없었다. 체중을 실어 찍어 누르는 유림의 힘에 저항하기 벅

찼던 민구가 바깥을 향해 소리를 질렀다.

"시, 씨발……! 사, 사람 살려! 누구 없어요?"

살기 위해 발버둥 치는 그의 얼굴엔 이미 짙은 공포심이 드리워져 있었다. 유림은 눈에 독기를 품고 팔에 힘을 주었다.

"죽어, 이 나쁜 자식!"

"이…… 꺼져, 이 씨발 년아!"

온몸을 비틀어 유림에게서 벗어난 민구가 버럭 소리를 질렀다. 그리고 있는 힘껏 유림의 몸을 밀쳤다.

외마디 신음을 흘리며 바닥에 널브러진 유림이 칼을 놓치고 말았다. 민구는 쓰러졌던 몸을 어느새 일으키고 있었다. 칼이 박혔던 자리가 타는 듯이 아파 왼손으로 등을 매만지니, 시뻘건 피가 묻어났다. 그는 경악해서 소리쳤다.

"헐, 시, 씨발. 뭐, 뭐야 이거……!"

칼을 놓친 유림이 맨몸으로 민구에게 달려들었다. 그녀는 민구의 몸을 다시 쓰러뜨리고 그 위에 올라타 있는 힘껏 목을 졸랐다.

하지만 그도 언제까지고 당하고 있지만은 않았다. 목이 졸린 와중에도 이를 악물며 유림의 얼굴에 주먹을 휘둘렀다.

유림은 점점 손에 힘이 빠지는 것을 느꼈다. 민구가 반항을 하면 할수록 유림의 몸에 상처가 늘어났다. 아무리 부상을 당했다 해도 그의 힘을 당해낼 수가 없었던 탓이다.

민구는 유림의 팔에 힘이 빠지는 듯하자, 몸을 비틀고 팔다리를 버둥거렸다. 등의 상처에서 계속 피가 새어 나왔지만 아픔을 느낄 겨를도 없었다. 그러다 어느 순간 유림이 민구의 목을 조르던 손을 놓쳤고, 그는 냅다 유림의 배를 걷어찼다. 유림은 힘이 빠져 뒤로 고꾸라졌다.

민구가 거친 숨을 뱉으며 자리에서 일어났다. 그리고 쓰러진 유림을 보며 이를 갈았다. 어떻게든 유림이 일어나기 전에 손을 써야겠다고 생각한 그는, 쓰러진 유림의 몸을 발로 걷어차기 시작했다.

"어, 그래! 씨발! 한번 해보자는 거지, 응?"

"악! 아악……!"

유림은 몸을 움츠려 최대한 고통을 줄이려 애썼다. 하지만 소용없는 짓이었다. 민구는 그대로 쓰러진 유림의 위에 올라타 따귀를 갈겼다. 그의 손이 오갈 때마다 유림의 목이 꺾어질 듯 위태롭게 흔들렸다.

이대로 당할 수는 없었다. 은아의 복수를 마무리 지어야 했다. 유림은 이를 악물고 손을 뻗어 겨우겨우 민구의 팔을 잡아냈다. 그리고 터진 입술을 움직여 날카롭게 외쳤다.

"네가 그랬지! 네가 다 꾸민 거지? 어서 말해!"

"그래! 내가 그랬다! 내가 니 딸래미 좆 나게 해줬어! 그 말이 그렇게 듣고 싶어? 엉?"

그가 패악을 부리며 소리 질렀다. 그리고는 핏줄이 불거진 얼굴을 하고 유림의 목을 졸랐다. 시간이 지나면서 유림은 점점 의식을 잃어갔다. 그리고 어느 순간, 발버둥 치던 유림의 몸이 죽은 듯이 늘어졌다.

털썩. 민구를 밀어내려 애처롭게 흔들리던 유림의 손이 바닥에 떨어졌다.

"……어?"

민구는 그제야 덜컥 겁이 나기 시작했다. 거친 숨을 헐떡이며 유림을 내려다보다, 당황한 듯 집 밖으로 뛰쳐나갔다.

혹시 누가 봤을까 싶어 주위를 두리번거리던 그는 근처의 골목 안으로 몸을 숨겼다. 아직 흥분이 가라앉지 않아 숨소리가 거칠었다. 한참을 안절부절못하던 그는 결국 주머니에서 핸드폰을 꺼냈다.

그리고 재빨리 박준에게 전화를 걸었다. 하지만 어떻게 된 일인지 박준에게 연락이 되질 않았다.

– 전화기가 꺼져 있어 소리샘으로 연결됩니다. 삐 소리 이후…….

신경질적으로 전화를 끊은 민구는 이번엔 조한의 번호를 찾기 시작했다. 다행히 전화를 걸자 달칵, 소리와 함께 조한이 전화를 받았다.

"야, 씨발 너 어디야? 그 미친년이 우리 집까지 찾아왔어. 칼까지 들고."

– 누구?

"거 왜 있잖아, 독서실 옥상! 전학 온 걔 엄마!"

돈 크라이 마미 | 249

전화기 너머에서 조한이 크게 숨을 삼키는 소리가 났다. 유림이 진짜로 일당을 찾아다니며 복수할 줄은 몰랐던 것이다. 잠시 망설이던 조한은 최대한 침착한 목소리로 물었다.
 - 그래서? 어떻게 됐어?
 "몰라, 덤비기에 좀 패줬더니 씨발 뒤진 거 같아."
 - 지금 그 여자 어디 있는데?
 "우리 집에 있어, 야 이제 어떻게 하냐?"
 - 일단 다시 가서 확실히 확인해봐. 그리고 다시 연락 줘.
 "너도 빨리 우리 집으로 와봐. 개새끼야."
 전화를 끊은 민구는 다시 주변을 두리번거렸다. 그리고 근처에 사람이 없다는 것을 확인한 뒤 서둘러 자신의 집으로 향했다. 상처 입은 등에서 계속 피가 흘러나왔다.
 민구는 이를 악물며 현관에 다가섰다. 잔뜩 긴장한 얼굴로 문을 열어 집 안을 엿보았다. 다행히 유림은 아직까지 거실 바닥에 쓰러져 있었다.
 그는 마른침을 삼키며 조심스럽게 유림에게 다가갔다. 하필이면 그때 유림이 낮은 신음을 흘리며 깨어나려는 기미를 보였다. 민구는 깜짝 놀라 뒷걸음질을 치다가 다시 이를 악물었다.
 "이 씨발 년, 넌 뒤졌어!"
 그리고 유림을 걷어차기 시작했다. 쓰러진 유림은 속수무책으로 당할 수밖에 없었다. 고통스러웠다. 반항조차 하지 못하고 쓰러진 채 신음을 흘렸다. 민구는 이제 유림이 일어서지 못할 거라고 확신했다.

"야 이 씨발 년아. 내가 오늘 너 죽일 거거든? 근데 좆같아서 그냥은 못 죽이겠다."

뭔가 좋은 생각이 떠올랐는지 씩씩거리던 민구가 현관문을 걸어 잠갔다. 그리고 쓰러진 유림의 위에 올라타더니 다짜고짜 자신의 바지춤을 끌어내리기 시작했다.

"네 딸년한테 썼던 걸 너한테도 써줄게. 씨발, 좆나 고맙지? 영광인 줄 알아라, 이 개년아."

유림은 순간 정신이 번뜩 들었다.

그녀는 있는 힘을 다해 민구를 걷어찼다. 그리고 사력을 다해 몸을 움직였다. 기껏해야 기어가는 정도였지만 그래도 멈추지 않고 그에게서 벗어나기 위해 애썼다.

"이 씨발 년! 내가 죽인다고 했지? 엉?"

민구가 기어가는 유림의 위로 뛰어들어 사정없이 주먹을 휘둘렀다. 하지만 유림은 포기하지 않고 마지막 힘을 다해 몸을 일으킨 후, 주방 쪽으로 달려갔다. 그리고 온 힘을 다해 싱크대 문을 열었다. 그 안엔 여러 개의 부엌칼이 나란히 꽂혀 있었다.

흠칫 놀란 민구는, 칼을 잡으려는 유림의 손을 거칠게 쳐냈다. 유림이 뽑았던 칼이 바닥에 떨어졌다. 하지만 유림은 칼이 떨어진 방향을 향해 계속해서 손을 더듬었다.

"이 씨발 년!"

이대로 내버려 뒀다간 정말로 죽을지도 모른다는 생각에 민구가 힘껏 주먹을 치켜들었다. 이렇게 된 이상 유림을 죽이든지 자신이 죽든지 둘 중 하나였다.

푸욱!

그런데 그 순간, 민구의 동공이 크게 확장되었다. 갑자기 배에 타는 듯한 고통이 느껴졌다. 그는 멍청한 눈으로 자신의 배를 바라보았다. 유림이 내찌른 칼이 그대로 박혀 있었다.

"커, 허억……?"

민구는 배를 움켜쥐며 바닥에 쓰러졌다. 덕분에 유림은 자리에서 일어날 수 있었다.

"하아…… 하아……."

유림은 거친 숨을 몰아쉬며 몸을 세웠다. 민구가 바닥에서 배를 잡고 꿈틀거리고 있었다. 유림은 멍하니 자신의 손을 바라보았다. 손바닥에서 피가 흐르고 있었다. 미처 칼자루를 잡지 못해 칼날을 쥔 채 찔렀다. 어디서 그런 힘이 났던 걸까. 자신도 알 수가 없었다.

"이 씨발 좆도 아닌 게……!"

고통에 몸부림치던 민구가 붉은 눈을 부릅뜨며 유림을 노려보았다. 유림은 피가 뚝뚝 떨어지는 손으로 그의 배에 박힌 칼을 무자비하게 뽑아냈다.

민구는 배와 입에서 피를 토했다. 유림은 싸늘하게 민구를 내려다보며 말했다.

"잘못했다고 빌어."

"뭐, 뭘 씨발!"

"빌어. 그러면…… 구급차 불러줄게."

"비, 빌긴 뭘 빌어!"

"……잘못했잖아? 우리 은아 그렇게 만든 거. 어서 빌어. 그럼 살려줄게."

민구는 꽉 쥔 주먹을 부들부들 떨었다. 그리고 무섭게 유림을 노려보며 으르렁거리듯 말했다.

"조, 좆 까고 있네. 씨발 년이……."

"……그래?"

유림은 그 말과 함께, 엎어져 있는 민구를 발로 걷어차서 똑바로 눕혔다. 그리고 칼을 들고 다가왔다. 민구가 겁에 질려 부들부들 떨면서 말했다.

"뭐, 뭐 하려는 거야?"

"소원대로 해주려고."

유림은 그대로 칼을 내리꽂았다.

퍼헉!

그녀의 얼굴에 피가 튀어 올랐다. 유림은 개의치 않고 다시 칼을 휘둘렀다. 찌르고, 또 찔렀다. 비명조차 지르지 못한 채 절명한 한민구의 시체를 난도질했다.

그는 놀란 나머지 눈조차 감지 못하고 죽어버렸다. 어쩐지 죽었을 때의 박준과 비슷한 얼굴이었다.

한민구를 처참하게 죽인 뒤, 유림은 천천히 자리에서 일어났다. 그리고 싱크대에 다가가 얼굴에 튄 핏자국을 씻어냈다. 차갑게 굳어 있던 얼굴이 조금씩 일그러졌다. 우는 건지 웃는 건지 모를 얼굴을 한 채 그녀는 굵은 눈물을 흘렸다.

정말로 돌아올 수 없는 강을 건너고 말았다. 몸이 떨리기 시작했다. 유림은 깊게 숨을 몰아쉬었다.

이제 자신이 할 일은 하나뿐이었다.

은아가 있는 곳으로 가는 것.

김유림.

 혼잡한 도로 위에 아지랑이가 피어오른다. 때 이른 더위 때문이다. 아지랑이 사이로 메아리처럼 울려 퍼지는 경적 소리가 사람들의 바쁜 발걸음을 대신하고 있었다. 차창 안으로 비춰지는 무표정한 얼굴들, 그리고 일상이 되어버린 무관심함. 여느 날과 다르지 않은 삭막한 풍경이 도심을 가득 메운 채 창밖으로 밀려났다.
 유림은 그 모습을 보며 울고 있었다.
 먼지 낀 환풍기만 외로이 돌고 있는 커피 전문점, 간판도 없이 셔터가 내려져 있는 상가 안에서 홀로 울고 있었다.
 유림은 창틀을 쥐고 있던 손을 풀고 그대로 벽에 기대 주저앉았다. 차가운 시멘트 바닥에 엉덩이를 붙이고 앉아 긴 숨으로 울었다.
 고작 유리창 하나를 사이에 두고 이렇게도 다른 모습이다. 마치 다른 세상을 살아가고 있는 것처럼. 저들의 시간은 흐르고, 자신의 시간은 멈춰버렸다. 혹은 죽었는지도 모른다.
 은아를 잃었던 그 순간부터.
 그녀는 젖은 눈을 움직여 자신의 손을 바라보았다. 살점이 벌어져 흉하게 드러난 상처. 유림의 손은 얇은 스카프로 칭

칭 동여매져 있었다. 굳고 마른 핏자국 위로 축축한 핏물이 덧씌워졌다.

세상에 존재하는 모든 것들이 두려웠다. 모두가 그녀의 적이었다. 정의 따위는 존재하지 않았다. 그래서 죽였다. 차마 인간이라고 할 수 없는 놈들이었으니까, 나이 같은 건 상관없었다.

한참을 울고 숨죽이기를 반복하던 그녀는 무엇인가에 홀린 듯 자리에서 일어났다. 위잉, 하는 기계 소리가 들렸다. 파란 빛이 맴도는 쇼 케이스 냉장고였다. 유림은 느슨하게 풀어진 스카프를 길게 늘어뜨린 채 냉장고 앞으로 다가갔다. 그녀의 손에서 떨어지는 핏방울들이 먼지 쌓인 바닥 위를 점점이 수놓았다.

유림은 여전히 몽롱한 얼굴을 하고 냉장고 문을 열었다. 시원한 김이 쏟아져 나와 그녀의 몸을 감쌌다.

"하아……."

하얀 입김이 흘러나왔다. 길게 숨을 내쉬던 유림은 자신의 손을 감싸고 있는 붉은 스카프를 바라보았다. 초점 없이 몽롱한 눈에서 눈물이 흘러내렸다. 그녀는 조심스레 스카프를 벗겨냈다.

안쪽의 상처가 드러났다. 손가락으로 상처를 짓누르니 검붉은 피가 스멀스멀 흘러나왔다.

유림은 시선을 옮겨 다시 냉장고를 보았다. Don't cry,

mommy. 동글동글한 케이크가 유림을 향해 속삭였다.

유림의 표정이 서러움으로 무참하게 일그러졌다. 그녀는 다시 몸을 움츠려 울음을 토해냈다. 몇 번이나 다짐했지만 소용이 없었다. 우는 것밖에 할 줄 모르는 엄마라서 미안하고 서러웠다. 은아가 이 모습을 보지 않았으면 했다.

'은아야······.'

이제는 끝낼 때다. 유림은 피딱지가 내려앉은 입술을 깨물었다.

복수는 모두 끝났다. 박준과 한민구는 싸늘한 시체가 되었고, 두 번 다시 은아를 괴롭히지 못할 것이다. 유림은 서서히 걸음을 옮겨 상가 건물의 옥상으로 올라갔다.

미지근한 바람이 불고 있었다. 헝클어진 머리가 바람에 흩날려 식은땀으로 가득한 유림의 얼굴에 달라붙었다.

그녀는 아슬아슬하게 난간에 섰다. 이제 저 아래로 뛰어내리기만 하면 모든 것이 끝났다. 유림은 난간 위에 올라선 채 한동안 심호흡을 했다. 그리고 주머니 속에 넣어둔 박준과 한민구의 핸드폰을 꺼내 들었다.

유림은 망설임 없이 그것들을 바닥에 집어 던졌다. 두 개의 핸드폰이 퍼석, 소리와 함께 박살이 나며 바닥을 뒹굴었다.

멍과 상처로 가득한 유림의 몸에서 힘이 빠졌다. 그녀는 몽롱한 시선을 들어 올려 하늘 높은 곳을 바라보았다. 그리고 입 속으로 중얼거렸다.

우리 은아, 다음 생에도 꼭 엄마 딸로 태어나서…….

8

박준이 죽었다.

소문을 들은 수민은 하얗게 질린 얼굴로 교실 의자에 앉아 있었다. 한민구가 죽었다는 것까진 알지 못했지만, 박준이 죽었다는 사실 하나만으로도 모든 추측이 가능했다. 오 형사는 수민에게 숨기려 노력했지만 감춘다고 감춰지는 사건이 아니었다.

은아 때문이다. 유림이 은아의 복수를 하고 있는 것이라고, 수민은 확신하고 있었다.

저도 모르게 고개가 돌아갔다. 창가에 앉아 이어폰을 낀 채 다른 아이들과 잡담을 나누고 있는 조한의 모습이 보였다. 그와 눈이 마주치려는 찰나, 수민은 소스라치게 놀라며 고개를 돌렸다.

자리에서 일어나 도망치듯 교실을 빠져나왔다.

도저히 가만히 앉아 수업이나 받고 있을 자신이 없어서였다. 어떻게든 하지 않으면 안 될 것 같았다. 하지만 어떻게? 수민은 조금씩 걷다가 점점 달리기 시작하는 자신을 발견하곤 계단 입구에 멈춰 섰다.

유림을 말려야 하나? 수민은 생각했다. 왜? 핸드폰을 꼭 쥐고 있는 손에 식은땀이 배어 나와 축축했다. 박준과 한민구, 윤조한은 죽어 마땅한 놈이라고 하루에도 수십 번씩 저주하며 빌기를 갈망하지 않았나.

누군가 대신 놈들을 잔인하게 죽여줬으면 좋겠다고.

수민이 그런 생각을 하며 계단 입구에서 갈팡질팡하는데, 누군가가 수민을 불렀다.

"오수민."

뒤를 돌아보니, 같은 중학교 출신인 송민정이 서 있었다. 중학교 2학년 때인가 같은 반이었던 아이다. 고등학교 들어오고는 반도 달라지고 해서 소원해졌는데, 어쩐 일인지 그 아이가 수민이를 부르고 있었다.

"어제부터 너 만나러 갔는데……, 갈 때마다 교실에 없더라."

오랜만에 봐서일까. 민정이는 수민이가 기억하던 중학교 때의 모습과는 많이 달라져 있었다. 그런데 무슨 일로 찾으러 온 걸까. 수민이가 물으려는 순간, 민정이가 먼저 선수를 쳤다.

"박준. 한민구. 윤조한……, 그 얘기 좀 하려고."

민정이는 수민이가 반사적으로 흠칫하는 모습을 유심히 살펴보더니, 결정적인 한마디를 던졌다.

"역시 너도……? 왠지 그럴 거 같았어."

수민은 떨리는 손으로 핸드폰을 꽉 움켜쥐었다. 그리고 몇 번이나 망설인 끝에, 고개를 끄덕이며 반문했다.

"……너도니? 박준, 박준은 죽었대."

* * *

오 형사는 유림과 관련이 있는 사람들을 한명씩 찾아다니고 있었다. 그녀의 행방을 수소문하기 위해서였다. 유림의 전 남편, 유림의 이웃, 유림이 이혼하기 전에 살던 동네에서 다니던 수영 학원까지. 하지만 그 누구도 유림의 행방을 알지 못했다. 유림에게 수도 없이 전화를 걸었지만 그녀는 결코 전화를 받지 않았다.

"상황이 아주 안 좋습니다. 혹시 연락 받은 적…… 아니, 최근에 본 적 있습니까?"

오 형사가 유림의 남편이 머물고 있는 혜수의 오피스텔에 찾아와 물었다. 그는 거실 소파에 쓰러지듯 앉아 담배부터 꺼내 물었다.

"······장례식 때 보고 못 봤습니다."

깊은 후회와 고통이 묻어나는 목소리였다. 오 형사는 한숨을 내쉬며 그에게 자신의 연락처를 건넸다.

"보시게 되면 연락 주십시오."

하지만 그런 일은 일어나지 않을 것이다. 오 형사도, 유림의 전 남편도 그 사실을 잘 알고 있었다.

그때, 마실 것을 가져오겠다던 혜수가 빈손으로 거실에 나타났다. 그녀는 뭔가 불안해하는 얼굴로 자신의 두 손을 만지작거리고 있었다. 그러다 결심한 듯 무거운 목소리로 입을 열었다.

"김유림 씨가 죽인 게······ 확실한가요?"

"네. ······그럴 겁니다."

혜수는 사형을 말하던 유림의 얼굴을 떠올렸다.

"그때······ 말렸어야 했는데. 사형을 원한다고 했을 때 좀 더 적극적으로······."

하지만 이제 와 후회해봤자 이미 너무 늦어버렸다. 은아는 죽었고, 유림은 은아를 죽게 만든 놈들을 찾아다니며 딸의 복수를 하고 있었다.

"연락 주십시오. 꼭 부탁드립니다."

안타까운 건 오 형사도 마찬가지였다. 세 사람 사이에 무거운 공기가 맴돌았다.

오 형사는 그만 일어나야겠다고 생각했다. 그런데 갑자기 비상 호출이 왔다. 깜짝 놀란 오 형사가 서에 남아 있던 송 형사와 통화를 한 뒤, 창백한 얼굴로 자리에서 벌떡 일어났다.

"무, 무슨 일이······."

혜수가 물었다. 오 형사는 크게 충격 받은 얼굴로 깊은 시름을 삼켰다.

김유림이 한민구를 난도질해 죽였다고는 차마, 말할 수 없었기 때문이었다.

그는 미친 듯이 차를 몰아 한민구가 살해당한 그의 집으로 달려갔다.

경찰과 구급차가 줄지어 서 있는 민구의 집 주변엔 폴리스라인이 쳐져 있었다. 그 앞에 동네 주민들이 모여 웅성거렸다. 거실에 쓰러져 있는 한민구의 시체에는 흰 천이 덮여 있고, 그 주변을 감식반원들이 분주하게 뛰어다녔다.

오 형사와 송 형사도 그 틈에 끼어 있었다. 두 사람은 민구의 시체를 내려다보며 대화를 나누었다.

"오 형사님. 이거 안 좋은데요? 아무리 보복 살인이라지만······ 진짜 처참하게 죽였네요. 거기도 완전 잘려 있네."

"그거 말고 또 없어진 거 있어? 저 녀석 핸드폰은?"

"아 맞다. 핸드폰이 없어졌네요. 저번 박준 때도 그랬는데. 왜 핸드폰을 가져갔을까요?"

오 형사는 그 말에 잠시 골똘히 생각에 잠겼다. 그러다 활짝 열려 있는 민구의 방 안쪽에 있는 컴퓨터를 바라보았다.

"송 형사, 이놈 컴퓨터 좀 뒤져봐."

송 형사가 고개를 끄덕이며 민구의 방으로 들어갔다.

가장 먼저 찾아본 파일은 jpeg, 그리고 avi 파일이었다. 낡은 컴퓨터가 드르륵 소리를 내며 수십 개의 파일들을 토해냈다. 파일명을 하나씩 살펴보던 송 형사가 어처구니없다는 얼굴로 짧은 웃음을 뱉어냈다.

"허, 이거 뭐 야동과 야사 천지네. 으음…… 죄다 이상한 이름의 파일들밖에 없는데요?"

"좀 더 잘 뒤져봐. 분명 뭔가 있어."

그 말에 송 형사는 계속 파일을 뒤져나갔다. 그러던 중, 유난히 짧은 제목의 동영상 하나를 발견해냈다. 파일의 이름이 '은아.avi' 였다. 오 형사도 그걸 발견했는지 송 형사의 어깨를 치며 말했다.

"저거다. 저거 클릭 해봐."

송 형사는 말없이 파일을 열었다. 그러자 모니터 위에 동영상이 재생되기 시작했다.

은아가 겁탈당하는 장면이었다. 놈들은 카메라를 서로에게 건네주며 동영상을 촬영하고 있었다. 초점 없는 눈으로 하염없이 울기만 하는 은아의 참담한 모습을 보고, 분노한 오 형사가 버럭 소리를 질렀다.

"이 새끼들 이런 거까지 찍어놨단 말이야?"

동영상 속 녀석들은 한민구와 박준이었다. 한쪽에 윤조한의 얼굴도 보였다. 그러고 보니 녀석은 공범인데도 불구하고 아직까지 유림의 손에 죽지 않고 살아 있었다. 오 형사가 급하게 일어나 소리쳤다.

"송 형사! 지금 조한이 그 녀석 어디 있지?"

"아마 학교에 있겠죠."

"그 녀석 집이 어디야? ……가자! 그 자식도 조사를 해봐야겠어."

두 사람은 차를 몰고 곧장 조한의 집으로 향했다.

조한은 가난한 한민구나 박준과는 달리, 고가의 브랜드 아파트 단지에 살고 있었다. 조한의 집에 도착한 오 형사는 송 형사와 함께 그의 방을 샅샅이 뒤졌다. 조한의 엄마는 심드렁한 얼굴로 거실에 앉아 그 모습을 지켜보고 있을 뿐이었다.

컴퓨터를 조사하던 송 형사가 이번에도 비슷한 파일들을 발견해냈다.

"찾았어요!"

송 형사가 슬쩍 옆으로 비키며 모니터를 가리켰다. 그곳엔 은아를 포함한 여자아이들의 이름으로 된 avi 파일이 있었다. 한두 개가 아니었다. 오 형사는 충격 받은 얼굴로 그것들을 바라보았다.

은아, 민정, 혜진, 그리고…… 수민.

피해자인 것으로 추정되는 여자아이들 틈에 섞여 있는 수민이라는 이름에 오 형사는 머릿속이 아찔해지는 것을 느꼈다. 설마 그럴 리가 없었다. 그는 부들거리는 손으로 마우스를 쥐고 파일을 클릭했다.

엉망으로 흔들리는 화면에 한 소녀가 잡혔다. 지금보다 짧은 단발머리를 하고 있는 수민이었다. 오 형사의 하나뿐인 딸. 수민은 은아와 마찬가지로 박준과 한민구, 그리고 조한에게 둘러싸여 집단 강간을 당하고 있었다.

소중한 딸이 모니터 안에서 울부짖었다. 제발 그만하라고, 우리 아빠 경찰이라고……. 하지만 녀석들은 들은 체도 하지 않고 그저 웃으며 수민을 가지고 놀았다.

차마 계속 보고 있을 수가 없었다. 눈앞이 캄캄해졌다. 오 형사는 피가 통하지 않을 정도로 세게 주먹을 쥐고는 키보드가 부서지도록 거칠게 내리쳤다.

은아 엄마의 얼굴이 떠올랐다. 법정에서 난동을 피우던 모습, 병원 침대에 누워 메마른 비소를 짓던 모습, 그리고 아이를 잃고 미쳐가는 지금의 모습.

오 형사가 까드득 이를 갈며 소리쳤다.

"송 형사! 그 새끼…… 윤조한 그 새끼 잡아 와!"

"네, 네?"

"시간 없어! 빨리!"

어딘가 절박해 보이는 오 형사의 목소리에 송 형사가 고개를 끄덕이며 조한의 방에서 뛰쳐나갔다. 잠시 숨을 고르던 오 형사도 그 뒤를 따랐다. 집을 나가는 길에 윤조한의 엄마와 눈이 마주쳤지만 그녀는 여전히 아들의 일임에도 무관심한 얼굴이었다.

마음은 급한데, 하필 엘리베이터가 꼭대기 층에 머물러 있었다. 두 사람은 누가 먼저랄 것도 없이 계단으로 뛰어 내려갔다.

그러다 갑자기 송 형사가 뭔가를 깨달은 듯 아, 소리를 내며 멈춰 섰다. 그리고 돌아보는 오 형사에게 심각한 얼굴로 말했다.

"형님. 그러고 보니 그 영상들 벌써 인터넷에 퍼졌을지도 모르겠습니다. 어디까지 공유가 되는지 범위가 문제긴 한데……."

"……뭐?"

"조한이 그 녀석 공유 프로그램 쓰더라고요. 거 왜 있잖아요. 폴더에 파일만 넣어놓으면 알아서 뿌려지는 프로그램."

"뭐? 그게 정말이야?"

"보아하니 동영상 편집 프로그램도 깔려 있던데……. 완전히 전문적이에요. 아무래도 윤조한, 그 새끼가 주동자 같습니다. 한민구 컴퓨터에는 그런 거 없었어요."

"그게 무슨 소리야?"

"그러니까 조한 그놈이 악의적으로 파일을 수집하고 뿌리는 역할이었다 이 말이죠. 그럴 생각이 없다면 공유 폴더에 파일들을 넣어둘 리가 없어요."

믿을 수가 없었다. 고작 열여덟, 어린애가 저지르기엔 지나치게 악질적인 범죄였다. 동영상 속의 여자애들을 생각하면 박준을 차바퀴로 짓이기고, 한민구를 난도질한 은아의 엄마의 심정이 충분히 이해가 갔다.

수민을 생각하니, 자신 또한 그러지 않으리란 보장이 없었다.

오 형사는 뜨겁게 달아오른 머리를 식히기 위해 최선을 다했다. 냉정하게 생각해야 했다. 송 형사의 말이 맞았다. 보통 이런 사건에서 피해자의 영상이 있는 경우, 가해자는 그것을 이용해 협박을 하려고 하기 때문이었다. 웬만한 악질이 아니고서야 이런 것을 실제로 뿌리려 들진 않았다.

"짐승만도 못한 새끼!"

이를 갈며 차에 올라 탄 그는 송 형사와 함께 조한이 있을 것으로 예상되는 학교를 향해 달려갔다.

* * *

옥상 난간 위에 선 유림은 천천히 눈을 감았다가 떴다. 저 아래 길가에 많은 사람들이 지나다니고 있었지만 자신과는 조금도 상관없는 이들처럼 느껴졌다. 모든 것을 끝내기로 결심한 뒤에는 지금이 언제인지도 모르는 상태가 되어버렸다.

유림은 마지막으로 자신의 핸드폰 화면을 바라보았다. 부재중 전화에 오 형사의 이름이 잔뜩 찍혀 있었다. 그것을 바라보고 있자니, 유림은 수민이가 떠올랐다.

학교에 있을 시간이었는데도, 수민이는 기다리고 있었다는 듯 신호가 몇 번 울리기도 전에 전화를 받았다.

쓸쓸한 웃음이 흘러나오는 것을 느끼며, 유림은 차분하게 말했다.

"수민아, 아줌마야."

- 아줌마, 어디세요?

수민은 당황한 목소리였다.

"목소리가 왜 그래? ……혹시 들었니? 그래, 이제 안심해도 돼. 박준도 한민구도 이제 너나 은아처럼 착한 애들, 괴롭히지 못할 거야."

유림의 목소리는 침착했다. 조금의 죄책감도 느끼지 않는 것 같은, 마치 좋은 소식을 알리는 듯한 말투였다.

- ……네? 아줌마, 한민구도요?

믿을 수 없다는 듯한 목소리였다. 유림은 수민이가 볼 수 없다는 것을 알면서도 무의식중에 고개를 끄덕였다.

"응. 어른들이 미리미리 지켜줬어야 하는 건데……. 아줌마가 너무 늦어서 미안하다, 수민아."

― 아줌마, 아줌마가 잘못하신 거 아니잖아요. 지금 어디세요? 혹시 만나뵐 수 있어요? 제가 학교 밖으로 나갈게요.

나름대로 걱정을 해주려는 걸까. 유림은 피식 웃었다.

"아니야, 그럴 필요 없어, 수민아. 그동안만 해도 충분히 고마웠어. 힘들겠지만, 잊고…… 은아 몫까지 열심히 행복하게 살아줘야 해. 아줌마 마지막 부탁이야. 알겠지?"

― 네? 그게 무슨 말씀이세요? 아줌마, 그러지 마세요. 그러시면 안 돼요.

수민은 이미 유림이 무슨 생각을 하고 있는지 알아채고 목소리가 다급해졌다.

"괜찮아. 다 끝났는데 뭐. 아줌마……, 이제 피곤하다."

그렇게 말한 유림은 까마득한 건물 아래를 향해 시선을 내렸다. 떨어지면 확실히 죽는다. 이 고통스러운 시간도 전부 끝나게 될 것이다.

"은아도, 아줌마도 우리 수민이한테 신세 많이 졌네. 고맙……."

유림이 마지막 인사를 하려는 찰나, 수민이가 다급한 목소리로 외쳤다.

― 아, 아줌마! 제 말 잘 들으세요. 저, 저 지금 친구랑 있는데요, 얘 말이 조한이 공유 프로그램 쓰는 거 같대요! 아줌마, 뭐든 할 테니까 저희 좀 도와주세요! 네?

수민의 외침에 유림은 잠시 멍해졌다.

"그게 무슨 말이니? 조한이는 박준이하고 한민구한테 끌려다니던 애잖아."

- 네? 아니에요, 아줌마! 걔가, 윤조한이 처음부터 걔들 다 부추긴 거예요! 윤조한이 우리 학교 일진 짱이란 말이에요!

미지근한 바람에 꺾일 듯 흔들리던 유림이 몸이 순식간에 경직되었다. 윤조한이 그런 거라고? 녀석은 분명 독서실 옥상에서 유림의 다리에 매달려 울며 빌었다. 박준과 한민구에게 약점을 잡혀서 무서워서 그랬다고 애원했다. 그런데 그 녀석이 이 일의 주동자라니.

그녀는 전화기를 좀 더 가까이대고 다시 물었다.

"……윤조한이 그런 거라고?"

- 네, 네 아줌마! 진짜예요!

머릿속이 하얗게 변했다. 유림의 얼굴이 급격히 일그러졌다. 조한이 용서를 빌며 했던 말들은 모두 거짓이었던 것이다. 그 눈물도, 은아를 향한 참회도 모두 거짓이었다. 유림에게서 벗어나기 위해 질 나쁜 연극을 벌인 것이다.

모든 것은 깨달은 유림이 낮은 목소리로 속삭였다.

"그래, 알겠다."

그 말을 마지막으로 그녀는 곧바로 전화를 끊어버렸다.

전화를 끊자마자 전화기가 다시 울리기 시작했다. 오 형사로부터 오는 전화였다.

유림은 분노한 채로 자신의 휴대 전화마저 건물 아래로 던져버렸다. 퍼석, 소리와 함께 전화기가 박살나는 소리가 들렸다. 난간 위에 선 유림은 천천히 고개를 돌려 어딘가를 바라보았다. 그곳은 바로 은아의 학교였다.

가까웠다.

그렇다, 벌써 죽어선 안 되었다. 유림은 난간 위에서 옥상으로 내려왔다. 그녀의 주머니엔 아직까지 피 묻은 칼이 들어 있었다.

* * *

유림은 오 형사보다 빨리 은아가 다니던 학교에 도착했다. 교문 앞에 차를 대고 운동장을 천천히 가로질러 걸어간 그녀는, 중앙 현관 앞에 잠시 멈춰 섰다.

바이올린 협주 소리가 들려왔다. 십여 명의 여학생들이 합주실에 모여 리스트의 〈사랑의 꿈〉을 연주하고 있었다. 은아가 가장 좋아하는 곡이었다. 유림은 잠시 눈을 감고 첼로를 연주하고 있는 은아를 떠올렸다.

학교는 아직까지 점심시간인 것 같았다. 아이들은 운동장에서 농구를 하고, 짝을 지어 매점으로 달려가는가 하면, 등나무 그늘에 앉아 수다를 떨기도 했다. 평화로운 모습이었다.

하지만 왁자지껄 소란한 학교 어디에도 은아의 모습은 없었다. 마치 모두가 은아의 죽음을 잊어버린 듯했다. 유림은 가만히 눈을 감으며 슬픔과 울분을 가슴 깊숙한 곳으로 밀어내렸다.

그리고 건물 안으로 들어가기 위해 몸을 돌렸다.

"아, 아줌마……."

그런데 그때, 막 현관을 나서던 수민과 정면으로 마주치고 말았다. 유림은 눈물이 가득 고인 눈으로 자신을 올려다보는 수민을 물끄러미 바라보았다.

수민은 유림을 보자마자 서럽게 울기 시작했다.

"아줌마, 아줌마……, 어떡해요."

"……수민아."

지나가던 아이들이 두 사람을 의아한 얼굴로 훔쳐보았다. 유림이 차분한 목소리로 수민을 달래자, 힘겹게 울음을 삼키던 수민이 고개를 들었다. 그리고 자신의 뒤에 숨어 있다시피 서 있는 여학생에게 말했다.

"……은아네 엄마셔."

순하게 처진 눈매가 강아지처럼 귀여운데, 묘하게 표정이 없는 아이였다. 교복 조끼에 매달려 있는 명찰을 보니 송민정이라는 이름의 학생이었다.

민정은 상처와 피딱지로 가득한 유림의 얼굴을 바라보다가, 조금씩 입술을 달싹여 말을 꺼냈다.

"저도…… 저도예요. 은아나, 수민이처럼."

무슨 말인지를 알아들은 유림의 얼굴이 다시 한 번 무너져 내렸다. 부들부들 떨리는 손에 스카프가 꽉 쥐어졌다.

"계속, 공부했어요. 윤조한 컴퓨터, 해킹해서라도 들어가려고……. 그런데 걔가 그저께 밤부터 그걸 다…… 공유 폴더에 넣어버린 것 같아요. 검색 키워드만 맞으면 금방 다 퍼질 거예요."

유림은 기가 막혔다. 그렇다면 여태껏 자신은 대체 뭘 한 거란 말인가.

"이제 다른 수가 없어요. 저, 경찰서에 가서 신고할 거예요. 컴퓨터 본체 들어가서 원본 차단하고, 돌아다니는 파일들엔 바이러스 뿌리는 거밖엔 수가 없어요. 수민이도…… 함께 가기로 했어요."

"아줌마, 저희랑 같이 가요. 네? 흐윽……! 가서 전부 말하고 그 새끼들 감방으로 보내요. 네?"

두 아이가 함께 유림을 붙잡고 엉엉 울었다. 유림은 치솟은 분노로 인해 눈앞이 아찔해졌다. 잠시 휘청거리던 그녀가 수민과 민정을 품에 안고 도닥였다. 그녀의 얼굴에도 뜨거운 눈물자국이 번지고 있었다.

은아를 이렇게 안고 도닥일 수 있다면. 유림은 그저 그 생각뿐이었다. 수민은 어서 경찰서로 가자며 유림을 설득했지만 그녀는 전혀 그럴 생각이 없었다.

경찰? 법정? 어차피 녀석들에게 무죄를 선고한 놈들이다. 피해자를 가해자로 만들고, 은아를 죽게 만들었다. 유림은 그 사람들조차 모두 공범이라고 생각했다.

"수민아."

"아줌마……."

"너희 교실이 어디니?"

수민의 얼굴이 창백하게 굳어졌다. 유림은 잔뜩 일그러져 절박해 보이는 얼굴로 다시 물었다.

"어디야?"

식은땀과 눈물로 범벅이 되어 축축하게 젖은 수민의 손가락이 움찔거렸다. 유림이 망설이는 수민에게 다시 물으려는 찰나, 민정의 손이 번쩍 들렸다. 민정은 조한이 앉아 있는 1학년 3반의 창문을 가리켰다.

훌쩍거리던 수민이 멍하니 놀란 얼굴로 유림을, 민정을 바라보았다. 민정은 입술을 꾹 깨물고 간신히 울음을 참고 있었다. 유림은 두 아이를 현관 앞에 내버려 둔 채 뚜벅뚜벅 걸었다. 그리고 계단을 따라 3층으로 올라갔다.

복도에 들어서니 눈부신 햇살이 쏟아지고 있었다. 하늘이 유난히도 맑았다. 유림은 쥐고 있던 스카프를 조금씩 풀어 내렸다. 그리고 그 안에서 작은 칼을 꺼내 쥐었다.

마지막이다.

교실에 들어선 유림은 창가 맨 뒷자리에 앉아 있는 조한의 모습을 한눈에 알아볼 수 있었다. 조한은 그녀가 들어온 것도 모르고 책상 위에 앉아 앞자리 녀석과 이야기를 나누고 있었다. 유림은 뒷문 앞에 선 채 녀석을 노려보았다. 그리고 저벅저벅 걸어갔다.

순식간에 조한이 앉아 있는 창가로 다가갔다. 그녀의 뒤로 스카프가 떨어져 내렸다. 하얗게 질린 손아귀엔, 핏물이 말라붙어 있는 칼날이 들려 있었다.

몇몇 아이들은 갑자기 교실 안으로 들어온 유림을 바라보고 있었다. 하지만 유림은 전혀 신경 쓰지 않고 조한에게 다가갔다. 분위기가 이상하다는 사실을 깨달은 조한이 급하게 뒤를 돌아보았을 땐, 이미 모든 것이 너무 늦어 있었다.

푸욱!

유림이 휘두른 칼이 책상 위에 앉아 있던 조한의 허벅지에 박혔다.

"……크윽!"

곳곳에서 학생들의 비명이 터져 나왔다. 갑작스러운 참상에 아이들이 비명을 지르며 교실 밖으로 쏟아져 나왔다. 학교는 순식간에 아수라장으로 변했다.

하지만 유림의 시선은 오직 한 사람, 조한에게만 향해 있었다. 두 사람의 눈이 마주쳤다. 증오와 살의에 가득 찬 유림의 눈. 고통도 잊은 채 벌벌 떨던 조한은 알 수 없는 괴성을 지르며 교실 뒷문을 향해 뛰었다.

유림은 말없이 그 뒤를 따라갔다.

"저, 저리 비켜! 비켜어!"

조한이 주변의 인파를 헤치며 허겁지겁 달려갔다. 그는 허벅지의 상처 때문에 빨리 뛰지 못하고 절룩거렸다. 다리에서 흐른 피가 신발을 시뻘겋게 물들였고, 그 신발이 복도 위에 붉은 발자국을 남겼다. 유림은 또각거리는 구두 소리를 내며 그 뒤를 따라갔다. 칼을 휘두르고도 지나치게 고요한 유림의 얼굴을 보며, 겁에 질린 아이들이 벌벌 떨며 그녀에게 길을 열어주었다.

무작정 앞으로만 달아나던 조한은 계단을 올라가 옥상으로 향했다. 가는 도중 발을 헛디뎌 크게 계단을 굴렀지만, 유림을 발견하곤 다시 허겁지겁 일어섰다. 그는 절뚝거리면서도 멈추지 않고 계속 도망쳤다.

옥상에 도착한 조한은 재빨리 문을 잠그려 했다. 하지만 어느새 코앞까지 다가온 유림이 재빨리 구둣발로 문을 걷어찼다. 조한은 그대로 튕겨지듯 뒤로 밀려났다.

이윽고 옥상의 문이 닫혔다.

옥상엔 유림과 조한 단둘뿐이었다.

* * *

"어디야! 어디 있어!"

뒤늦게 도착한 오 형사는 눈살을 찌푸리며 주변을 둘러보았다. 비명을 지르며 달아나는 학생들로 학교는 이미 아수라장이었다. 몇몇 교사들이 사태를 수습하기 위해 아이들을 교실로 밀어 넣었지만 역부족이었다. 오 형사는 이를 악물며 인파를 헤쳐 나갔다.

그러던 그는 아이들의 무리 속에서 울고 있는 수민을 발견했다.

"수, 수민아."

수민은 아빠를 보자마자 결국 큰 소리로 울음을 터뜨렸다. 오 형사는 말없이 수민의 머리를 끌어안고 쓰다듬었다. 왜 자신도 피해자라고, 도와달라고 털어놓지 않았는지 묻고 싶은 마음이 굴뚝같았지만 애써 참았다. 지금 수민에게 필요한 것은 그런 게 아니었다. 아마 수민 역시 은아처럼 죽고 싶었을 때가 한두 번이 아니었을 것이다. 오 형사는 소중한 딸이 눈앞에 있다는 사실로 만족해야 했다.

하지만 분하고 가슴이 아파 미칠 것만 같았다. 생각 같아서는 그 역시 윤조한을 데려다 찢어 죽이고 싶었다. 하지만 수민과 은아를 위해서, 그리고 다른 피해자들과 유림, 자신을 위해서라도 조한이 이대로 죽게 내버려 둘 수는 없다고 생각했다. 무슨 수를 써서라도 감옥에 보내 죗값을 치르도록 해야 했다.

그때였다. 송 형사로부터 무전이 들어왔다. 다급한 목소리가 노이즈와 함께 터져 나왔다.

"찾았어?"

"아무래도 옥상에 있는 것 같습니다! 피 묻은 발자국이 있어요! 김유림 씨도 함께 있을 겁니다!"

오 형사는 그대로 미친 듯이 달려 옥상으로 올라갔다. 그곳엔 이미 송 형사가 도착해 있었다. 그는 유림이 잠가 버린 옥상 문을 열기 위해 안간힘을 쓰고 있었다.

"저리 비켜!"

힘껏 달려간 오 형사가 옥상 철문에 몸을 들이박았다. 캉, 하는 날카로운 금속음과 함께 손잡이의 잠금 장치가 박살나며 옥상 문이 열렸다. 바닥을 한 바퀴 구른 오 형사는 유연한 움직임으로 일어나 권총을 꺼냈다.

핏자국은 옥상에도 이어져 있었다. 오 형사는 조용히 그 자국을 따라갔다. 그리고 옥상 한쪽 구석에서 조한과 함께 있는 유림을 발견했다. 조한은 온몸이 피투성이가 된 채 바닥에 쓰러져 있었고, 그런 그를 유림이 가만히 내려다보고 있었다.

"그만! 그만두십시오, 김유림 씨!"

오 형사가 유림에게 권총을 겨누며 큰 소리로 외쳤다. 하지만 유림은 오 형사에겐 눈길조차 주지 않고 조한의 몸을 뒤졌다. 조한의 주머니에서 휴대 전화를 꺼낸 그녀는 그것을 건물 밖으로 던져버렸다.

오 형사는 눈살을 찌푸린 채 조한의 상태를 살폈다. 녀석은 온몸을 부들부들 떨고 있었다. 그러다 오 형사를 발견하고는 겁에 질린 목소리로 애원했다.
 "사, 사, 살려주세요, 아저씨……."
 오 형사는 가증스러운 녀석의 얼굴을 보며 이를 갈았다. 하지만 여기서 조한이 죽게 내버려 둘 수는 없었다. 오 형사가 방아쇠에 손가락을 올리며 다시 한 번 외쳤다.
 "유림 씨! 칼을 버리세요! 안 그러면 현행범으로 발포할 수밖에 없습니다!"
 그 소리에 유림이 고개를 돌려 오 형사를 바라보았다. 그녀의 얼굴엔 이미 굳은 결심이 드리워져 있었다. 조한을 죽이고, 자신도 죽으려는 것이다. 전화로 했던 말은 결코 거짓이 아니었다.
 유림이 바닥에 쓰러진 조한의 교복을 붙잡고 일으켜 세웠다. 그러더니 녀석의 목에 칼날을 갖다 대고 말했다.
 "칼 못 버려요. 이 녀석 죽이기 전까진."
 "김유림 씨. 저희도 압니다. 저 녀석이 주동자라는 것! 증거도 확보했습니다. 거짓말 아닙니다! 이제 조한이밖에 안 남았지만…… 어쨌든 법정에 다시 세울 수 있습니다!"
 오 형사의 말에 조한의 몸이 움찔했다. 녀석은 완전히 당황한 얼굴로 중얼거렸다.
 "즈, 증거……?"

"그래 이 새끼야. 네 컴퓨터 속에 있는 동영상들!"

조한의 눈동자가 크게 흔들렸다. 아무 말도 못하고 겁에 질린 녀석을 노려보던 유림이 갑자기 짧은 한숨과 함께 날카로운 비소를 머금었다.

오 형사가 마지막으로 절박함을 담아 소리쳤다.

"김유림 씨! 은아를 위해서라도 저 새끼 법정에 세워야 합니다!"

그러나 소용없었다. 유림은 조한의 목에 조금 더 가까이 칼을 들이밀었다.

"……오 형사님. 아니, 수민 아빠. 수민이가 은아처럼 자살을 했다면, 그리고 수민 아빠가 저였다면…… 어떻게 하셨을까요?"

대답할 수 없었다. 오 형사는 목까지 차오른 울분을 어찌하지도 못하고 머뭇거렸다. 유림은 그를 향해 웃었다.

"나는 어차피 지옥에 가요. ……벌써 둘이나 죽였어."

"은아 어머니……."

"그러니 셋이라고 못 죽일 것도 없지요."

유림의 칼이 점점 조한의 목과 가까워졌다. 조한은 자신의 목을 누르기 시작하는 차가운 금속의 감촉에 반사적으로 울부짖었다.

"으, 은아 죽은 거, 저하고 상관없어요! 은아 그냥 저 혼자서 자살한 거잖아요……!"

물론 유림은 그의 말에 더욱 분노할 뿐이었다.

 칼날이 조한의 목을 파고들었다. 살갗이 찢어지는 고통에 끓는 듯한 신음을 흘리던 조한은 유림이 조금씩 자신을 뒤로 잡아당기고 있다는 사실을 깨달았다. 벗어나려 했지만 목에 칼이 드리워져 그럴 수가 없었다. 그는 결국 유림이 이끄는 대로 옥상 난간이 있는 곳까지 움직였다.

 조금씩 뒤로 발을 물리던 유림은 뒤꿈치에 난간이 닿는 느낌이 들자 슬쩍 뒤를 돌아보았다. 충분히 아찔한 높이였다.

 그 순간, 오 형사는 유림의 마음을 읽었다.

 "기, 김유림 씨! 그만두세요!"

 그는 권총을 집어넣고 다급하게 달려왔다. 유림은 가만히 서서 자신을 향해 뛰어오는 오 형사를 바라보았다. 그리고 텅 빈 미소를 지으며 말했다.

 "너무 지쳤어. 이제 너무 피곤해. ······비라도 왔으면 좋겠어."

 툭, 난간에 발이 걸렸다. 유림은 그대로 조한을 붙잡은 채 한 걸음을 뒤로 물렸다.

 조한은 찢어질 듯 비명을 질러댔지만, 유림은 태연하기만 했다.

 "괜찮아. 외롭지 않을 거야. 내가 지옥까지 따라갈 거니까."

그 말을 마지막으로 유림과 조한이 학교 옥상에서 떨어졌다. 고개가 뒤로 젖혀지며 유림의 시야에 하늘이 보였다.

정말이지,
하늘은
오늘따라
유난히도
맑았다.

에필로그

"법이 못한다면 직접 복수하겠다."
자식 잃은 어미의 분노, 가해자 소년 전원 살해
집단 성폭행 피해자 A양은 자살한 것으로 밝혀져

　지난 4일 경기도의 한 고등학교. 30대 후반의 여성이 남학생을 붙잡고 5층 옥상 난간에서 뛰어내렸다. 학교는 순식간에 아수라장으로 돌변했다. 학생들의 신고로 경찰차와 구급차 등 구조인원이 출동했지만 도착했을 땐 두 사람 다 숨이 멎어 있었다고 한다.

　이 학교 1학년에 재학 중인 Y군(18)은 화단 모서리에 두개골이 파열되어 즉사한 것으로 알려졌다. Y군을 살해하고 함께 뛰어내린 김모(37) 씨 역시 떨어진 뒤에도 1분여 간 숨이 붙어 있었으나, 유언 한마디

남기지 못하고 많은 학생들이 지켜보는 가운데 숨을 거두었다. 당시 현장에 있었던 K모(17)양은 "웬 아줌마가 교실로 들어왔는데 칼을 들고 있었다."며, "Y군의 허벅지를 찌르고, 달아나는 그를 쫓아 옥상으로 올라가더니 곧 두 사람 다 떨어져 죽었다."고 말했다.

경찰은 김씨가 평소 Y군과 어울려 다니던 J군(18)과 M군(18)을 차례로 살해한 뒤, 마지막으로 Y군을 살해한 것으로 보고 있다. 이 비극적인 연쇄살인사건엔 이유가 있었다. 사건이 발생하기 열흘 전, 김씨의 하나뿐인 딸 A양(17)이 아파트 욕실에서 손목에 깊은 자상을 남긴 채 피를 흘리며 죽어가고 있는 걸 늦은 시각 귀가한 김씨가 발견했다. 김씨는 딸을 들쳐 업고 인근 병원으로 달려갔으나 A양은 과다출혈로 사망하고 말았다. A양의 사인은 자살이었다.

하지만 A양에게는 자살할 수밖에 없는 이유가 있었다는 것이 주위 사람들의 증언이다. A양은 지난 4월 전학 온 지 얼마 되지 않아 독서실 옥상에서 같은 반 친구였던 Y군과 Y군의 친구인 J군, M군에게 집단 성폭행을 당했다. 김씨는 가해자들의 부모가 내민 합의금을 받지 않았고 사건은 재판정에 올랐다. 하지만 반항의 흔적이 적고 목격자의 부재와 증거가 부족한 점, 특히 가해자가 미성년자인 점을 감안하여 법원은 그들에게 무죄를 선고한 바 있다. 김씨는 변호사를 구하고 항소를 준비하는 등 재판 결과에 불복하는 모습을 보여왔다.

비극은 그것으로 끝나지 않았다. 금세 풀려난 J군과 M군은 성폭행 사건 당시 촬영했던 동영상을 A양에게 전송한 뒤 인터넷에 유포하겠다고 협박한 것으로 알려졌다. A양은 그 후로도 수차례에 걸쳐 성폭행을 당했으며 더 이상은 견딜 수 없다고 판단, 자살을 결심한 것으로 보여진다.

김씨의 전남편이자 A양의 아버지인 유씨는 "내 딸은 자살한 것이 아니라 살해당한 것"이라고 울분을 토했다. 또한 "놈들에게 합당한 벌을 주지 않았던 나라와 법 또한 가해자"라고 지적한 뒤, "누군가는 단죄를 해야 할 것 아니냐"고 말했다.

그는 앞으로 죽은 A양 같은 피해자가 다시는 나타나지 않을 때까지 사회 전체와 싸우겠다고 밝혔다. A양이 다니던 학교와 법원 앞에서 1인 시위를 벌이는 그에게 여론과 각종 단체의 관심이 집중되고 있다.

성폭행 동영상만 십수 편에 달해
피해자 우후죽순으로 늘어나

한편 Y군의 컴퓨터에서 자살한 A양을 제외하고도 16명이나 되는 피해자들의 성폭행 동영상이 발견돼 충격을 주고 있다. 사건이 커지자 관할 경찰서는 특별 수사대를 배치해 동영상의 출처와 피해자들의 신원 파악은 물론, 동영상의 유출 여부를 조사하고 있다.

수사를 지휘하던 오현식 경사(41)는 "동영상 전부가 놈들의 성폭행 피해자들"이라며 "아직 십대인데 이런 악질은 처음 본다"고 말했다. 뿐만 아니라 "J군과 M군의 핸드폰이 촬영 도구로 쓰인 만큼 그 안엔 동영상이 더 있었을 것"이라고 추측했다. 하지만 세 사람의 핸드폰은 모두 김씨가 복수를 감행하면서 차례로 파쇄했기 때문에 증거가 남아 있지 않은 것으로 알려졌다.

공유 사이트를 통해 퍼질까 우려
피해자들의 끝나지 않는 악몽

가해자들의 죽음으로 사건이 일단락되는 듯했으나 성폭행 동영상 파일의 2차 유출로 다시 한 번 피해자들의 안위가 우려되고 있다. 경찰 측은 "Y군이 사용하는 공유 프로그램 사이트를 통해 동영상이 유출되었음을 확인했다"고 밝혔다.

이에 각종 여론과 네티즌들의 분노가 인터넷을 휩쓸고 있다. 'A양 동영상' '자살 여고생' 'Y군 파일' 등의 검색어가 등장하는가 하면, 동영상 파일을 다운받은 이용자들에 대한 비난이 봇물을 이루는 등 사건의 여파가 거세다.

그러나 동영상 파일로 보이는 파일들 중 상당수에는 바이러스가 포함되어 있어, 실제 해당 파일의 유출은 많지 않을 것으로 추측되고 있다.

성폭행 피해자, 아군은 없고 적만 있다
학교마저 외면하는 현실

　전문가들은 말한다. 성폭행 피해자들은 부모나 친구, 학교와 경찰 어느 곳에도 사실을 말하지 못하기 때문에 더 위험하다는 것이다. A양의 경우, 동영상이 존재한다는 사실을 알게 된 이후에는 누구에게도 그 사실을 털어놓지 못했다.

　경찰 조사에 따르면 가해자들은 동영상을 피해자의 핸드폰으로 전송한 뒤, 전화와 메시지를 통해 협박을 해왔던 것으로 드러났다. 수차례의 성폭행이 이어지고, 각종 음란물을 따라한다거나 금품을 갈취하는 등 십대라고 하기엔 지나치게 악질적인 수법들이 이어졌다.

　사건이 커질수록 피해자들은 더욱 깊이 숨어야 했다. 경찰이 신원을 파악한 피해자들 중에는 이미 전학을 가거나 개명 신청을 한 경우도 있었다고 한다. 학교를 그만두고 집에서 나오지 않거나, 아예 집을 나가 연락이 닿지 않는 학생도 있었다. 그들은 모두 15세에서 18세 사이의 어린 여학생들이었다.

　특히 가장 어린 15세 피해자의 아버지인 이모씨는 "김씨가 놈들을 죽이지 않았다면 내가 했을 것"이라며, "김씨는 누가 뭐래도 무죄"라고 주장하는 등 극도로 분노하는 모습을 보였다.

하지만 일각에서는 "아무리 화가 나도 법에 맡겼어야 한다"거나, "살인은 어떤 이유로든 중죄"라며 김씨의 범행을 비난하는 이들도 있어, 논쟁은 쉽사리 수그러들지 않을 것으로 보인다.

돈 크라이 마미

그녀,
악(惡)을 벌하고자 악(惡)에 물들다.

제작 씨네마골뱅이, 데이지엔터테인먼트
각본 김용한 이상현
감독 김용한

1. INT 프롤로그 / 커피전문점 (오후)

인서트
상가 앞 시내 도로는 꽉 막혀 있다.
때 이른 더위 때문인지 땅에서는 아지랑이가 피어오른다.
간판도 없이 셔터가 내려진 한 상가 건물의 외부 모습이 보이면..

먼지 낀 환풍기가 돌고 있다.
어둡고 텅 빈, 인테리어 공사가 중단된 1,2층 커피전문점.(...파스쿠치 정도)

라디오 소리
서울 현재 낮 기온은 29도로.. 5월중 이상기온으로 최고치를 경신했습니다...
이 시각 고속도로는 봄꽃구경차량들로 주차장을 방불케 하는....

어디선가, 통증을 호소하는 여자의 울음소리가 들려온다.

아래 벽에 기대어 고개를 숙이고 앉아있는 여자, 36세 김유림.
유림이 내려다보는 시선을 따라 카메라 내려간다.
다쳤는지 '스카프' 로 싸여있는 왼손.
유림은 두려움에 가득 차 울고 있다.

그때, 위-잉- 적막을 깨고 들려오는 소음.
유림이 소음을 느꼈는지 구석을 바라보자, 파란빛이 도는 쇼 케이스 냉장고가 있다.
유림, 스카프를 늘어뜨리고 자리에서 일어나 걷는다.
먼지투성이 바닥에는 그녀의 손에서 흐리는 피가 뚝뚝 떨어진다.
유림이 냉장고의 문을 열자, 시원한 김이 쏟아져 나온다.

유림   하아-

유림, 냉장고에 손을 넣어 냉기를 쏘인다.
유림이 천천히 스카프를 벗기자, 냉장고의 불빛으로 뭔가에 깊게 베인 손바닥에선 검붉은 피가... 스멀스멀 나온다.
냉장고 앞에 서서 손을 내려다보던 유림, 멈칫.
깊은 자상을 입은 손바닥에서 화면 이동하면, 냉장고 안에 한입 베어 물어 뭉그러진 생크림 케이크 하나가 보인다.
케이크에는 초콜릿으로 Don't cry, mommy 라는 문장이 적혀있다. (엄마, 울지 말아요)

복잡 미묘한 표정의 유림.
또다시 두려움과 서러운 울음이 터진다.

암전에서 타이틀

돈 크라이, 마미

2. INT 법원 / 이혼조정실 (오전)

전 장면과 다르게 깨끗한 스카프가 화면가득 잡힌다.
유림의 손이 목에서 스카프를 풀어낸다.
유림은 전남편을 뚫어져라 본다.
유림과 유림의 남자변호사.
맞은 편 테이블에 앉아있는 전남편 유영민.
변호사, 유림에게 합의서를 작성하여 내민다.

여자변호사(혜수)   김유림 씨, 지장 찍으시면 됩니다.

유림, 대답대신 전남편을 바라보는데 그가 시선을 피한다.
유림, 잠시 숨을 가다듬는가 하더니 인주 통을 연다.

3. EXT 법원 / 앞 (오전)

빠르게 걷고 있는 유림.
뒤에선 전남편이 뒤따라오고 있다.

전남편	은아 엄마!
유림	..
전남편	고마워.
유림	유능한 변호사 뒀네.(스카프를 다시 메며)
전남편	(쓴 웃음) ... 앞으로 어떻게 살 거야?
유림	됐고, 양육비나 제때 보내주라. (빠르게 사라지며 혼잣말) 개새끼..

4. EXT 대학교 캠퍼스 (오후)

멋들어진 캠퍼스의 분수 옆을 바삐 걷고 있는 유림.
그녀 뒤를 따라 걸어오고 있는 은아.
교복 입은 은아는 자기만한 파란색 첼로 가방을 들고 있다.
유림은 전화 통화 하느라 바쁘다.
하얀 피부에 은아는 또래보다 약간 어려보이는 외모다.

유림	(통화) 예, 알아요. 거기. 차는 주차할 곳이 있나요? 예, 예.
은아	엄마, 좀 천천히 가면 안 돼?
유림	예, 알겠습니다.
	(통화하며, 은아의 첼로를 대신 들어주는)한 시간 안에 갈게요.
	오늘 레슨 어땠어?
은아	엄마.
유림	응?
은아	아빠 만났어? 일은 잘 된 거야?
유림	그냥.. (말 돌리는) 너는 첼로는 어때?
은아	나도 그냥.. 그냥.. 무거워..
유림	전에는 재미있어 했잖아.
은아	(걸음을 멈추더니) 결국 한 거야? 이혼?
유림	(난처한)...은아야..
은아	(아무렇지 않은 듯 앞서가며) 그냥 물어본 건데 뭐..

앞서가는 은아를 심난하게 바라보는 유림.

5. INT 유림의 주상복합아파트 (오후)

페이드 인-
베란다에 기대어 강아지 오키와 주상복합아파트 밖의 풍경을 구경하는 은아.

인서트
유림과 은아가 새로 이사 올 주상복합고층아파트의 풍경.
부천 중동 신도시이다. 도시를 가로지르는 철길이 이채롭다.

아파트 주방 싱크대를 열고 요목조목 살펴보는 유림.
유림의 세련된 정장차림, 잘록한 허리라인.
쪼그려 앉아있는 유림의 뒤에 서서 유림의 라인을 구경하고 있는 복덕방 남.

유림(소리)		지역난방인가요?
복덕방 남		네?
유림			(고개를 돌려) 난방이요. 지역 난방이냐구요.
복덕방 남(소리)	네, 그렇죠.

유림, 베란다 쪽으로 걸어가며.

유림			방범창은 설치 할 수 있는 거죠?
복덕방 남(소리)	네, 네. 근데 고층이라 굳이 하실 필요 없으실 건데..
유림			위험해서 안 돼요. 잠깐만요.

베란다의 은아에게 다가오는 유림.

유림		어때?
은아		생각보다 작은 거 같애.
유림		당연히 작지. 영 싫어?
은아		아니, 뭐 그냥.
유림		그럼 한다? 불만 없는 거지?
은아		(강아지에게) 오키야, 저 아저씨 물어~ 물어~

복덕방 남자가 먼발치에서 유림과 은아를 흘깃거리고 있다.
은아는 복덕방 남자의 시선이 싫다.

유림		왜?
은아		아냐. 할 거면. 좀 깎으라고.
유림		(피식) 저기요! 계약하시죠.

6. INT 실내수영장 (오전)

호루라기소리..첨벙-!!!

실내25M 풀이다.
세련되고 시원하게 자유형 스트록을 하는 유림.
자연스럽게 턴-을 한다.-
풀에서 물안경을 벗는 유림, 스톱워치를 재던 여자강사.
밝은 표정의 유림.

여자 강사 아, 이제 정말 턴이 훨씬 좋아지셨어요. 대회 나가셔도 되시겠어요.
유림 아녜요. 그 정도는.
여자 강사 (웃음) 가게는 알아 보셨어요? 커피전문점 하실 거라면서요?
유림 그게.. 목이 좋으면 세가 비싸고, 세가 싸면 목이 나쁘더라구요.
아주 요즘 그것 때문에 머리가 아파요.

유림, 한 숨을 돌리고 있는데.. 누군가 자신을 쳐다보고 있다.
20대 후반의 잘생긴 지욱이다.
지욱, 유림을 보고 빙그레 한 번 웃어주더니 제 할 일을 한다.
유림, 영문을 알 수 없다.

유림 (여자 강사에게) 저, 오늘은 볼 일이 많아서 먼저 나가봐야 할 것 같은데..

7. INT 유림의 아파트 (오전)

철길 옆.
너무나 맑은 하늘이 보이는 고층주상복합아파트의 외경이 보인다.
쿵- 쿵- 쿵-
신경질적으로 프라이팬으로 벽에 못을 박고 있는 유림.
헛군대에 쿵-
무거워서 손이 후들 거린다.

유림 (손이 얼얼한) 젠장..공구함이 어디로 간 거야?

살림이 여기 저기 널린 어수선한 아파트.
유림의 전화벨이 울린다.
못과 프라이팬을 바닥에 놓는 유림, 핸드폰을 집어든다.
전화를 받으며 창가 쪽으로 걸어간다.

유림	여보세요? 왜? 전화할 일 없잖아. ..학교 갔어. 나한텐 전화하지 말랬잖아.
전남편(소리)	교수 모임 말이야. 좀 도와주겠어?
	이혼한 거 굳이 소문 낼 필요는 없잖아.
유림	(짜증스러운) 같이 가 달라구?
	미안한데, 앞으로 절대로 다시는 이런 전화하지 말아줄래?
	우리 서로 예의는 지키고 살자. 나 옛날의 김유림 아니거든.

신경질 적으로 전화 끊은 유림, 갑자기 아랫배가 아프다.

유림	(인상 쓰며) 염병할 생리통..

8. INT 은아의 학교 / 교실 (오전)

담임교사   물어보나마나 좋은 대학가는 거지. 이젠 너넨 중학생이 아니야.
이젠 진짜 전쟁이 시작된 거란 말이다.

그때 지각한 은아 빼꼼히 문을 연다.
미안한 듯 들어오는 은아.
이를 본 담임교사.

담임교사	(무덤덤하게) 너는 저기 (수민 옆자리를 가리키며) 옆에 앉아라.
	(책을 펴며 칠판에 필기 시작하는) 자. 수업하자.

은아가 교실 뒷자리에 앉는다.
짝이 된 여학생은 수민이다.

은아	(소근 대는) 안녕.
수민	(친절하게) 안녕.

수민은 은아가 앉을 자리를 치워준다.
조용히 앉는 은아.
은아, 무심코 창가를 바라보는데.. 눈에 들어오는 아이가 있다.
무관심하게 창밖을 바라보고 있는 윤조한.

유행하는 헤어스타일에 잘 생긴 얼굴, 호리호리한 몸매에 아웃사이더 같은 풍모.
은아는 조한에게 계속 눈길이 간다.

9. EXT 은아의 학교 / 앞 (오후)

수업이 끝난 은아가 학교에서 나온다.
무거운 하늘색 첼로가방을 들고 나온다.
유림의 차는 아이보리색 도요타 인피니티다.
차 안에 앉아 과자를 먹고 있던 유림.
은아를 확인하고, 자동차의 시동을 건다.

10. EXT 시내도로, 차안 (오후)

운전을 하고 있는 선글라스 쓴 유림.

유림	이거 먹을래? (과자봉지를 내민다.)
은아	뭔데?
유림	수미칩. 새로 나왔는데 맛있다야.
은아	(과자 먹으며) 난 오늘 친구 만들었어. 수민이라고..
유림	그래?
은아	한 번 데리고 와도 되지?
유림	(고개 끄덕)그럼. 어때? 고등학생이 된 기분이?
은아	몰라. 아직은. 나도 뭐 하나 물어봐도 돼?
유림	그래.
은아	이혼하니까 어때?
유림	글쎄... (조심스러운) 넌 어떤데?
은아	뭐가?
유림	엄마가 이혼 하니까 넌 어때?
은아	상관없어.

침묵이 흐르는 차 안.

은아   아빠 원래 좀 재수 없었잖아.

유림, 뭐라 대답해야할지 모르겠다.
유림 피식- 웃음을 터트린다.
은아도 따라 웃는다.
뭐가 좋은지 낄낄대는 두 여자.

은아   엄마!! 좌회전!!
유림   에이 씨...괜찮아. 유턴하면 돼.

은아 라디오를 켠다.
최신 아이돌그룹의 음악이 시작된다.

11. EXT 독서실 / 앞 (오후)

독서실 앞에는 은아의 친구 수민이 서있다.
다가오는 유림의 차.
유림의 차로 다가가는 수민.
유림의 차에서 내리는 은아.
수민은 은아 또래 소녀처럼 평범하고 예쁘다.

수민   안녕하세요.
은아   엄마 이제 안 데리러 와도 돼. 수민이랑 같이 가면 돼. 우리 옆 단지 살아.
유림   수민이 독서실 안 가는 날 놀러와. 아줌마가 맛있는 거 해 줄게. 아줌마
요리 잘 해.
은아   이거 원래 비밀인데, 우리 엄마 초콜릿하고 빵도 잘 만들어.
수민   아, 진짜? 우리 초콜릿 만드는 것 좀 가르쳐 주시면 안돼요?
유림   초콜릿? 그래~ 다음에 한번 놀러와~
수민   네.

'안녕~ 우리 간다~' 수민과 은아가 독서실로 들어가는 것을 가만히 바라보는 유림.
또 다시 통증..

유림   (아랫배를 살살 문지르며) 별일이네 정말.. 왜 이렇게 아픈 거야.

12. EXT 독서실 / 자판기 앞 (오후)

조한이 커피를 뽑고 있다.
어느새 친해진 은아와 수민, 깔깔거리며 자판기로 오는데..은아의 시점으로 보이는 조한.
굳어진 채 조한을 바라보는 은아.
몸을 돌리던 조한과 눈이 마주치고 만다.
부끄러워 당황하는 은아.
의외로 수민은 왠지 심하게 당황한다.

은아 ....
조한 ..왜? 뭘 쳐다봐..?
은아 ...

복도를 가로 질러가는 조한.

은아 진짜 멋있다....
수민 (조한이 사라지고 난 후, 심각하게) 저 오빠 조심해야 돼.
은아 왜??
수민 아니 그냥... 저 오빠 우리 학교 일진이야. 일 년 꿇어서 우리보다 한 살 많아.
은아 왜? 그게 뭐 어때서?

평소와 좀 다른 분위기의 수민을 의아하게 바라보는 은아.
두 소녀의 상반된 표정.

13. EXT 독서실 / 옥상 (해질녘)

홀로 옥상에서 담배를 피우고 있는 조한.

14. INT 은아의 학교 / 음악실 (오후)

음악실에 모여 있는 은아의 반 학생들.

음악 교사　　이 반에 전학 온 유은아라고 있지? 첼로 하는 애.

학생 전체가 심드렁하게 은아와 수민 쪽을 바라본다.
당황하며 일어서는 은아.

은아　　　　..예..?

cut to
어느 새, 첼로를 놓고 머쓱하게 앉아있는 은아.

은아　　　　어떡해요..?
음악 교사　　제일 잘하는 거 해 봐.
은아　　　　..
음악 교사　　그냥 아무 거나.

순간 은아의 눈에 들어온 한 사람, 뒤쪽에 앉아 수업에 관심이 없던 표정의 조한이다.
은아, 조한을 의식해 떨리는 손으로 연주를 시작한다.
살짝 틀린다.
조한을 의식하는 은아..
금세 〈리스트의 리베스트럼(사랑의 꿈)〉를 훌륭히 연주해 낸다.
딴 짓을 하던 조한이 고개를 돌려 은아를 가만히 본다.

15. EXT 은아의 학교 / 옥상 (오후)

담배에 불을 붙이는 조한.
그 앞에 은아가 쭈뼛거리며 서있다.
조한이 은아에게 담배를 내밀자, 은아가 고개 절레절레.

조한　　　　(담배 도로 넣으며) 잘 하더라.
은아　　　　..

조한   너도 나랑 같은 독서실 다니지?
은아   ..네..
조한   (말없이 담배를 피우더니 옥상 밖으로 던지며) 너 오늘 시간 있지?

16. EXT 은아의 학교 / 앞 (오후)

수업이 끝난 은아가 학교에서 나오고 있다.
그런데 옆에는 하늘색 첼로가방을 들고 따라오는 남학생이 있다.
조한이다.
차 안에 앉아 은아를 확인한 유림.
남학생의 이름표에 '윤조한'이라는 명찰이 보인다.
빙긋 웃으며 자동차 크랙션을 짧게 울린다.
유림을 본 은아, 당황한 표정을 지으며 다가온다.

유림   (조한을 보고 반가워) 은아 친구구나?
조한   ......
은아   응... 같은 반.
유림   태워 줄까..?
조한   아뇨. (첼로를 은아에게 건네며) 갈게. 내일 보자.
은아   네.
유림   ....네?

차 룸미러 너머 조한을 바라보는 유림.
유림의 차 앞쪽에 세워진 오토바이와 그 주변에 있는 불량스러워 보이는 박준과 한민구에게 다가가는 조한.
친한 사이인 듯 조한에게 인사를 건넨다.
곧 출발하는 유림의 차,
그런 유림의 차를 바라보며 아쉬운 듯 입맛을 다시는 박준과 한민구.
유림, 좀 이상하다.

17. INT 커피전문점 (오후)

어두운 상가 건물 안에 서있는 유림과 은아.
프롤로그에 나왔던 그 상가이다.

은아	뭐야.. 뭐가 이렇게 새까매? 홀랑 탄 것 같잖아.
유림	불난 데가 원래 장사 잘 된댔어.
은아	그런 게 어딨어.
유림	진짜래.
은아	그런가..? ...근데...또 불나면 어떡해?

등을 긁적이는 은아.
피식 웃는 유림.

은아	아, 엄마 나 등이 까끌거려.
유림	어, 정말? 어디..
은아	여기서?
유림	어두워서 안 보여.

은아의 교복을 살짝 들어 올려 보는 유림.
은아의 등이 속옷에 의해 많이 긁혔다.

유림	에이, 정말 까졌네.. 속옷에 긁히나보다.
은아	(어렵게 말을 꺼내는) 나.. 속옷 좀 새로 사주면 안 돼? 나 컵이 좀 끼거든.
유림	그래~? 내 새끼가 가슴이 컸단 말이지?
	(가슴을 만지려 하자 은아가 도망가는)
은아	아 씨, 뭐야~
유림	이리와 봐, 너 옛날에 엄마 찌찌 많이 만져놓고 치사하게..
은아	(웃는)아, 싫어~

18. INT 홈플러스 / 매장 (오후)

속옷매장을 가로지르는 카메라.
화장품 매장에서 이것저것 구경을 하는 유림과 은아가 보인다.

립스틱을 손등에 살짝 묻혀 은아에게 색을 보여 주는 등 둘은 쇼핑 중이다.

유림 고등학생 된 기념으로 휴대폰 새로 사줄까?
은아 정말?

휴대폰 매장.
유림이 은아에게 최신형 스마트폰을 사준다.
기뻐하는 은아의 표정.

19. INT 홈플러스 / 홈베이킹 코너 (오후)

유림과 은아가 이것저것 보고 있다.

은아 되게 복잡하네.. 재료 너무 많다.
유림 딴 건 집에 다 있으니까, 상자만 사자. 상자랑..
지욱 저..

어느 목소리에 유림이 돌아보는데, 등 뒤에 수영장에서 보았던 지욱이 서있다.
흰 면티에 청바지, 흰 운동화 차림의 풋풋한 지욱.
쇼핑하러왔는지 쇼핑카트를 밀고 있다.

지욱 안녕하세요.
유림 아..!
지욱 뭐 사러 오셨나 봐요?
유림 네. 그 쪽 두?
지욱 네, 저도 좀 살게 있어서요
유림 아.
지욱 혼자 오셨어요?
유림 아니.. 저.. 우리 딸애랑..

하는데.. 은아는 이미 그 자리에 없다.

유림	어?
지욱	아, 정말요?! 결혼 하셨어요? 정말 상상도 못했는데.. 진짜 하신 거예요? 그렇게 안 보여요.
유림	(웃음) 갔다 왔어요.
지욱	(알겠다는 듯) 아.. 저기, 내일 모레 저희 타임 수강생들 단합 있거든요.
유림	단합..?
지욱	그냥, 같이 밥 먹고. 술도 한 잔 하고.. 그런 거예요. 모레 수영장 나오시죠?
유림	(당황) 모레.. 토요일..? 네, 아마 갈 것 같은데..
지욱	그럼, 꼭 나오세요.
유림	아니, 저..

지욱, 계산대로 가 버린다.
지욱이 사라지고 유림이 뒤를 돌아보는데, 은아가 그 자리에 서있다.

은아	(뒤에서 불쑥) 뭐야?
유림	아휴, 깜짝이야..
은아	(상자를 내밀며) 이걸로 할래.
유림	응?
은아	상자. ..뭐야, 완전 허둥대고..

계산대에 서서 유림을 보고 머리를 긁적이는 지욱.

유림	(허겁지겁 백을 뒤적이더니 차 키를 꺼내 주며) 계산해. 엄마 먼저 나갈게.
은아	엄마, 이거 차 키잖아.
유림	응? (그제야 지갑을..)

부끄러운 듯 후다닥 자리를 피하는 유림.
그런 유림이 재미있다는 표정의 은아.

20. INT 유림의 아파트 / 거실 (밤)

인서트-유림 아파트의 야경. 경인선 전철이 지나간다.
전철 지나가는 소리 들려오고.

거실 소파아래에 등을 보이고 과자를 먹으며 누워있는 유림.
텔레비전에서는 홈쇼핑 방송 중.

여자 쇼 호스트1	보십시오. 팩 하기 전과 후가 확연히 다릅니다. 어쩜.. 딱 한 장 했을 뿐인데, 잡티가 반 이상 줄었어요. 보셨죠, 여러분. 이게 바로 큐텐 코엔자임의 위력입니다. 정말 실감하시겠죠?
여자 쇼 호스트2	네, 저도 어젯밤에 하고 나왔는데요. 정말 믿기지 않을 정도로 뽀송뽀송 해서 저희 남편이 저보고 누구냐고..
은아	저게 말이 돼? 남편이 못 알아본다는 게? 진짜 과장 완전 심하다.
유림	(돌아보는 마스크 팩을 하고 있다) 이게 그거야. 너도 해볼래?
은아	어? 진짜? 당근이지.

cut to

나란히 누워서 마스크 팩을 붙이고 있는 유림과 은아.

유림	엄마 다시 연애도 하고, 돈도 많이 벌 거야.
은아	잘생기긴 했드라.
유림	응?
은아	그냥, 연애만 하면 어때?
유림	뭐어?
은아	새 아빠 하긴 좀 어려 보이드라. 그렇다고 너무 아저씨는 만나지 말고.
유림	그냥 수강생이야. 엄마 수영장 동기. (대뜸)그런 너는? 나보다 네가 문제 아냐? 남자친구.
은아	남자 친구는 아니고, 그냥 같은 반 오빠야.
유림	같은 반 오빠? 괜찮은 애야? 날라리 아니야?
은아	아니야, 몇 번 지나면서 봤는데. 음.. 말이 좀 없구.. 얼굴은 누굴 닮았지..? 그냥 좀.. 아빠 같애.
유림	(그래도 걱정스런 표정으로) ...어쩌다 한번 잤다고 엄마처럼 결혼하겠다고 하면 안 된다.
은아	(쑥스러운) 뭐야.. 왜 엉뚱한 얘길 하구 그래.

21. INT 유림의 아파트 / 유림의 방 (밤)

유림, 자다가 잠깐 눈을 뜬다.
스탠드를 켜는데, 뭔가 발견하고 옆 자리를 본다.
엄마의 옆구리쯤에 붙어서 자고 있는 은아.

유림 (은아의 머리를 쓰다듬으며) 아이구, 내 새끼.. 왜 여기서 자고 있어.

침대의 유림, 다시 아랫배 통증..

유림 (아랫배를 문지르며) 아, 정말 죽겠네.. 왜 이런 거야..

댕- 댕-
뻐꾸기시계 소리가 들려온다.

22. INT 병원 / 진료실 (오전)

의사와 마주 앉은 유림.
대답 없이, 유림의 초음파 사진만 들여다보고 있는 의사.
의아한 유림.

의사 언제부터 통증이 있었다고 하셨죠?
유림 음.. 한두 달.. 쯤 된 거 같아요..
의사 ..
유림 왜요..? (머뭇) 생리통이 아니에요..?
의사 자궁 안에 혹이 좀 있는 것 같아요.

멍한 유림.

의사 (뭔가를 쓰며)아직은 이게 양성인지 악성인지 알 수가 없겠는데요.
유림 양성이면 어떻게 되고 악성이면 어떻게 되죠?
의사 악성 종양이면 안 좋지요.
유림 그럼 전 어떻게 해야 되는 건데요..?

| 의사 | 음.. 종양 판정 전에는 치료를 못하니까요.
일단 급한 대로 진통제만 복용하고 계세요.

23. INT 병원 / 복도 (오전)

병실을 나오는 유림. 꽤 충격 받은 듯..

24. INT 홈플러스 (오후)

마트에서 이것저것 생필품을 사는 유림과 은아.
은아는 신나게 구경하지만, 유림은 딴 생각에 잠겨있다.

| 은아 | 엄마, 이걸로 할까? 세일인데.
| 유림 | 어? 그냥 아무 거나.. 너 좋은 걸로..

주차장.
유림, 차 트렁크에 물건들을 싣는다.
무겁고 양도 많아 힘들다.

| 유림 | (은아에게) 제 자리에 놔줄래?

유림의 말대로 카트를 밀고 보관소로 가는 은아.
유림의 옆 차에서는 한 가족이 짐을 싣고 있다.
힘센 팔뚝으로 물건들을 트렁크에 싣는 가장.
이를 흘끔 보는 유림.
은아, mp3를 들으며 카트를 밀고 보관소 쪽으로 터덜터덜 걸어오는데..
큰 트럭이 은아에게 빠르게 다가온다.

| 유림 | 은아야ㅡ!

은아는 음악소리 때문인지 유림의 외침을 듣지 못하는 모양이다.
끼이익ㅡ!! 스크래치를 내는 소리.

돈 크라이 마미

트럭이 급정거를 하지만 이미 늦었다.
트럭에 부딪힌 빈 카트는 "퍽!! '하는 불길한 소리를 내며 튕겨져 날아간다.
트럭에 가려 유림의 시선에 은아가 보이지 않는다!
패닉에 빠진 유림-

유림　　　　은아야~!
트럭 기사　　야이 쌍년아!

쓰러진 은아, 순간 무척 놀라고 겁이 났지만 이어폰 때문에 무슨 말인지 못 듣고 일어나며 되묻는다.

은아　　　　예??
트럭 기사　　(트럭을 살펴보며)누구 신세 조지려고 작정했어? 이런 씨발..

멈칫하는 은아.
사람들 웅성이며 모여든다.
뒤에 나타난 유림.

유림　　　　지금 뭐라고 하셨어요?
트럭 기사　　참 나.. 귓구녕들을 쳐 먹었나...씨발 재수없게.

트럭 기사, 문을 닫고 출발하려 한다.

유림　　　　(문을 쾅쾅 치며) 뭐라고 했냐구!

트럭 기사, 대형 트럭 특유의 압도적인 크락숀-을 빵-울리고 모녀를 치일 것 같이 신경질적으로 지나간다.
사라지는 트럭.

유림　　　　아악-

주차장에 서서 유림 모녀를 구경하는 사람들.
은아, 풀이 죽어..

은아　　　　가자. 얼른.. 사람들이 보잖아. 쪽 팔리단 말이야.

유림, 갑자기 얼굴이 벌게진다.
화가 나지만....돌아서는 유림.

시내도로.
운전석에 가만히 앉아있는 유림.
아무 말이 없는 두 사람.
유림 얼굴이 붉어졌다.

25. INT 유림의 아파트 (밤)

침대에 돌아누워 눈감고 있는 은아를 지켜보는 유림.
은아의 이불을 다시 잘 보듬어 주고 방문을 조용히 닫고 나간다.
유림, 유리컵에 물을 따르고.. 약봉지를 뜯는다.
자는 거 같던 은아, 눈을 슬며시 뜨더니 침대에서 일어나 문틈으로 엄마를 살짝 본다.
미안한 은아의 표정.
약을 삼키는 유림의 모습.

26. INT 은아의 학교 / 교실 (오후)

O.L. 수심에 잠긴 듯 창밖을 보고 있는 은아.
조용한 교실.
칠판에는 '자율 학습' 이라고 쓰여 있다.
은아, 결심한 듯 휴대폰 문자를 친다.

문자
〈엄마 오늘은 수민이랑 알아서 갈게, 엄만 안 와도 돼〉

27. INT 단합대회 1차 - 쌈밥집 (오후)

수강생 십여 명이 식당에서 식사를 하고 있다.
수강생들 끼리 웃고 떠드는 것을 가만히 듣고만 있는 유림.
은아처럼 수심에 잠긴 표정.
웃는 일행들을 따라 살짝 웃어주는 유림.
그러나 이내 수심에 잠기는 유림.
유림의 휴대폰에 문자 메시지가 온다.

문자
〈엄마 오늘은 수민이랑 알아서 갈게, 엄만 안 와도 돼 - 유은아 내새끼〉

문자를 보고 순간 환해지는 유림.
바로 답 문자를 한다.

문자
〈그래 오늘은 엄마도 조금 늦을 거 같아. 회식이 있네..〉

휴대폰을 집어넣는데, 테이블 끝 쪽에서 지욱이 유림을 보고 있다.
살짝 당황하는 유림.

28. EXT 독서실 / 옥상 (오후)

날이 저물어 간다.
옥상에 혼자 앉아서 MP3음악을 듣고 있는 은아.
어딘가로 휴대폰 문자를 보낸다.
그런데 썼다 지웠다-를 반복한다.
은아, 휴대폰을 내려놓고 한숨을 푹- 쉰다.
그냥 엎드려 버리는 은아.

은아 (골치 아픈 듯) 아- 아- 아-

은아, 뭔가 결심했는지 벌떡 일어나 문자를 쓴다.

문자
〈이따가 독서실에서 볼 수 있어요? 드릴 게 있어요.- 은아 / 수신자 조한오빠〉

OK 전송 버튼을 누른다.

은아   아오, 이제 몰라 난.

은아가 앉았던 옆에는 조한에게 선물할 리본 포장이 달린 초콜릿 상자가 있다.
바람이 스산하게 분다.

29. INT 단합대회 2차 - 노바다야끼 선술집 (밤)

휴대폰으로 시간을 확인하는 유림.
와자지껄한 술집 안에는 식당에서 보았던 멤버들이 그대로 자리했다.
역시 구석에 자리한 유림은 그들과 잘 어울리지 못한다.

지욱	(불쑥) 술 아예 못하세요?
유림	(멍하니 있다가) ..저요?
지욱	(고개 끄덕)
유림	네. 잘 못해요.
지욱	보기하고 다르시네요.
	(잔을 내밀며)그래도 한 모금씩만 하죠. 한 모금은 괜찮으시죠?

유림과 지욱, 생맥주 잔을 짠.
조심스레 한 모금 들이키는 유림.

30. INT 독서실 (밤)

칸막이 형 독서실.
제 자리에 풀이 죽어 엎드려 있는 은아.
옆엔 초콜릿 상자가 그대로 있다.
이때, 옆 칸막이로 들어오는 수민이.

돈 크라이 마미 | 311

| 수민 | 조한오빠한테 정말로 문자 쳤어? 왔어? 답 문자 왔어? |
| 은아 | (문자를 보더니 고개 끄덕) 아, 어떡해..이거 봐.. |

문자

〈10분 후에 옥상으로 나올래? 혼자만. - 조한 오빠〉

은아, 한껏 들떠 있는데.. 수민, 되레 심각하게.

수민	가면 안돼.
은아	응? 왜?
수민	....

심각한 표정의 수민과 반대로 조한의 문자에 한껏 들떠있는 은아.

31. EXT 독서실 / 옥상 (밤)

옥상의 어둠 속에서 저들끼리 낄낄대며 담배를 피고 있는 2명의 고등학생들로 보이는 놈들이 있다.
누군가와 전화를 하고 있는 학생1의 모습

학생1	야, 이번엔 확실한 거냐? 그래? 알았어, 알았어. 이 씨발아. (끊는다)
학생2	야! 씨발 뭐래냐?
학생1	10분 있다 올라 온단다
학생2	그 병신 같은 년이 진짜 뻑갔네, 오늘 간만에 몸 좀 풀겠는데?
	걔 완전 새삥 아니냐?
학생1	그러게, 씨발 이게 얼마만이냐?

뭔가 이상하다.

32. EXT 단합대회 2차 -노바야끼 선술집 / 밖 (밤)

술집 밖에 나와서 3차를 갈 생각인 멤버들.
모두들 거나하게 취해 떠들썩하다.

유림도 얼굴이 빨갛다.
멤버들과 조금 거리를 두고 서있는 유림과 지욱.
유림은 술기운에 얼굴이 화끈 거리는지 계속 얼굴을 만지작거린다.

지욱   술 정말 못 하시나 봐요. 죄송해요. 저 땜에 괜히..
유림   아, 아니에요. 오랜만에 한 잔 하고 싶었어요.
지욱   (멤버들을 보더니) 저 사람들은 노래방 갈 생각인가 본데요.
유림   노래방이요?
지욱   네. 노래방. 어떡하시겠어요? 같이 가면 좋을 텐데..
유림   안 돼요. 시간도 늦었고...
        (다시 한 번)아, 안 돼요. 전 갈게요. 재밌게 놀아요.

33. EXT 독서실 / 계단 - 옥상 (밤)

옥상을 혼자 걸어 올라가는 은아.
어두워서 계단이 잘 보이지 않는다.
손에는 초콜릿 상자가 들려 있다.
은아가 독서실 옥상 문을 여는데, 먼발치에 은아의 짝사랑 조한이 서있는 것이 보인다.

조한   왔어?
은아   아, 오빠.. 안녕하세요.

34. INT 노래방 (밤)
노래방에 앉아있는 유림과 지욱.
유림, 노래방의 분위기가 익숙하지 않아 머쓱하다.

지욱   저하고 둘이 있으니 불편하세요?
유림   ..다른 사람들이 이상하게 생각하지 않을까?
        우리 두 사람만 빠져 나왔으니..
지욱   다시 볼 사람들도 아닌데요..뭐..
유림   아무래도 좀..
지욱   아.. (머쓱한 유림)
        저기.. 저 다음 주에 양복 사러 갈건 데 같이 가주실래요?

유림	네?
지욱	취업 면접 할 때 입어야 해서.. 같이 봐주실래요?
유림	양복 안 입는 게 좋을 거 같은데..
	그냥 그 차림 그대로가 참 보기 좋은데요..

35. EXT 독서실 / 옥상 (밤)

초콜릿을 풀어 보는 조한.

은아	어때요? 잘 못 만들었죠.
조한	..
은아	맘에 안 들어요?

조한의 반응에 풀이 죽는 은아.

조한   너 혼자 온 거지?

은아에게 다가가는 조한.
긴장하는 은아.
키스를 시도하려는 듯 점점 다가가는 조한. 뒤로 물러나는 은아.
이때, 어디선가 킥.킥.대는 소리가 난다.
은아, 인기척 소리를 듣고 놀라 조한에게 바짝 붙는다.

은아   오빠, 또 누가 있나봐요?

건물 환풍기 뒤쪽에 숨어있는 2명의 고등학생들.

어둠속에서 고등학생들 (소리)   어쭈구리 윤조한이~ 야이.. 빙신새끼..가..죽을라구..
킥킥. 완전 시발탱이네.

한 녀석이 청 테이프를 쭈욱 뜯어낸다.

36. INT 노래방 (밤)

지욱이 유림의 얼굴만 바라본다.
유림, 어색하지만 그런 지욱이 귀엽다.
조심스럽게 유림의 손을 만지는 지욱.
유림, 응해준다.
지욱, 유림을 살포시 안는다.
유림의 등을 안은 지욱의 손이 떨린다.
유림, 피식 웃음.
노래방 반주는 그냥 흘러나오고 있다.
이때 핸드백속의 유림의 휴대폰이 진동과 램프가 울리고 있다.

37. EXT 독서실 / 옥상 (밤)

옥상 바닥에 눕혀져서 당황하는 은아.
이게 무슨 일인가 하고 토끼눈을 하고 있는데..!
입에는 청 테이프가 발라져서 옴짝달싹 할 수가 없다.
고등학생 녀석들은 낄낄 거리며 은아의 양팔을 잡고 줄줄 끌고 어디로 간다.
눕혀져 있는 은아가 주욱- 주욱- 녀석들에 의해 조금씩 끌려가고 있다.
극도로 겁먹은 은아의 눈빛.

은아 (테이프가 발라진 채로) 엄마..!
고등학생1 내가 일빠다.
고등학생2 조까 병신아, 이번엔 내가 일빠로 할 차례야

어둠이라 아이들의 얼굴들이 보이지 않는 옥상의 풍경.
몇 놈인지도 불분명하다.
짐승 같은 시간이 멈춰있는 듯하다.
입에 문 담뱃불이 짐승의 눈처럼 빛난다.
또 한 놈은 뭐가 그리 재밌는 듯 주머니에서 휴대폰을 꺼낸다.

38. EXT 노래방 / 계단 (밤)

계단을 급하게 뛰어 올라오는 유림.
옷매무새를 고치면서 황급히 지하 노래방을 올라오고 있다.

지욱   잠깐만요!

밖으로 쫓아 나온 지욱.

지욱   제가 뭘 잘 못 했어요?
유림   아니야.
지욱   그럼 왜 그래요?
유림   아니 그냥, 그냥 좀 불편해서 그래요. 피곤하기도 하고.
지욱   화난 건 아니죠?
유림   잘 모르겠어. 아직 이럴 사이는 아닌 것 같아서..

지욱   수영장 나올 거죠?
유림   나도 잘 모르겠어.. (황급히 지욱을 등지고 도망치듯)

39. EXT 유림의 아파트 / 앞 (밤)

밤하늘의 별.
별을 보던 유림은 실없는 사람처럼 부끄럽게 웃는다.

유림   (얼굴을 감싸 쥐며) 아, 못 살아. 진짜..

유림, 아파트를 바라보는데, 그녀가 바라보는 층에 불이 켜있지 않다.

40. INT 유림의 아파트 (밤)

유림, 어두운 집 안에 들어와 냉장고를 열어 물을 벌컥 벌컥 마신다.

유림　　　　기집애, 벌써 자나..?

41. INT 경찰서 (밤)

분주한 경찰서 풍경.
잡범들, 취객들로 가득 찬 경찰서.
문을 열고, 담배를 물고 들어오는 40대 형사. 오 형사다.
오 형사의 발치에는 취객이 진상을 부리고 있다.
부하들이 취객을 잘 다루지 못하자.

오 형사　　　야, 인마! 술 더 맥여서 재우든지, 두들겨 패서 깨우든지 해!
　　　　　　여기가 무슨 파출소야? 씨바, 일처리 하는 거 하구는 정말..

전화기 울리고.

오 형사　　　(통화) (말투 부드럽게) 네, 새롭게 달라지겠습니다.
　　　　　　00경찰서 오현식경사입니다.
무엇을 도와드릴까요?

42. EXT 시내도로 (밤)

요란하게 사이렌 소리-
시내를 질주하는 경찰차.

돈 크라이 마미 | 317

43. INT 유림의 아파트 (밤)

온 집안에 불이 켜 있다.
어떤 방에도 은아는 없다.
가방도 없다.
거실에 앉아서 자기 휴대폰을 보는 유림.

〈[애니콜 SOS] 위급상황입니다. 도와주세요. 00 : 00분pm 유은아 내새끼.〉

라는 문자가 찍혀있다.
놀라는 유림.
또한 부재중 전화가 무려 11통이나.. 수민에게서 온 전화다.
급하게 은아에게 전화를 다시 거는 유림.
신호는 가지만 아무도 받지 않는다.
뚜루루- 뚜루루-

44. EXT 시내도로 (밤)

허둥대며 자동차로 시내를 달리고 있는 유림.
독서실로 가는 중이다.
전화기를 귀에 대고 있지만, 역시 신호만 간다.
이때, 전화가 온다.

〈발신자 - 은아 친구 수민이〉

유림   (통화) (안도의 한숨) 어, 수민아. 우리 은아 어딨니?

끼이익-
유림의 차가 타이어 마찰음을 크게 내며 도로 횡단보도 앞에 선다.
충격 받은 듯 되묻는 유림.

유림   (통화) 뭐라고요? 그쪽은 누구세요?

오 형사 (소리)   은아 어머니 되시나요? 사고가 났습니다.

45. INT 은아의 병원 / 응급실 (밤)

응급실로 다급하게 뛰어 들어오는 유림.
응급실 앞에는 수민이와 오 형사가 서서 무슨 이야기를 나누고 있다.
유림이 수민과 오 형사를 정신없이 가로질러가고, 수민과 오 형사 멈칫.

수민   어..?

유림이 응급실 커튼을 걷자 누워있는 은아가 보인다.

유림   뭐예요? 뭐가 어떻게 된 거야?! 지금 뭐하는 거예요?
간호사 소리치시면 안 됩니다.

은아의 창백한 얼굴..

유림   은아야..! 도대체..!
의사   (유림에게) 보호자 되시나요?
유림   네!
의사   (유림을 쓱 보더니) 어머니 시죠?

유림, 고개 끄덕.

의사   이게..참..어머니에게만 드릴 수 있는 말씀이라..

시간이 흘러, 응급실 밖에 주저앉아 있는 유림.
충격 받은 얼굴이다.
유림에게 다가오는 오 형사.

오 형사 제가 전화 드렸던 오 형삽니다.
유림   (고개를 들어 가만히 보는)
오 형사 의사 선생이 설명 해 주셨죠?
유림   우리 애가.. 도대체 뭘 잘 못 했대요?
오 형사 뭘 잘 못 해서 그런 게 아닐 겁니다. 범죄사고니까요.

유림의 시선으로 보이는 오 형사 뒤편의 수민.

유림	수민아. 언제 발견한 거야? 같이 있지 않았어?
	왜 곧바로 연락하지 않았어..!
수민	..전화 했었어요. 되게 많이 했었어요. (울먹이는) 안 받으셨어요.
유림	...!
오 형사	저...회복 하는 거 지켜보시고 2시간 안에는 경찰서로 나와 주세요.
유림	..잠깐.. 대체 누가 그런 거죠?
오 형사	범인들은 지금 다 잡아 놨습니다.
유림	(멍한) 목격자가 있나요? 수민이.. 수민이 니가 봤니?

유림이 수민을 다그치자, 수민이 울먹거린다.

오 형사	그러실 필요 없습니다. (시계를 쓱 보더니) 그럼.. 늦지 않게 오세요.
	아, 그리고 이건 은아양 소지품입니다.

흙 묻은 은아의 가방.. 그리고 긁힌 은아의 휴대폰, 초콜릿 상자..

46. INT 은아의 병원 / 병실 (밤)

은아의 휴대폰과 가방을 어정쩡하게 들고 들어오는 유림.
링거를 맞고 잠이든 창백한 얼굴의 은아.
회복실 곁에 허리춤에 손을 올리고 서있는 유림.
어떻게 해야 할지 모르겠다.
휴대폰 문자를 다시 확인하는 유림.
침통하다.

47. INT 경찰서 (밤)

시끌벅적한 치안센터 안.
오 형사와 유림이 마주 보고 조서를 꾸미고 있다.

오 형사	(컴퓨터 자판을 두드리며) 저녁 8시에서 10시 사이에 어디 계셨어요?

유림	수영장 수강생들하고 술을 마시고 있었어요. 단합대회 같은 거.......
오 형사	전화기를 꺼놓으셨던 거죠?
유림	몰랐어요, 시끄러워서..노래방에 있었거든요.
오 형사	(타자를 치며) 다 같이 노래방에.. 대략 몇 명이었죠?
유림	그게.. 술집에서 나와서는 다른 사람하고 갔던 거라서.......
오 형사	다른 사람이면..
유림	(머뭇거리며) 어떤 남잔데...이름도 잘 모르고... 그냥 수영장 수강생이라는 것만.......
오 형사	뭐.. 정황만 파악하는 거니까.. 연락 두절된 이유 같은 거.. (이때, 부하 하나가 다가와 유림을 의식하며 귓속말) 그래? (유림에게) 잠시만.. 잠깐 계세요. 처리할 게 있어서..

일어나 나가는 오 형사.

고등학생 2(한민구)   아.. 씨발년이 진짜.. 아, 재수 털려.

유림, 가만히 앉아있는데.. 저쪽 취조실 쪽에서 몰려나오는 유독 시끄러운 녀석들이 있다.
그 앞에는 앳된 순경이 앞서고.

고등학생 1(박준)   이번엔 진짜 퇴학 먹는 거 아냐?
고등학생 2(한민구)   (신나서) 봤지!
쌍년이 내가 딱할려고 하니깐 존내 부들부들 떨더라고
그래서 정신 차리라고 내가 한 대 깠더니.
존내 눈이 허옇게 뒤집어 지는데..
어휴, 내가 씨발 놀래가지고 진짜....

유림, 표정이 변한다.
은아에 대한 이야기이기 때문..
앉아있던 유림, 녀석들에게 다가가다 놀란다.

유림   너는....!!

세 놈 중에 한 놈은 이전에 은아와 같이 있던 '조한' 이기 때문.
조한, 유림의 눈길을 피한다.

고등학생 1(박준)　　　　야, 씨발 나도 그거 봤어. 그거 보고 존내 쪼그라들었다니까..

유림, 눈이 벌게져서 녀석들을 쳐다본다.

고등학생 2(한민구)　　　　아, 씨발.. 독서실에서 닌텐도 안 가져왔다.. 아, 씹..
　　　　　　　　　　　(유림이 자기를 보고 있자 옆 친구에게) 야. 저기..

고등학생 1(박준)　　　　뭐야, 왜 꼬나봐..아줌마 뭔데요?

유림이 고등학생1(박준)을 잡아챈다.
고등학생1(박준)이 반사적으로 유림을 밀쳐버린다.
바닥에 넘어지는 유림　오 형사가 나타나.

오 형사　　(유림을 일으키며) 야, 송형사! 저 새끼들 유치장에 집어넣어..빨리.
유림　　　저 놈들이죠..?

다시 오형사를 밀치고 놈들에게 가려는 유림.
급하게 가까스로 유림을 잡아내는 오형사.

오 형사　　저하고 자리로 가시죠.
유림　　　저렇게.. 어린놈들이었단 말이에요?

충격 받은 유림.
착잡한 오 형사.
다시 저들끼리 웃고 떠든다.
그런 녀석들을 멍하니 바라보는 유림.

유림　　(웃고 떠드는 녀석들을 보며 분해서 눈물이 그렁그렁)
　　　　　아.. 어떻게 이럴 수가 있죠..?
　　　　　더군다나 쟤는 우리아이랑 같은 반 아이인데.

48. INT 은아의 병원 / 병실 (밤)

은아가 누워있다.
유림이 가만히 은아를 내려다보고 있다.
은아의 얼굴은 창백하다.
고층 병실의 창밖으로...

인서트
 신도시의 종합병원의 밤의 외경..
 신도시의 야경.. 불안한 싸이렌 소리..전철 지나가는 소리.

49. INT 은아의 병실 (아침)

은아가 부자연스럽게 병실 침대 앞에 서있다.
그 앞에는 두 명의 여자 경찰관이 은아의 사진을 찍고 있다.

여자 경찰관	어깨를 좀 보여줄래? 다친 쪽 있지?
	(은아가 어깨의 멍을 보여주고) '찰칵'
	그리고 다음엔 다리.
	(은아가 허벅지 쪽을 보여주는데 그곳에도 멍이) 잘 안 보이네,
	조금 더 걷어 줄래?
	(은아가 사타구니의 멍을 보여주자) '찰칵' 그리고 등 쪽..
	(은아가 뒤돌아서서 등을 보여주는데, 브래지어에 긁힌 자국과 그 밑
	에 멍이.. 울먹이는 유림) '찰칵' 눈가에 멍도 그때 생긴 거니?
유림	네.. 다 끝났나요?
여자 경찰관	이번엔 몇 가지 질문을 할 게요. 초경이 언제였죠?
은아	..제 작년이요.
여자 경찰관	최근에 한 생리는?
은아	지난 달 22일..
여자 경찰관	성관계 경험은 없겠죠?
유림	(대답하려 하다가, 은아를 보는데)
은아	..없어요.
여자 경찰관	자리를 옮겨서 정밀 검사를 할 겁니다.

50. INT 은아의 병원 / 부인과 검사실 (아침)

검사대에 올라 누워있는 은아.
곁에 서있는 유림.
의사가 핀셋에 솜을 집어 든다.
통증이 오는지 엄마의 손을 꽉 잡는 은아.
의사가 모니터를 보며 말한다.

의사　　파열이 좀 있고.. 벽에 상처.. 출혈 있음..

진단을 받아 적는 간호사.
은아, 누워서 눈물을 흘린다.

은아　　아파..

유림, 대답을 못하고 은아의 이마를 쓸어 준다.

51. INT 은아의 병원 / 병실 (아침)

문을 열고 들어오는 유림.
은아가 병실에 누워있다.
유림, 은아의 곁에 앉는다.
은아, 의식적으로 눈을 감고 있다.
유림, 뭔가 말을 걸까 하다가 관둔다.
어색한 시간..

은아　　혼자 있고 싶어.

눈을 감고 있는 은아.
유림, 뭐라고 대꾸도 못하고 조용히 일어나 나가준다.

은아　　(누워서 눈을 질끈 감고) 아빠한테 얘기 하지 마..

고개 끄덕이는 유림.

52. INT 은아의 병원 / 복도 (아침)

병실 문을 닫고 나와 복도 의자에 앉는 유림. 페이드 아웃.

53. INT 담당 검사실 (낮)

긴 복도.
누군가의 등.
바쁜 걸음으로 복도를 가로 질러가고 있다.
바쁜 걸음으로 가던 담당검사, 검사실 문을 거칠게 열고 들어간다.
담당검사 건너편, 손님용 소파에 앉아있던 오형사.
어정쩡하게 일어나 인사한다.
문서가 산더미 같이 쌓인 책상에 법복을 거칠게 벗어던지며, 자리에 앉는 검사.
담당 검사, 은아 사건의 것으로 보이는 문서를 쭉 읽어 내려가다가 덮는다.
자리에서 일어나 셔츠 단추를 여는 담당 검사.

담당 검사 오 형사님.
오 형사 예, 검사님.
담당 검사 오 형사는 어떤 거 같애요?
오 형사 예?
담당 검사 어떻게 될 것 같은지 느낌이 있을 거 아니에요.

손님용 소파에 가만히 앉아있는 오 형사.

오 형사 피해자 쪽에.. 아무래도 불리하지 않겠나.. 합니다만..
담당 검사 거, 전에 30명이 달라붙어서 여자애 하나 아작 낸 거 아시죠?
오 형사 예?

담당 검사 부산 말예요. 부산에 사는 고등학생 씹새끼들 서른 마리가 두 살 아래 여자애 하나 작살 낸 거.
오 형사 아..예..

민망한 오형사.

담당 검사　　　개네들 핵심 세 마리만 소년원 갔고, 그것도 1년도 안 살고 나왔어요. 나머지 스물일곱 마리는 사건 바로 다음날 집에 돌아갔고. 그런데.. (서류를 보더니) 은아? 결과적으로 고등학교 1학년 유은아는 살았어. 상해 진단서 끊어봐야 4주 밖에 안 나와.
　　　　　　　오형사님 생각에 이 극악무도한 새끼들이 어떻게 될 것 같아요?
오 형사　　　 (참담한)

담배를 무는 검사.
연기를 내뿜으며,

담당 검사　　　오형사님도 잘 아시겠지만, 이 불알에 털도 제대로 안 난 이 새끼들은 전부 집에 돌아가게 될 거예요. 이놈들 부모도 뻗대고 나설 거라고. 혹 어쩌다가 소년원에 전부다 보냈다. 그래도 2개월도 안 살 거야. 지난 사건에 소년원 들어간 세 마리는 1년을 꿇어서 법적나이로는 성인이었다 이거지. 그런데 이번 강간범들은 법적으로 아쉽게 미성년자들인지라.. 하여튼 어떻게든 합의를 하게 될 건데, 합의금은 세 집 합쳐서 돈 천이 안 될 거야. 왠 줄 알아요?
오 형사　　　 ...
담당 검사　　　워낙에 이런 사건의 금액이 작고, 유은아가 편모슬하에서 자라고 있어서 정상적인 가정이라고 안 본다는 말이야. 불량한 애로 우기면 얼마든지 가능하다는 거지. 막말로 같이 놀다가 그랬다고 세 집이 우겨댄다면.. (말을 잇지 못하고)
오 형사　　　 ...
담당 검사　　　나도 이런 씨발 좆같은 사건들 여럿 겪었어요. 유은아 엄마에게 전해요. 재판해서 돈 까먹지 말고 합의금이나 챙겨서 애 보약이나 해 먹이라고. 좆같지만 어쩔 수 없다고요.

오 형사, 무기력하게 일어나 나간다.

담당 검사　　　아.. 이런 씨발 좆같은 나라에서 애들 키운다는 건.. 정말 좆 같구만.. 이민을 가던지 정말.

54. INT 경찰서(오전)

오 형사와 마주 앉아있는 유림.
무슨 이야기를 들었는지 황당해 한다.

오 형사   가해자들이 미성년자들이라서 그런 것 같아요.. 법이라는 게..
유림   그럼 우리 애는 미성년자가 아니란 말인가요?
오 형사   그 쪽 부모들이 만나고 싶어 하는데.. 만나 보시죠.
유림   왜 만나고 싶어 하는 데요?
오 형사   합의 때문일 겁니다.

멍한 유림과 난처한 오 형사.

유림   ..뭘 합의 하란 말이죠?

55. INT 경찰서 / 합의실(오전)

유림 앞에 앉아있는 가해학생의 부모들.

한민구 엄마   뭐 애들끼리 장난 한 건데.. 합의해 주소 고마.
             (봉투 내밀며) 우리끼리는 고민 마이 했습니다.
박 준 아버지 못난 놈이지만 마음은 착한 놈입니다, 우리 준이.

책상 위의 봉투를 가만히 내려다보던 유림.
눈을 질끈 감는다.
다른 부모들과 때깔이 다른 옷을 입은 조한의 엄마는 달리 말없이 앉아있다.

박 준 엄마   우리 준이가 기관지가 안 좋아서..

유림, 피식 웃음.

유림   그만들 두고 일어나세요. 난 법대로 하겠어요. 죄를 지었으면 벌을 받게 하셔야죠.
한민구 엄마   보자보자 하이까네.. 그라믄 학교 퇴학 먹고 아를 교도소에 처박아 놓

	고 우린 잠이 옵니꺼? 예?! 다 까놓고 말하믄 그 쪽 아는 잘못 없습니꺼? 아 인생을 그리 망치고 싶습니까?
유림	이거 보세요. 무슨 말씀 하시는 거죠?
박 준 아버지	아이, 민구 어머니. 가만 좀 계세요.
한민구 엄마	듣기로 이혼도 하고 콩가루 집안이라 카던데. 우리 애들이 노는 애라 카믄, 그 애들이랑 노는 애는 노는 애지. 원인이 있으니까 결과가 있는 거 아이겠노? 잉?
박 준 아버지	민구 어머니. 제발 좀 가만 계시라니까요.
유림	죄를 지었으면 죗값을 치르면 되는 거예요! 아시겠어요?! 그게 법이고 상식이예요!!

합의실 문을 박차고 나와 버리는 유림.

56. EXT 경찰서 / 벤치 (오전)

유림이 벤치에 앉아있고, 오 형사는 그런 유림 앞에 가만히 서있다.

오 형사	친가 쪽에선 아무도 모르나요?
유림	..그 쪽 사람들하곤 은아 얘기 안 해요.
오 형사	판결에 관해 담당 검사와 이야기를 했는데.. 가해자들이 미성년자라서 그런 지 실형으로 이어지기 어려울 것 같습니다. 게다가.. 허벅지 상처 외엔 저항흔적이 약하다는 것이.. 약점이에요.
유림	더 맞고.. 더 물어뜯어야 했다는 건가요? 어떻게 그래요? 잘못하면 죽을 수도 있는데..
오 형사	..원래 재판은 증거 싸움입니다. 게다가....강간죄라는 게 실형을 받기가 무척 어렵습니다.
유림	너무 무서워서 아무 저항을 못 했다면요?
오 형사	………
유림	손가락도 까딱 할 수 없어서.. 목숨을 잃을까 두려워서 굳어 버렸다면요?
오 형사	법이 원래 그렇습니다.
유림	….
오 형사	….
유림	이럴 시간에, 애 옆에 있어주는 게 낫겠어요. 그리고 저는요, 법을 믿어요.

유림, 거칠게 일어나 간다.
착잡한 오 형사, 홀로 남아 있다.

57. INT 재판장 (오전)

상대 변호사   그날 증인이 먼저 피고인 조한에게 만나자고 문자 메시지를 보내서 만난 거지요?

잔뜩 주눅 든 표정의 은아.
증인석에 어정쩡하게 앉아 있다.

은아   ......예

피고석에 앉는 민구와 박준이 지루하다는 듯이 주위를 둘러보는데 멀리 앉아 있던 수민을 발견한다.
민구, 박준과 눈이 마주치자 겁에 질려 허겁지겁 재판장을 나가는 수민.

상대 변호사   증인은 피고인 윤조한을 좋아해서 선물을 주려고 갔던 거지요?

은아, 조한을 바라보는데.
조한, 은아의 시선을 피하지 않는다.
오히려 주눅이 든 은아가 고개를 떨구는데

상대 변호사   증인?!
은아   .....예
상대 변호사   증인은 그날 피고인 윤조한 말고는 다른 피고인들의 얼굴을 제대로 보지 못했지요?
은아   .....예
상대 변호사   증인은 강간당하였다고 하는데 저항을 하였나요?
             증인은 윤조한을 좋아하여 저항을 하지 않은 것 아닌가요?

은아, 조한을 바라보는데.

은아   (멈칫)....

유림이 무언가 말을 하려고 하자, 이를 제지하는 오형사.

상대변호사 증인이 입은 상처는 무릎에 찰과상 정도에 불과하며 누구로부터 구타당한 건 아니지요?
은아 (극도로 불안한 표정)....

은아가 유림을 불안한 표정으로 쳐다본다.
안타까운 유림.

유림 (작은소리로)....은아야...

58. INT 재판장 (오전)

판사가 입장한다.
기립하여 서있는 피의자와 피고인들.
판사가 앉자 모두들 앉는다.

판사 판결 선고를 하겠습니다.

긴장하는 유림과 가해학생들.

판사 피고인 3명이 강간했다나 피해자 유은아 말고는 목격자가 없고
피해자의 증언을 보더라도 2명이 어떤 행동을 했는지 증거가 없다.

놀라서 자리에서 일어나는 유림.

유림 인정하기 어렵다뇨?! 그게 무슨 말씀이에요?!

그러나 오 형사가 저지 한다.
담당 검사는 침통한 듯 눈을 질끈 감는다.

판사 그러므로 피고인 2명은 증거부족으로 강간죄에 대해 무죄선고하며 피고인
박준은 피해자와 성관계 가진 사실은 인정하나 특별한 중한 상처가 없고
피해자 측에도 책임이 있는 것으로 보인다. 또한 피고인이 고등학생인 점

을 고려하여 징역 6개월에 집행유예 1년을 선고한다.

판사의 선고 내용이 도저히 믿기지 않는 유림.
자리에서 벌떡 일어난다.

유림   무죄 라구요? 이게 무슨 얘기에요?

재판장 정리들이 다가와 유림을 말린다.
유림의 반응에 약간 언짢은 표정을 짓는 판사.
오형사도 놀라 일어나 유림을 저지하려 하지만 이미 유림은 매우 흥분해 있다.

유림   여기 우리 딸애가 저 짐승 같은 새끼들한테 당했는데!! 이게 지금 무죄라고??
          이딴 말도 안되는 게 재판이야??

그렇게 흥분하던 유림의 눈에 자기들끼리 히죽거리고, 하이파이브를 하며 퇴장하는 민구와 박준이 보인다.
그 아이들 쪽으로 뛰어가는 유림.

유림   너네 일루와!! 일루 와 이 새끼들아!!!

장내는 아수라장이 되어 버린다.
유림을 말리는 오형사와 청원경찰의 고함소리, 그리고 유림의 고함소리가 정신없이 뒤섞인다.
그 안에 고개를 숙인 채 가만히 앉아 있는 은아.

59. EXT 가정법원 / 앞 (오전)

어느새 뒤 따라 온 오형사.

오 형사   은아 어머니...

유림이 멍하니 법원을 나온다.
돌아보는 유림.

쨍- 한 오전의 태양.
유림 옆에는 은아가 어정쩡하게 서있다.

유림	당신들 뭐하는 사람들이예요?
오 형사	.....죄송합니다. 드릴 말씀이 없네요
유림	도대체 누구를 재판하는 거에요.
오 형사	.....
유림	증거? 증거가 없다니. 우리 애가 저 지경인데..... 고작 집행유예라니..이게 말이 된다고 보세요...?

오형사는 여전히 할 말이 없다.
정신이 어질어질한 유림, 차 문을 열다가 잘 열리지 않자 신경질적으로 차문을 발로 차며 화풀이를 하다 그 자리에 주저앉고 만다.
옆에선 은아의 모습.

60. INT 피자헛 (오후)

테이블에 피자가 나온다.
오 형사를 멀뚱히 보고만 있는 수민.

오 형사	뭐해? 먹지 않고.
수민	은아.. 어떻게 됐어?
오 형사	됐어, 넌 신경 꺼. 다 잘 됐으니까.. (피자를 수민의 접시에 덜어주는) 먹어.
수민	아빠..
오 형사	왜?
수민	나 유학가면 안 돼?

오 형사	왜?
수민	그냥..
오 형사	유학 같은 소리하고 있네. 피자나 먹어. 이태리 왔다고 생각하고.
수민	..
오 형사	(수민을 무섭게 노려보더니) 내가 묻는 말에 똑바로 대답해. 알았어?
수민	응..

오 형사	너 하곤 관련 없는 일이지?
수민	……
오 형사	(대답을 강요하듯) 왜 말을 못해. 그렇지?
수민	……응
오 형사	됐어. 살면서 도와주진 못할망정 절대로 다른 사람에게 피해를 주지 마.

61. EXT 유림의 아파트 앞 (오전)

빗소리 들린다-

인서트
비가 오는 도시의 풍경. 평소와 다를 바 없이 평화롭다.

아파트 밖에는 비가 내리고 있다.
우산을 받치고 멍한 표정으로 서있다.
누군가를 기다리고 있는 유림.
택시 한 대가 미끄러지듯 선다.
수민이가 내린다.
문득 정신을 차리는 유림.
조수석 창을 두드리고 만 원짜리 지폐 하나를 기사에게 건네주고는 수민에게 달려가 우산을 받쳐주는 유림.
근심 어린 표정의 수민.

유림	점심 먹었니? 은아가 수민이 같은 친구라도 있어서 다행이다. 정말로..

62. INT 유림의 아파트 (오전)

소파에 나란히 앉아있는 은아와 수민.

수민	(은아를 똑바로 보지 못하고 노트만 뒤적이며) 여기까지가 시험 범위고.. 아, 그리고 여기서도 두 문제 나올 거고..

주방에서 과일을 깎으며 은아의 눈치를 살피는 유림.
과일을 가져다주는 유림.
포크로 과일을 집어서 수민에게, 은아에게 내민다.
수민은 억지로 받지만, 은아는 받지 않고 노트만 뚫어지게 본다.
수민은 과일을 먹다가 억지로 무슨 말이든 해야겠는지..

수민   얼른 학교 나와. 걱정 많이들 하고 있어.
유림   그래, 학교 가서 중간고사도 치고..

은아, 노트를 보다가..

은아   ..내 걱정을 왜 하는데?

멈칫하는 수민과 유림.

유림   그야, 결석했으니까 그렇지.
은아   (수민을 외면하며) 너 무슨 얘길 한 건데?
수민   ..응?
은아   니가 무슨 얘기를 했으니까, 그런 거 아니야?
수민   아냐.. 나 아무 말도 안 했어.. 거짓말 아니야.
은아   거짓말이 아닌데, 왜 아까부터 날 똑바로 못 봐. 너 지금까지 날 한 번도 쳐다보지 않았어.
유림   은아야!
은아   (갑자기 화난) 니가 떠벌리고 다녔지?! 지금 학교 애들 다 아는 거지?!
수민   아니야, 나 아무 말도 안 했어. 정말이야..
유림   왜 이래! 문병 온 수민이 한테!
은아   나 학교로 안 돌아가! 안 가.. 안 간다구!

울먹이는 유림과 수민.. 서있던 은아의 표정이 갑자기 일그러진다.
잠옷 바지를 따라 흘러내리는 소변.
은아가 저도 모르게 일을 본 것이다.

63. INT 유림의 아파트 / 욕실 (오후)

욕조 물그림자에 비치는 은아의 모습.

욕조 안에 무릎을 감싸고 앉아있는 은아.
얼굴이 멍하다.
유림이 다가가서..

유림	은아야. 벌써 두 시간이나 됐어.. 이렇게 오래' 한 적 없었잖아. 피부에 안 좋아. (하며 물을 만지는데) 물이 이렇게 식었는데! 은아, 나와. 감기 걸리겠어! (허겁지겁 샤워기로 뜨거운 물을 욕조에 틀어 주는)
은아	엄마.. 수민이 화 많이 났을까?
유림	수민이 아무 잘 못 없잖아.. 괜찮아, 내가 미안하다고 전해줄게.. 이제 그만 나가자.. 응?
은아	아냐.. 아직도 더러워. 나 너무 더럽단 말이야..

할 말을 잃는 유림..

은아   엄마 나한테 왜 이런 일이 생겼어..? 응..?

애써 울음을 참는 유림.

64. INT 민구의 집 (오후)

출근 준비를 하고 있는 민구의 엄마가 보이고 그 옆으로 거실로 나와서 냉장고에서 물을 꺼내먹는 민구.

민구	에이 씨발, 만원만 주고가
민구엄마	(짜증)뭐하게?
민구	담배 좀 사게.
민구엄마	아이구 내 팔자야.

민구에게 만원을 주고 곧 집 밖으로 나가는 민구의 엄마,
민구, 방 안으로 들어가자 컴퓨터로 야동을 보고 있는 박준이 있다.

민구   야 씨발 그거 좀 그만봐라.

박준	이번에 재판까지 가서 진짜 좆되는 줄 알았다.
	야, 전에는 그냥 합의만 보고 별 일 없었는데.
민구	내가 걱정하지 말랬잖아, 쫄기는...빙신같이.
박준	... 야! 우리 그년 다시 부르면 오겠냐 안오겠냐?
민구	미친 새끼...너 같으면 부른다고 오겠냐?
박준	야 씨발 그때 찍은 거 있잖아, 그걸로 협박하면 되지
민구	근데 그년이 그거 들고 경찰서 가서 신고하면?
박준	그년 보니까 절대 신고 못해.
민구	엄창 까고? 내기 할래? 오나 안 오나?
박준	내기 할래? 그럼 그년이 오면 내가 일빠로 하는거다?
민구	콜 씨발, 안오면? 안오면 백만원 빵!
박준	좋아, 씨발...문자 보낸다. 진짜로?!

핸드폰을 꺼내 독서실 옥상에서의 동영상을 찾아 은아에게 문자로 보내는 박준.
낄낄거리며 좋아하는 놈들.

65. INT 유림의 아파트 (오후)

쟁반에 먹을 것을 들고 은아의 방문 앞에 서있는 유림.
작은 한숨이 절로 나온다.

유림	은아야. 오늘 레슨 받는 날인데..

유림 은아의 방으로 들어온다.
은아는 유림을 등지고 방에 가만히 누워있다.
은아를 쳐다보던 유림. 쟁반을 책상위에 놓으며,

유림	레슨도 다시 받고, 학교도 다시 가고.... 친구들도 만나고.....얼른 그렇게 해야..
은아	......
유림	아니면...엄마랑 어디 여행갈까? 제주도 가고 싶어 했잖아. 내일이라도 갈까?
은아	엄마...
유림	응. 그래. 은아야.

은아   ....그렇게 하면...아무 일도 없었던 거처럼...그렇게 하면...
유림   ......
은아   나는 정말 아무 일도 없는 게 되는 걸까...

더 이상 말을 잇지 못하고 방에서 나가는 유림.

방에 누워있는 은아.
책상 위의 휴대폰에 문자가 온다.
은아, 몸을 일으켜 휴대폰을 집는데.. 동영상 멀티메일이다.
액정을 열자 동영상 메일이 플레이 된다.

문자
〈잘 나왔지? 지금 오면 이거 지우고 안 오면 인터넷에 뿌린다 ㅋㅋ〉

은아가 독서실 옥상에서 강간당할 당시의 휴대폰 동영상이다..
비명을 지르는 은아..
방 안에서 들리는 비명에 깜짝 놀라는 유림.

유림   뭐.. 뭐야..! 은아야! 무슨 일이야!?
           (걱정이 되어 방문을 열려하지만 잠겨있고) 문 좀 열어 봐! 무슨 일이야!

갑자기 아무 소리도 들리지 않는다.

은아, 책상위의 커터 칼을 집어 든다.
잠시 후, 방문이 열리더니 외출복으로 갈아입은 은아가 첼로 가방을 들고 나온다.

은아   레슨 다녀 올 거야.
유림   ..은아야. 지금...?
은아   ...

66. EXT 거리 (오후)

잔뜩 겁에 질린 은아의 표정.
집을 나선 은아, 철길을 건너 박준이 문자로 알려준 집을 향해 가고 있다.

자신의 집을 다시 한 번 돌아본다.
은아의 핸드폰으로 계속해서 오는 박준의 문자.

문자
〈스타노래방 지나서. 사거리에서 오른쪽으로 돌아서 올라와〉

눈물이 그렁그렁한 눈으로 길을 올라가는 은아.
그런 은아의 맞은편, 순찰 경찰관 두 명이 대화를 나누며 걸어오고 있다.
차마 말은 꺼내지 못한 채 눈물이 그렁한 눈으로 경찰들을 바라보는 은아.
하지만 경찰들은 그런 은아를 평범하게 지나쳐 간다.

문자
〈아 씨발 빨리 안 오냐?〉

민구의 집이 있는 빈촌 골목으로 들어선 은아.
널려있는 쓰레기, 가난의 흔적이 묻어 있는 오래된 담벼락.
은아는 이곳의 풍경이 낯설기만 하다.
잠시의 망설임, 주머니 속의 커터 칼을 꼭 쥐어보는 은아.
골목 안으로 들어선다.

67. EXT 빈촌 골목 / 민구의 집 (오후)

은아..어느 빈촌의 막다른 골목에 서있다.
계속 문자가 온다.

문자
〈 E동으로 와〉

문자에 있는 E동 앞에 있는 집 앞에 도착한 은아, 주머니의 커터 칼을 다시 꺼내본다.
그때, 집 문이 삐걱 열리며 박준이 나온다.
피식 웃는 박준.
커터 칼을 숨기는 은아.

박준   들어와.

은아 주춤거리며 뒤로 물러나자.

박준   (조심스럽게 주변을 둘러보고는) 들어 오래니까.

힘을 주어 은아를 끌고 들어간다.

cut to.
스마트 폰으로 찍은 거친 화면이다.
낄낄거리는 놈들의 목소리.
은아가 커터 칼을 어설프게 휘두르며 반항하고 있다.

은아   동...동영상 내놔!!

커터 칼을 꺼내든 은아의 모습을 보고 겁을 먹기는커녕 오히려 더 재밌어 하는 아이들

민구   어이구 씨발 무서워라.

오히려 은아에게 다가와 은아의 머리를 툭툭 때리며 더 약 올리는 아이들. 눈에 가득 눈물이 고이는 은아.
눈을 딱 감고 휘두른 커터 칼에 민구의 손이 베인다.

민구   아! 이런 씨발 년이 진짜 뒤질라고..

화가 났는지 은아의 뺨을 세게 때리는 민구, 뺨을 맞은 은아는 힘없이 나뒹군다.

암전.
한 점의 빛이 드리워진 어두운 골방 민구의방 안이다.
어두운 골방 안에 누워있는 여자는 은아다.
은아의 입을 틀어막고 있는 누군가의 손.
은아는 누군가에게 제압되어있는 상황.
씩씩거리는 놈의 숨소리가 들린다.
그러나 은아의 부릅뜬 눈은 확연히 보인다.
의식이 있는 것인지 무언가를 응시하는 것인지는 알 수 없다.

68. INT 낡은 상가 (오후)

민구네 동네 입구의 낡은 상가가 보이고...
상가안의 공중 화장실.
은아가 뒷모습을 보이고 서있다.
거울을 노려보는 은아.
거울 속 은아.
자신의 머리카락을 커터 칼로 뭉텅이로 쓸어버린다.
무표정한 은아.
몇 번 더...

69. INT 유림의 아파트 (오후)

끼익-
문 여는 소리 들리자 돌아보는 유림.

유림   어, 은아 왔.. (흠칫 놀라는) 왜 이렇게 늦었..

머리를 산발로 깎고 첼로가방을 든 은아가 서있다.
천천히 자기 방으로 걸어 들어가는 은아.
당황하여 은아 행동만 주시하는 유림.
은아가 방으로 들어가자 유림이 쫓아가지만 이미 방문은 잠겨 있다.
방문을 거칠게 두드리는 유림.

유림   은아야, 무슨 일이야, 문 좀 열어봐 은아야!!

쾅! 쾅! 쾅! ....
지잉-톱니바퀴소리가 들린다.

70. INT 커피전문점 (오전)

인테리어 공사가 진행 중인 커피 전문점.

유림이 인부들에게 심하게 화를 낸다.

유림   (신경질적인) 거기 말고 이 쪽이라고 몇 번을 말해요?! 정말 이렇게 밖에 못 해요?

머쓱한 인부들.

유림   됐어요, 오늘은 그냥 이만 하세요. 다들 그만 돌아가시라구요.

71. INT 혜수의 오피스텔 (밤)

유림의 전남편이 거실에서 푸쉬-업을 하고 있다.
샤워실에서는 쏴아- 물소리가 들리는데..
딩동- 딩동-

혜수(소리) 자기가 나가줄래? 응?

문을 열고 있는 전남편 눈이 휘둥그레져있다.
문 앞에 서있는 것은 유림.
뒤늦게 나타난 혜수는 나이트가운 차림이다.

전남편   (당황한) 무.. 무슨 일이야, 이 시간에.. (혜수에게) 들어가 있어.

유림   당신 만나러 온 거 아니야. (혜수에게) 잠깐 시간 좀 내줄 수 있어요?
혜수   ..저를요?
유림   밖에서 봐요. 기다릴게요.

72. EXT 혜수의 오피스텔 / 주차장 (밤)

차안에 앉아있는 혜수와 유림.
두 사람 사이에는 적막이..

유림	본론만 얘기하죠. (한숨) 내게 어떤 문제가 생겼는데 당신이 도와줬으면 좋겠어요.
혜수	..
유림	난 지금 소송을 준비하고 있어요. 나는 지금 전문가가 필요해요. 당신이 내가 아는 전문가이고.. 소송에 따르는 비용은 정상적으로 지불할 겁니다.
혜수	..무슨 일이 있으신가요?
유림	지금부터 내가 하는 얘기는.. 그 사람이 모르게 해줬으면 좋겠어요.. 자존심 상하는 일이니까..
혜수	왜.. 저죠?
유림	당신이 내가 아는 유일한 여자 변호사이고.. 내 이혼 소송으로 당신이 유능한 걸 알았기 때문이죠.
혜수	...잘 모르겠네요. 우리가 어울리는지...
유림	..그 사람 만난 지 얼마나 됐죠?
혜수	..2년 정도.. 전 못 하겠어요.. 죄송해요.
유림	(서늘하게) 아직 잘 모르나본데.. 이건 부탁이 아니라 일종의 요구야. 왜냐하면.. 당신이... 내가 그와 갈라서지 않았다면.. 이런 일이 없었을 테니까..
혜수	...
유림	...
혜수	..어떤 결과를 원하시나요?
유림	(단호하게) 사형이요... 전부 다.

73. INT 혜수의 오피스텔 (밤)

답답한 얼굴 표정으로 무언가 바라보는 전남편.
혜수다.
혜수가 소파에 털썩 앉는다.

전남편	..너 돌았니? 그 여자가 누군데 니가 변호를 해! 나를 망치고 싶어?!
혜수	나도 잠시 생각할 시간이 필요해.. (일어나서 방으로 들어가 버리는)

74. INT 유림의 아파트 / 욕실 (오전)

욕조 안에 무릎을 감싸고 앉아있는 은아.
얼굴이 멍하다.
유림이 욕실 문을 열고.

유림	은아야..
은아	...
유림	은아야.. 우리, 수민이 하고 맛있는 거 해 먹을까?
은아	..
유림	내일 우리 장 보러 가자. 응?
은아	그냥.. 우리끼리만 했음 좋겠어..
유림	그래, 그러자. 우리 끼리 재미있게 하자.

유림의 전화벨이 울리고..

유림	여보세요?
교감 선생(소리)	이거 보세요, 은아 어머니.
유림	누구세요?
교감 선생 (소리)	저 교감입니다. 아니, 뭐 이런 일로 학교 망하게 할 일 있습니까?
유림	무슨 말씀이세요? 우리가 뭘 어쨌다구요.
교감 선생 (소리)	방과 후에 그런 거라면서요!
	독서실에서 일어난 일을 가지고 왜 학교에서 책임져야 합니까? 예?
유림	뭐라구요?
교감 선생 (소리)	학생 행실을 책임지는 건 부모입니다. 학교가 아니고! (전화 끊는)
유림	여보세요!!

끊어진 전화기를 들고 멍하니 서있는 유림.

75. INT 검사 사무실 (오전)

담당검사와 마주 앉은 유림.

검사	다시 말씀드리지만..정상적인 판례로는 어렵습니다.
	강간죄에 대한 입증도 그렇지만 가해자들이 청소년들이라..
유림	교감이라는 사람이 막말을 하더군요.
검사	학교 측에서는, 그 학생들을 어떻게든 졸업시키려고 하겠죠.
	안 좋은 소문이라도 돌면 골치 아파 질 테니까.
유림	그러니까 역시 법으론 어렵겠다는 말인가요?

이때, 문을 벌컥 열고 들어오는 전남편.

전남편	(유림을 보고) 당신 뭐야!
유림	내가 뭘.
전남편	(화난) 왜 알리지 않았어?! 너 나를 어떻게 보고.. 너 나 무시하니? 응?! 나 그 애 아빠야. 아빠라구! 도대체 애를 어떻게 간수 한 거야?! 은아 지금 어딨어?! 어딨냐구?!
유림	(서늘하게) 지랄 하지마, 이 새끼야.
	(일어나며) 니가 우릴 내팽개치지 않았으면 이런 일도 일어나지 않았어. 니가 그 새끼들하고 다른 게 뭐야? 너도 공범이야.. 공범..

유림, 나가버린다.
침묵하고 있는 검사, 분이 안 풀리는 전남편.

76. EXT 동물병원 / 시내도로 (오후)

유림은 강아지 오키가 치료받는 것을 거들고 있고, 모자 쓴 은아(또는 단발머리)는 갓 태어난 강아지를 내려다보고 있다.
은아를 건너보는 유림.
유림의 시점으로 보이는 은아...
은아 내려다보고 있다.
은아의 시점으로 보이는 꼬물꼬물 아장거리며 걷는 새 생명들...
동물병원에서 강아지를 데리고 나오는 모자 쓴 은아(또는 단발머리).

유림은 길가에 세워진 차를 리모컨으로 삐삑-
유림의 차로 이동하며,

시내를 달리고 있는 유림의 차,

유림　　　심장 사상충이란 게 무서운 거구나. 안 걸리게 조심해야겠어.
　　　　　(강아지를 보며) 그렇지 오키?

하며, 은아를 살피는데..
은아, 강아지를 만지작거리며..

은아　　　엄마.
유림　　　(운전하는)응?
은아　　　우리 오키 예쁘지.

유림　　　그럼, 예쁘지.
은아　　　(웃음) 똥만 안 먹으면 최고의 강아진데.. 그치?
유림　　　..
은아　　　나 있지.. 생각해 봤는데.. 우리 오키한테는 내가 없음 안 되는 거 같애..
　　　　　내말 맞지..?

은아를 보고 눈물이 핑 도는 유림.
유림, 눈물 닦으며 웃어 보인다.
유림, 애써 웃어 보이는데 자꾸 눈물이 나는 건 어쩔 수 없다.
띠리링-
은아의 휴대폰이 울린다.
운전하느라 바쁜 유림.
은아, 유림을 멍하니 바라보더니.. 손을 벌벌 떨며 휴대폰을 꽉 잡는다.
수신번호엔 '박준' 이 뜨기 때문.
잠시 후, 전화를 받는 은아, 갑자기 눈물을 주룩 흘리는 은아.
고개를 돌린다.

은아　　　......여보세요
박준(소리)　야, 3탄 찍어야지.

은아 당황해 전화를 끊어버린다.

은아의 휴대폰 메시지 온다. 〈전화 끊고 지랄이야 뒤질라고, 내일 또 와라〉

은아 (울먹이며 정면을 보는) 엄마.. 나.. 갑자기 아빠가 보고 싶어..
유림 응? 지금..?

77. INT 유림의 아파트 (오후)

은아가 소파에 멍하니 앉아있다.
유림은 어질러진 집을 이제야 치우느라 정신이 없다.
귀에는 휴대폰을 대고 손과 발은 바쁘다.

유림 (안절부절) 아빠가 바쁜가봐. 연락이 안 되네.
엄만, 장 보러 나갔다 와야 할 것 같애. 같이 갈래?
은아 아니..

78. EXT 시내도로 (오후)

차를 타고 달리는 유림.
아직도 전남편은 전화를 받지 않는다. '전화를 받지 않아 소리샘 퀵 보이스로..'

유림 부탁이 있어. 이건 꼭 들어 줘야 돼. 은아 부탁이야.. 오늘 저녁..

79. INT 케익하우스 (오후)

케익 들을 보고 있는 은아.

종업원 초는 여기 있구요. 케익에는 뭐라고 써 드릴까요?
은아 (고개를 숙이고 있던)..... 저, 제가 직접 써도 되나요?

페이드 아웃 -

80. INT 유림의 아파트 (밤)

장을 본 유림이 집으로 돌아온다.
베란다 창이 열려 바람이 들어온다.
창문을 닫는 유림.
유림은 갑자기 이 집이 낯설다.

유림   은아야, 엄마 왔어. 은아야....

은아의 방문을 여는 유림.
은아가 없다.
욕실에서는 물이 틀어진 소리가 들린다.
끼이익-욕실문을 여는 유림.

유림   은아야..!!!!

짐승의 포효와도 같은 유림의 울음소리가 울려 퍼진다.
은아가 붉은 욕조에 옷을 입은 채 손목에 피를 흘리며 죽은 듯 쓰러져있다.
욕실 바닥에는 은아가 가지고 나갔지만 차마 쓰지 못했던, 그 커터 칼이 떨어져있다.

짧게 페이드 아웃 -

허겁지겁 욕조에서 은아를 들어 올리는 유림.
안절부절 하던 유림, 은아를 끌어올린다.
욕실바닥에 눕혀진 은아의 가느다란 손목에서 피가 계속 흐르고 있다.
유림 잠시 어쩔 줄 몰라 한다.
유림 수건을 가져오고, 급하게 은아의 손목을 감싸며 지혈을 한다.

유림   은아야, 은아야! 엄마야 엄마 말 들려?!
cut

81. INT 유림의 아파트 / 엘리베이터 - 주차장 (밤)

유림 정신이 없다.
엘리베이터 열리자 은아를 업은 유림이 허겁지겁 들어온다.
지하층을 누르자 엘리베이터 운행을 시작한다.

유림   은아야, 은아야. 엄마 말 들려? 은아야 제발 대답해봐..제발..

힘겹게 눈을 뜨는 은아.

은아   엄마...
유림   은아야.

엘리베이터 열리자마자 튀어 나오는 은아를 업은 유림, 허둥지둥 차를 찾는다.

유림   차, 차가 어디 있지?

두리번거리던 유림, 결국 힘에 겨워 은아를 업고 엎어지고. 유림 다시 일어선다.

cut

82. EXT 유림의 차 / 시내도로 (밤)

달리는 차, 운전하는 유림.
옆자리의 은아, 유림 정신이 없다.
퇴근길이라 막혀있다.
빵빵-. 신경질적으로 크랙션을 울리는 유림. .

유림   은아야....정신차려봐
은아   어..엄....마. 울지..마

은아를 보는 유림, 마른 울음이 나온다.
은아의 손목에서 피가 계속 솟아올라 적잖이 당황하는 유림.

유림   은아야 팔을 심장보다 높이 올려야 돼.

83. INT 은아의 병원 / 응급실 (밤)

응급실.
이동 침대로 급하게 옮겨지는 은아, 산소호흡기가 씌워지며 의료진들이 들러붙는다.
유림을 은아에게서 밀어내는 의료진.
은아의 동공을 살펴보는 응급의.

응급의1   **눈떠 볼래? 내말 들려? 이름이 뭐야?**

잠시 눈을 뜨는 거 같은 은아, 그러나 이내 힘겨운 듯 눈을 감는다.

유림   **은아야!**
간호사   **보호자 분은 잠깐만요. 저희가 일을 할 수 있게 잠깐만요.**

하며 다시 유림을 밀어낸다. 은아의 상태에 극도의 혼란을 느끼는 유림.

cut
응급 처치실.

응급의1   **과다 출혈이야. 혈압이 거의 안 잡혀. 피를 너무 흘렸어.**
                1시간째 심폐소생술중이다.
콧줄이 꿰어지고 주렁주렁 의료장비가 은아를 감고 있다.
처치실 바로 옆 보호자 대기실.
유림은 눈물과 은아의 피로 제정신이 아닌 모습이다.
유리창 너머 처치실을 보며 간절하게 두 손을 잡고 기도하는 듯 불안한 모습의 유림.

유림   **하나님, 우리 은아 그냥 주세요. 그냥 조금만 더 데리고 있을게요.**
                더 이상 때 안 묻히고 데리고 있을게요.

이제 은아는 어떤 반응도 없다.
고스란히 응급의가 가슴에 가하는 압력을 받고 있다.

응급의1   블러드! 그냥 쥐어짜! 그냥 들이부으란 말이야!

애절하게 심장을 압박하는 응급의.
갑자기 어디선가 삐이--------하는 날카로운 소리 들린다.
올 것이 오고야 말았다는 표정의 응급의.
몇 번을 더 심폐소생술을 해보던 응급의, 힘이 빠지는 거 같다.
계속 울리는 바이탈 싸인.
삐이-----------------------------------

허탈한 다른 응급의2., 은아의 눈을 작은 후레쉬로 비쳐본다.
손목의 시계를 보더니,

응급의1   몇 시야?
응급의2   ...20시20분...

대기실.
응급의1, 그리고 유림. 천천히 일어선다.

응급의1   20시20분...에 사망하였습니다.
유림   네?

그 말에 픽-, 의식을 잃고 쓰러지는 유림.
블랙-
유림의 꿈-
밤.
하얀 자전거의 바퀴살이 달빛을 받으며 낭만적으로 돌고 있다.
유림 앞자리에 있고, 은아가 목욕가방을 든 채 뒷자리에 앉아있다.
모녀의 젖은 머리가 바람에 날린다.

유림   야, 은아. 너 살 좀 빼야겠다. 이제 너 무거워서 못 싣고 다니겠다.
은아   엄마!
유림   이 동네 찜질방이 더 좋다. 그치?

유림의 등에 코를 박으며 냄새를 맡는 은아.

은아   음..아- 난, 엄마 냄새가 제일 좋아.

유림   (휘청거리며) 야, 조심해~ 엄마 거기 성감대야~.

서서히 감은 눈을 뜨는 유림.
보이는 천장이 낯설다.
여기는 병원 응급실의 한 구석이다.
벌떡 일어나는 유림.
허청허청 은아가 있는 처치실로 간다.
커튼을 열자 은아가 있던 침대가 비어있다.
의료진, 어디선가 다가와,

의료진   환자는 저쪽에 있습니다.

은아한테로 가는 유림.
도저히 걸음 옮기기 어렵다.
부축하는 의료진도 난감하다.
가려져 있던 커튼을 걷어내자 은아가 낯설고도 싸늘하게 있다.
시트가 얼굴까지 씌워져있다.
은아에 다가가는 유림.
표정이 없다.
떨리는 손으로 시트를 천천히 내린다.
뒤따라온 의료진이 걱정되어 유림을 부축한다.
은아를 천천히 내려다보던 유림, 은아의 약한 팔목에 미처 떼지 못한 링거바늘을 본다.

유림   이거. 이거 좀 떼 주세요. 이거 좀 요.

의료장비가 떼어지는 은아. 장비를 떼고 시트를 얼굴에 씌우려하자

유림   덮지 마세요. 그거! 덮지 말란 말이예요.

뻘쭘한 의료진들 밖으로 나간다.
죽은 은아의 얼굴에 자신의 얼굴을 대어보는 유림.
머리를 쓰다듬는 유림.
드디어 유림의 깊은 곳에서 새끼 잃은 어미의 울음이 나온다.

84. INT 은아의 병원 / 시체 안치소

인서트
비가 오는 도시의 풍경. 평소와 다를 바 없이 평화롭다.

웡- 하는 대형 냉장고 진동 소리가 들려온다.
화면 밝아지면, 검은 상복을 입은 유림 혼자 은아의 시신 앞에 앉아있다.
아무도 없는 고요한 시체 안치소.
멍한 눈을 한 유림.
그녀가 바라보는 곳은 은아의 머리다.
흰천으로 덮여 있는 있는 은아의 시신.
짧은 머리가 안쓰럽게 보인다.

똑똑똑-
오형사가 들어온다.
차마 말을 꺼내지 못하는 오형사.

유림	우리 은아, 혼자 있는 거 싫어해요. 그래서 여기 있는 거예요.
오형사	........항소 일정이..
유림	은아가 이렇게, 이렇게 힘들어 하고 있었는데 그걸.... 몰랐어요. 엄마인 내가....그 재판.. 무르고 싶어요.
오형사	네..?
유림	가능한가요?
오형사	.....

85. INT OO화장장 (오전)

사제의 선창으로 찬송가 소리 들리고,
은아를 담은 관이 불구덩이 속으로 천천히 들어간다.
순간, 소리는 내지 않고 눈물을 흘리고 있던 유림 오열하며 관을 붙잡으려 울음을 터트린다.
전남편이 유림을 부축을 해준다.
이글거리며 타오르는 관, 유림의 눈동자에 비치는 은아의 관.
O.L

화장장은 울음바다.
거의 실신 상태인 유림.
오 형사도 이를 안타깝게 지켜본다.

86. EXT 강변북로 (오전)

드르륵.드르륵.
은아의 얼굴이 떨고 있다.
화면으로 보고 있는 것은 은아의 영정이다.
단체사진에서 급하게 확대해 만든 은아의 영정.
흔들리는 장의버스
뒷자리에 앉은 유림, 은아의 영정을 안고 있다.
전남편은 유림의 옆에 떨어져 앉아있다.
시선은 강변북로의 풍경을 보고 있다.
시외로 빠지는 장의버스.
유림이 탄 장의버스 뒤로 오형사의 승용차가 뒤따르고 있다.
휴대폰이 울리자 받는 유림.

유림	네..
간호사(소리)	김유림님이시죠? 미즈메디 병원인데요. 지난번 검사 결과가 안 좋게 나와서 병원에 오셔서 정밀검사 일정 잡으시는 게...
유림	잘 못 거셨어요.

무표정하게 전화 끊는 유림.

87. INT 유림의 아파트 (오전에서 오후)

은아의 신발과 슬리퍼가 보이고, 현관문이 열리며 유림의 발이 들어온다.
은아의 영정을 안고 있는 유림 선뜻 들어가지 못한다.
유림의 시선으로 보이는 거실이 휑하다.
은아가 없는 거실이다.

오키는 은아가 없는 게 이상한지 쿵쿵 작은 방울소리를 울리며 거실을 헤집고 다닌다.
석고상처럼 꼼짝 않고 앉아있는 유림의 모습, 멀리 전철 지나가는 소리 들린다.
거울 속 유림.
해의 움직임에 따라 유림의 그림자도 움직인다.
적막한 집 안.
정시를 알리는 뻐꾸기 시계소리가 울린다.
띠리링~
유림의 휴대폰 문자 알림소리 울린다.

문자
〈 고객님의 생일을 축하 합니다. -00생명〉

힘없이 휴대폰을 닫으며 일어서는 유림 일어나며-,

핏빛 욕조의 물이 소용돌이치며 빨려 들어가고 있다.
소용돌이를 멍하니 보고 있는 유림.
욕실이다.
어느새 유림이 피 묻은 욕조와 욕실을 말없이 닦아내고 있다.
속울음을 삼킨다.

주방.
유림 냉장고를 연다.
낯선 케익 상자가 눈에 보인다.
케익 상자를 꺼내 열어보는 유림.
' D'ont cry mommy ' 라는 글씨가 선명히 적혀있다.
은아가 엄마를 위해 준비한 케익이다.
유림 털썩 무릎을 꿇는다.
케익을 바라보다 하염없이 오열을 하는 유림.

베란다.
은아의 교복 등.. 옷가지가 빨래 대에 걸려있다.

88. INT 유림의 아파트 / 은아의 방 (오후)

은아의 방문이 열리고 유림이 들어온다.
은아의 옷들을 들고 방으로 들어오는 유림.
은아 옷을 옷장에 가지런히 넣는다.
유림, 책상위의 자전거 탄 은아 사진을 어루 만진다.
그리고 은아의 아이폰을 본다.
은아의 휴대폰을 만지작거리는 유림.
유림과 나눈 문자들을 확인하는 유림...

〈오늘은 수민이랑 알아서 갈게, 엄만 안 와도 돼 ^^; 〉

유림, 또 눈물이 나고.
유림, 그렇게 은아의 문자들을 보는데 수신문자에 지독한 문자들을 보게 된다.

〈지금 나와라. 너네 엄마한테 이거 보내기 전에〉
〈전화 끊고 지랄이야 뒤질라고, 내일 또 와라〉

급격하게 변하는 유림의 얼굴.
무슨 생각이 들었는지 급하게 휴대폰을 조작한다.

〈화면 빨 좋더라. 인터넷 올리면 ㅋ.ㅋ.ㅋ.〉

그리고 동영상 멀티메일을 보게 되는데... 끔찍한 동영상이 플레이 된다.
화면-
어느 놈의 등이다.
그 너머로 보이는 은아!. 유림이 한 번도 보지 못한 은아의 공포에 짓눌린 눈동자다.
은아의 입에는 청 테이프가 붙어있다.
거친 화면으로 놈들의 낄낄거리는 소리 가득하다.
독서실 옥상에서 찍은 그때이다.
보낸 놈은 박준.
그리고 또 다른 동영상의 마지막 부분, 옥상에 올라와 그 모습을 목격하는 수민이 보인다.
낄낄 거리는 아이들의 웃음소리가 들린다.
급격하게 변하는 유림의 표정.
뒤이어 들리는 은아의 목소리 '엄마...'

다른 동영상 속에서 들리는 놈들의 목소리

박준   야, 깽깽이 좀 신나게 해봐

화면 속에 은아는 첼로를 세워놓고 있다.
장소로 보아 한민구의 집이다.
하지만 입을 앙다문 은아.
은아의 뺨을 얄밉게 두어 대 때리는 민구.

박준   해보라고.

입을 꼭 다문 은아, 은아의 눈에서 눈물이 흐르는 것이 보인다.
은아, 연주를 시작한다.
조한에게 보내던 그 곡이다. 리스트의 리베스트럼(사랑의 꿈).

민구   야, 눈을 봐야지. 여기 카메라를 보란말이야..ㅋ.ㅋ.ㅋ

유림   아아아아악!!!!

핸드폰을 움켜쥐고 비명을 지르는 유림.
바닥에 몸을 구르고 미쳐 나뒹구는 유림.
가슴을 쥐어뜯고 자신의 얼굴을 때리는 유림은 짐승처럼 울고 있다.
핸드폰을 벽에 내동댕이쳐버리려다가 순간 멈추는 유림...
부들부들 떨리는 손으로 핸드폰을 다시 열어본다...
그리고, 다시 은아가 첼로 연주하는 동영상을 돌리는 유림.
은아가 연주하는 첼로소리가 들려오고....
가슴을 찢는 모습들 속에....유림, 집밖으로 뛰어나간다.

89. INT 유림의 아파트 / 지하주차장

덜덜 떨리는 손으로 차 시동을 거는 유림, 악셀을 밟는다.
유림의 차가 부웅 튀어나가며 주차된 앞 차를 텅 박는다.
앞차에서 삐익삐익 경보음이 울리고...

정신이 빠진 유림이 다시 후진을 하다가 뒤의 차도 박아버리면 뒤의 차도 경보음을 울려 댄다. 주차장 안이 온통 경보음으로 떠나갈 거 같은 가운데...
그대로 운전대를 잡고 움직이지 않는 유림.
은아의 핸드폰을 다시 연다.
유림의 손이 덜덜 떨린다.

〈지금 나와라. 너네 엄마한테 이거 보내기 전에〉
〈전화 끊고 지랄이야 뒤질라고, 내일 또 와라〉

동영상을 보낸 발신인 " 박준 " 을 뚫어져라 바라보는 유림.
유림의 손가락이 통화버튼 위에서 멈춰서 떨리고 있다.
경찰서에서 킬킬거리던 놈들의 얼굴이 하나씩 떠오르고...그리고...
그때, 빵빵 울리는 경적, 길을 막아선 유림의 차 앞에 막 들어온 차가 비키라고 또 경적을 울린다.

90. EXT 어느 거리 앞 도로 (오후)

유림의 차 옆에 마주 선 두 여자.
차들이 빠른 속도로 휙휙 지나가고, 유림과 수민이 마주 서있다.

수민   ...네?
유림   너, 그날, 옥상에 있었지??

예상치 못한 유림의 질문에 당황하는 수민, 금세 눈시울이 붉어진다.
유림의 질문에 대답하지 못하고 당황하는 수민.

유림   어서 말해봐 너 그날 옥상에 있었잖아?
수민   ...네

하며, 울음을 터뜨리는 수민에게 대답을 듣고 머릿속이 하얘지는 유림.

유림   그런데, 그런데 왜 얘기 안했니? 재판장에서 왜 얘기 안했어?? 왜!!!
수민   죄송해요. 아줌마..죄송해요!
유림   지금이라도 나랑 경찰서가자. 가서 다 말해!!

수민을 덥석 잡고 끌고 가려는 유림,
하지만 웬일인지 겁에 질린 듯 움직이지 않고 버티고 서는 수민.

수민　　　싫어요! 아줌마! 안돼요!! 안돼요...
유림　　　안되다니? 왜? 너 은아 친구잖아, 너...너도 혹시 그 놈들이랑...

수민　　　아니에요! 그건 절대 아니에요!
유림　　　그럼 왜 그러는거야? 응?!!
수민　　　(한참 흐느끼다가)......저도 걔네들한테 당했었어요
유림　　　뭐?!
수민　　　저도 은아처럼 걔네들한테 당했었단 말이에요, 너무 무서웠어요.

수민의 말에 충격을 받은 유림, 아무런 대꾸를 하지 못한다.

수민　　　죄송해요, 아줌마. 저도 너무 무서워요...정말 죄송해요...정말요.

유림, 서럽게 우는 수민을 바라본다.
가만히 수민을 안아주는 유림.....

수민　　　(목이 메어)죄송해요, 저도 너무 무서웠어요...정말요...
유림　　　...........그래 알았어. 수민아. 수민아, 울지마..수민아....
　　　　　(유림도 같이 울며) 무서워 하지마...
수민　　　... 저도 찍혔어요...걔네들이 ...말하면 인터넷에 다 돌린다구 ......(흐느끼는)
유림　　　수민아....걔네들.......어디 있어? 지금 ...

91. EXT 놀이터 (밤)

유림을 뒤따르는 카메라, 유림 누군가를 찾고 있다.
옥상 구석에 쭈그려 앉아 담배를 물고 바닥에 침을 찍.찍 뱉고 있는 박준과 그 외 양아치들을 보고 천천히 다가가는 유림.
녀석들은 담배를 나누어 피우며 낄낄거리고 있다.
다른 양아치들에게 무용담을 얘기하듯이 하는 박준.

박준   그래서 내가 이렇게 존나 돌려줬더니
       싫다던 년이 좋아하면서 아,아, 하면서 더 달라 붙더라
양아치1 구라까네, 그래서 그년 또 불러 낼거냐?

유림, 은아의 휴대폰으로 전화를 건다.
울리는 박준의 휴대폰

박준   여보세요?(꺼진다)?? 여보세요?

저벅저벅 다가오는 유림.
돌아보는 박준과 양아치들... 뭐야? 하는 표정이다.
유림, 분노로 떨리는 목소리를 억지로 가다듬으며

유림   니가 보냈지?

벙찐 녀석들.
박준이 일어나며.

박준   뭐야?
유림   니가 보냈지? 휴대폰 내놔.
박준   (기가 찬지 웃음) 참 나.. 씨발.. 아줌마 뭐야?

유림, 분노에 떨고 있다.

유림   ...(은아의 휴대폰을 내밀며) 니가 보낸 거 맞잖아?
박준   ..!.. (당황한 기색이 역력, 그러나 태연하게) ..아닌데요? 그게 뭔데요?
유림   그건 니가 잘 알겠지. 빨리 휴대폰 내놔!
박준   ...싫은데?

하고 실실 쪼개며 뒤에 양아치들을 돌아본다.
양아치들이 킬킬댄다.
모멸감과 분노가 치솟는 유림... 달려들어 힘으로 박준의 휴대폰을 뺏으려 한다.

유림   내놔! 내놔!
박준   아 씨발 이거 안놔? (유림을 밀치며) 아, 씨발 좆같네..

아줌마. (화가 치미는) 나 아니라고! 아니라고 이 미친년아!

철썩-
화가 난 유림이 박준의 따귀를 갈긴다.
순간적인 일에 어이가 없는 박준.
양아치들과 눈이 마주친 박준.
쪽팔리다.

박준   이런 좆같은...

유림, 박준의 옷가지를 움켜잡고... 박준의 휴대폰을 잡으려 달려든다.
유림과 반항하는 박준의 실랑이가 벌어진다.

박준   꺼지라고 미친 아줌마야!

병찐 박준이 계속 어쩔 줄을 모른다.
당황한 놈들이 박준을 계속 흘끔거린다.
결국 박준의 휴대폰을 뺏어내는 유림.

유림   너.. 이 휴대폰 경찰에 보낼 거야. 넌 평생 감옥 아니 지옥에 가게 될 거야. 알겠어?!
박준   ...

유림이 돌아서서 빠져나온다.
모멸감을 느끼는 박준   옆에 있던 각목을 들고 유림을 향해 달려간다.
각목으로 유림을 후려치는 박준.
피식 쓰러져버리는 유림.
쓰러진 유림을 두들겨 패며 소리치는 박준.
경악하는 한민구와 양아치들.
놈들도 서서 어쩔 줄을 몰라 한다.

박준   이 씨발년아! 야! 니가 또라이니까 니 딸년도 또라이지! 어?!!

기절한 유림을 계속 구타하는 박준.
휴대폰을 다시 뺏는다.
때마침, 건물경비원와 파출소 순경들이 호각을 불며 뛰어온다.

한민구와 양아치들은 박준을 놔두고 흩어진다.
박준도 쓰러진 유림을 두고 뒤늦게 도망치는데.. 파출소 순경에게 곧 잡히고 만다.
제압되어 쓰러지는 박준.

박준	놔! 놓으라고 씨발!

92. INT 유림의 병실 (밤)

인서트
창밖의 도시의 야경

유림은 창가에 서있다.
삐걱-
1인 병실 문을 열고 들어오는 오형사.
침대에는 아무도 없다.

오형사	괜찮으세요..?

오형사를 돌아보는 유림.
얼굴과 목에 멍이 시커멓다.

유림	잡았나요?
오형사	박준.. 그놈 맞죠? 그 놈 구치소 보내겠습니다.
	(주머니에서 종이를 꺼내며) 간단하게 진술서 작성하시면..
유림	애는 어떻게 되는 거죠?
오형사	이런 경우는.. 2주 정도 감방.. 가게 될 겁니다.
유림	(피식 웃음) 관두죠.
오형사	..네..?

유림	(서늘하다) 박준이 아니에요. 다른 아이였어요.
	아니.. 아이였는지 어른이었는지도 기억도 안 나네요..
오형사	무슨 얘깁니까, 이제와서.. 파출소 순경이 현장에서 붙잡았는데요.
유림	아무튼 아니에요. 그 애는.
오형사	벌주지 말자는 겁니까?

침대에 앉으며 웃음을 터트린다.
약간 정신이 나간 것 같기도..

오형사　　　(안타깝게) 개한텐 왜 찾아간 거예요?

대답하지 않은 채 깔깔거리고만 있는 유림.
유림 뭔가 변했다.

93. INT 경찰서 / 취조실 (밤)

박준의 수갑을 손수 풀어주는 오형사.

오형사　　　운 좋은 줄 알아, 임마. 그 아줌마가 너 살려 준 거야.
박준　　　..

94. INT 유림의 병실 (오전)

가해자 박준의 아버지.
유림 앞에 꼬깃한 봉투를 내놓는다.
폐인 같은 유림이 이를 보고.

유림　　　뭐죠?
박준 아버지　　고소도 취하해주시고 그냥 지나칠 수도 없어서.... 받아 주이소..
유림　　　이거.. 도로 가져가세요. .쓸 일이 있을 거예요.

박준 아버지　　..예?

95. EXT 복개천 둔치 (밤)

복개천 둔치에서 오토바이를 세워 놓고 양아치들과 까불고 있는 박준.

범생이 학생 둘에게 돈을 뺏고 있다.
그 모습을 건너편 자신의 자동차 안에서 무표정하게 바라보고 있는 유림.

cut to

박준, 친구들과 인사를 나누고 오토바이에 올라타 출발한다.

96. EXT 시내도로 (밤)

거리를 달리는 박준의 오토바이.
그 뒤를 따르는 차가 있다.
유림의 차다.
요란한 오토바이를 타고 승용차 사이를 곡예를 하듯 경망스럽게 빠져나가는 박준.
다른 승용차들의 불만에는 아랑곳없다.

97. EXT 지하주차장 (밤)

지하주차장에 박준이 들어온다.
사람이 없는 것을 확인하더니 박준, 오토바이를 구석에 세워둔다.
유림의 차가 조용히 들어와 멀찍이 선다.
박준, 주머니에서 드라이버를 꺼내어 주차되어 있는 차들을 흘끔거린다.
차 안에서 이 모든 걸 지켜보고 있는 유림.
박준이 고급차 앞에 서더니, 단 2초 만에 차문을 연다.
네비게이션과 차 안에 있던 현금 등을 챙기는 박준.
한 대 더 할까 하는 모양으로 다른 차를 또 여는 박준.
박준이 네비게이션 따위를 들고 뒤돌아서는데.. 유림이 서있다.
깜짝 놀라는 박준.

박준	어..?!
유림	아직 대답 할게 남았지?
박준	...에이 씨발. 진짜
유림	니가 그랬잖아?

단 둘이 있으니 유림의 기세에 눌리는 박준.

유림   괜찮아.. 대답해 봐. 어차피 우리 은아.. 죽었어..
박준   !!!...
유림   누가.. 우리 은아 다시 불러냈니? 누가 다 꾸민거니?

박준   (흠칫 놀라지만 태연한 척) 뭐라구요?
유림   그 동영상.. 누가 만들었어? 또 누가 가지고 있니?
       너 말고 누가 또 동영상 가지고 있는 거야?
박준   (짜증) 왜 자꾸 나한테만 지랄이야! 아 씨발.. 좆같네..
유림   ....
박준   씨발년 하나 잘 못 건드려서 진짜.. 동영상 보고 싶으면 야동 사이트 찾아
       보든가!
       왜 나한테 지랄이야! 그 병신 같은 년이....뒈지기 까지하구 완전 재수 없어
       서...
유림   ..!!!...

박준을 무섭게 한동안 노려보던 유림, 의외로 박준을 두고 저벅저벅 걸어 나온다.
이상한 박준.
유림이 사라지는 걸 확인한 후 오토바이로 가는 박준.

부웅-
박준이 오토바이를 몰고 주차장을 빠져나가려는 찰나..
퍼억-
유림이 차를 몰아 박준을 치고 지나갔다.
오토바이와 나뒹군 박준.
비틀거리며 일어나다가 다시 쓰러진다.
유림의 차는 지하주차장을 한 바퀴 돌아 쓰러져있는 박준을 다시 치어버린다.
핸들을 돌리며 지하주차장을 도는 유림의 얼굴, 울고 있다.
멈추는 유림의 차.
운전대를 잡고 선 유림이 차창 밖으로 죽은 박준의 시체를 넋 나간 듯 바라본다.
온 몸이 떨린다... 몹시 흔들리는 눈동자...
차문을 열고 천천히 내리는 유림이 비틀거리며 박준의 시체 앞으로 조금씩 다가간다.
흠칫 놀라는 유림, 자기도 모르게 터져 나오는 비명을 양손으로 막는다.
박준의 머리 쪽에 피가...
두려움과.... 서러움.... 분노.... 마구 엉킨 감정이 치솟는 유림, 울음이 터져 나오고...

정신이 드는 듯, 그 자리를 도망치려는 유림, 자신의 차로 막 돌아서는데...
신나는 최신 곡 벨소리...
멈춰서는 유림.
죽은 박준의 자켓 주머니에서 울려나온다.
돌아보는 유림... 그때, 윙윙윙~ 지하 주차장으로 차가 들어오는 소리가 들리고!
몸을 돌려 재빨리 박준의 휴대폰을 빼어들고 차에 오르는 유림.
울리는 박준의 휴대폰을 보면, 발신인 '조한' 이다.

유림   ...!!!...

들어오는 차의 헤드라이트.... 막 악셀을 밟고 도망치려는 순간, 들어오던 차는 유림의 차가 서 있는 라인이 아닌 다른 라인으로 이동한다.
유림, 서서히 그곳을 빠져나온다.
인서트
비가 오는 찻길을 달리는 유림의 차.

98. INT 경찰서 / 복도 / 비 (밤)

담배를 물고 자판기 커피를 들고 오는 바쁜 오 형사.
부하가 나타나 가십거리를 전한다.

송형사   그 왜 아시죠, 강간한 놈들.
오 형사   (귀찮은 듯) 누구.
송형사   아이.. 그 놈들 있잖아요. 무죄.
오 형사   (조금 당황)그 놈들이 왜? 사건 끝났잖아.
송형사   그 중에 하나가 죽었다고 연락 왔어요.
오 형사   !!!
송형사   뺑소니라는 데요?

오 형사, 담배를 마저 피우다가 갑자기 뭔가 생각났는지.
커피 잔을 던지며,

오 형사   .. 거기 어디야?

99. EXT 도로 갓길 / 비 (밤)

비가 내리는 8차선도로...씽씽 달리는 차들.
갓길에 세워진 유림의 차.
그 안에 유림이 운전대를 잡고 정신이 나간 사람처럼 멍하니 있다.
박준의 휴대폰을 열고 발신인 '조한' 을 보는 유림이 망설이다가 천천히 통화 버튼을 누른다.
걸 그룹의 컬러링이 울리고...

조한(소리)   야, 너 어디야?!

놀라 전화를 끊어버리는 유림.
유림, 얼굴에 경련이 인다.
또 이번엔 조한으로부터 박준의 전화벨이 울린다.
받지 않는 유림.
곧이어 '문자왔셔-문자왔셔-' 유치한 휴대폰 문자 알림 소리.

문자
〈씹냐? ....너 왜 그래? 죽을래?....!! 〉

치를 떠는 유림, 부들부들 떨리는 손으로 문자를 보낸다.

문자
〈 지하라서 끊긴다.... 어디서 볼까..??.-박준-〉

곧이어 오는 문자.

문자
〈11시까지 독서실 옥상으로 와라! -조한-〉

차창으로 투툭투툭 비가 거세진다.

100. INT 주차장 관리사무실 / 비 (밤)

오형사 일행들, 다들 비에 젖은 모습이다.
CCTV를 보고 있는 오 형사.
박준의 죽음을 지켜보고 있다.
밖에서는 현장검증이 이루어지고..

오형사   (CCTV를 가리키며) 잠깐만! 마지막에 차에서 내렸지 섰지! 돌려봐!

CCTV를 돌려보니, 박준의 시신 근처에 차가 섰다.
유림이 차문을 열고 나와 바닥에 떨어진 뭔가를 주워간다.
들어오는 부하형사.

오형사   저게 뭐야? 뭘 집어 간 거야?
송형사   저거 휴대폰 같은데요.
오형사   잠깐.. 나 다녀 올 데가 있어. 먼저 가있어. 일단 김유림, 수배 내리고! 알았지?

101. INT 유림의 아파트 / 비 (밤)

몹시 흥분한 표정의 유림.
이방 저방 다니며 무언가 닥치는 대로 마구 가방에 집어넣고 있다.
은아의 사진, 몇몇 옷가지...그리고.. 은아가 마지막으로 남긴 케이크...
케이크를 내려다보는 유림의 눈에서 뚝뚝 떨어지는 눈물....
그러나 무섭도록 차가운 그녀의 눈빛.
강아지 오키가 다가와 낑낑거린다.
집을 나서기 전, 마지막으로 집안을 다시 돌아보는 유림,
불이 꺼지며 어둠속에 잠기는 유림의 집.
애처로운 강아지 오키의 소리만....

102. INT 실내 수영장 / 비 (밤)

어푸-
연습을 끝낸 여자(유림으로 보이는)가 물 밖으로 몸을 내민다.
그런데 그 앞엔 어떤 남자의 검은 구두가..
여자가 물안경을 벗자, 유림이 아닌 수영강사임이 드러난다.

여자 수영강사	(남자를 올려다보며) ..누구.. 세요..?
오형사	김유림 씨라고 아시죠?
여자 수영강사	(어리둥절한) 네..
오형사	그 여자 지금 어디 있는지 모르십니까?

103. INT 혜수의 오피스텔 / 비 (밤)

담배를 피우고 있는 전남편.
답답한 오 형사.

오형사	상황이 아주 안 좋습니다. 혹시 연락 받은 적 아니, 최근에 본 적 있습니까?
전남편	.. 장례식 때 보고 못 봤습니다.
오형사	(한숨) 보시게 되면 연락 주십쇼.
전남편	아마 저한테는 연락 안 올 겁니다.

104. EXT 독서실 / 앞 / 유림의 차 안 / 비 (밤)

차창에서 눈물처럼 흐르는 빗물.
손에 앙중맞은 은아의 핸드폰을 내려다보고 있는 유림.
은아가 한민구의 집에서 첼로 연주하던 장면을 보고 있다.
라디오에선 '김희철의 영 스트리트'가 흘러나오고 있다.

| 라디오(소리) | 연애의 기초를 이루는 것. 일단 잘 뛰어야한다.
언제 어디서건 그 사람에게 달려 가야하니까. 그리고 많이 웃어야한다.
비록 그 사람이 다른 사람을 좋아하고 있다고 해도...맘에 두고 있는 그
사람이야기를..... |

유림의 휴대폰이 울린다.
발신은 오 형사다... 받지 않는 유림.
10:59에서 11:00가 되는 디지털시계.
라디오를 끄는 유림.
눈물을 닦으며 차에서 내린다.

105. INT 경찰서 / 비 (밤)

어수선한 경찰서 안.
전화를 하던 오 형사-

| 오 형사 | (버럭) 시끄러워! 전부 조용히 해! 관련된 애들이 누구누구였지? 박준, 한
민구. 그리고 또.. |

106. EXT 독서실 / 옥상 / 비 (밤)

비 내리는 옥상, 철컹- 소리가 나더니.. 사복 차림의 학생 하나가 들어온다.
옥상에 가만히 서서 도시를 내려다보는 조한, 핸드폰에 이어진 이어폰을 끼고 음악을 들으며 담배를 꺼내어 불을 붙이려는데..

유림 (소리) 윤조한?
조한 ..?

유림의 칼이 조한에게 겨누며 거칠게 밀어붙인다.
칼을 들고 벌벌 떠는 유림.
조한은 유림을 잘 알아보지 못한다.

조한   헉!

뒤로 물러나다 뭔가에 걸려서 털썩 쓰러지는 조한.
발목을 다친 거 같다.
유림이 조한을 내려다보며 서있다.

유림   나 누군 줄 알지?

금방이라도 죽을 것 같이 인상을 쓰는 조한.
유림을 가만히 올려다보다가 기겁하고 벽 쪽으로 물러난다.
떨면서 칼을 겨누고 다가가는 유림.

조한   아악.. 왜.. 왜 이러세요..?
유림   (휴대폰을 내밀며) 우리 은아한테..너도 그랬니..?

조한   (유림이 내민 휴대폰을 볼 경황이 없는) 으윽..
유림   (조한의 턱을 잡아 세우며) 똑바로 봐! 누가 처음 계획 한 거니?!
조한   모.. 몰라요..! 모른다구요..! 나.. 난.. 나도 피해자라구요..!
유림   ....(시선)
조한   애들이 시키는대로 했을 뿐이에요.. 정말이에요..
유림   누가.. 누가 시켰는데..?
조한   으흑흑.. 살려주세요..
유림   (고함) 누구냐구!
조한   다요.. 전부 다..
유림   ..
조한   은아.. 안 데리고 나오면.. 저 죽인댔어요..
           (유림의 다리를 붙잡고) 저, 죽기 싫어요..살려주세요..그렇게까지 할 줄은 몰랐어요..
           그렇게 될 줄은 정말 몰랐단 말이에요.. 정말.. 나쁜 놈들이에요.. 정말 잘
           못 했어요.. 살려주세요.. 네? 박준이 시켜서 한 일이에요..
유림   박준은 죽었어..
조한   (놀라며) 네..?
유림   한민구는 지금 어딨니? 그럼 한민구를 불러내..
조한   몰라요. 진짜 어딨는지 몰라요.
유림   전화 해. 한민구와 연락이 안 되면, 넌 죽게 돼.

조한, 와들와들 떨면서 옴짝달싹 못한다.
떨기는 유림도 마찬가지.

유림　　어서!

조한, 그제야 울면서 전화기를 꺼내는데.. 조한의 전화기 바탕화면엔 은아와 찍은 사진이.. 은아가 부끄럽게 웃고 있다.

유림　　..!!!...잠깐.. (조한에게 다가가자 움찔하는 조한) 그 사진...

유림, 눈물이 핑 돈다.
목이 메는..
조한의 핸드폰을 바라보는 유림....
유림을 올려다보는 조한.... 떨면서 입을 연다.

조한　　저 은아 싫어하지 않았어요.. 그냥.. 어쩌다 그렇게 되어 버린 거예요..
유림　　(화가 나서 칼을 조한의 목에 들이대는) 어쩌다? 어쩌다라구!!
조한　　살려주세요.. 잘못했어요.. 다신 안 그럴게요..
　　　　　민구, 한민구 때문에 그랬어요. 안 그러면 제가 한민구한테 맞아 죽었을 거예요.
유림　　.. (휴대폰 사진, 은아는 너무 행복한 표정.. 조한 얘기만 나오면 설레던 그 표정)

칼을 내려놓는 유림..

유림　　은아가 널 얼마나 좋아했는지 알아?

조한, 울음을 터트린다.
유림, 조한의 울음에 순간 머뭇댄다.

유림　　.....가.
조한　　네?
유림　　빨리 가. 맘 변하기 전에.

조한, 눈치를 보다 도망 치 듯 옥상을 내려간다.
옥상위에 혼자 남겨진 유림의 모습.

107. INT 혜수의 사무실 로비 / 비 (밤)

혜수가 로비를 걷고 있는데, 비에 젖은 오 형사가.

오 형사　　저기, 변호사님!

cut to
충격 받은 듯.

혜수　　..김유림 씨가 죽인 게 맞나요?
오 형사　　(고개 끄덕) 연락 주십쇼. 꼭 부탁드립니다.

108. INT 커피전문점 / 비 (밤)

유림의 커피전문점.
물론, 인테리어 공사 등 모든 것이 중단되어있다.
커다란 냉장고가 윙- 소리를 내며 돌아갈 뿐.
유림, 떨고 있다.
자신의 핸드폰을 보고 있다.
오형사와 전남편으로부터 수십 개의 부재중 통화와 문자가 와있다.
핸드폰을 닫는 유림.
냉장고를 여는 유림.
냉장고를 열어 Don't cry mommy 라고 쓴 케익을 꺼낸다.
한 입 베어 문다.
눈물이 흐르는 유림.

유림　　엄마가 미안해...미안해 은아야...

109. INT 경찰서 / 비 (밤)

유림의 사진이 박힌 인적사항이 인쇄되고 있다.
프린트된 종이를 들어 유림의 얼굴을 보고 있는 오 형사, 전화벨이 울린다.

유림 (소리)	저예요. 절 찾고 계시나요? 전화를 많이 하셨던데요.
오 형사	(한숨) 김유림 씨.. ..
유림 (소리)	..
오 형사	당신이 박준을 죽였습니까?
유림 (소리)	영원히 사는 사람은 없어요. 누구나 다 죽어요. 저도, 오형사님도 언젠가는.
오 형사	..
유림 (소리)	벌 받은 거죠.
오 형사	그 아이에게도 부모가 있습니다...김유림 씨! 사실은,,, 제가 수민이 아빠 됩니다.
	제가 어떻게든 도와드리겠습니다. 일단 저를 만나시죠.
유림 (소리)	설마..지금 범인들을 동정하시는 건가요? (전화 끊는)

110. INT 커피 전문점 / 화장실 / 비 (밤)

틀어진 수돗물 소리 들려온다.
거울 앞에 서있는 유림.
다른 사람처럼 표정이 없다.
잠그지 않은 수도에선 계속 물소리 들리고...
주머니에서 은아의 휴대폰을 꺼내는 유림.
유림의 얼굴로 파란 휴대폰의 L.E.D가 일렁인다.
그 밑에 박준이 은아에게 보낸 문자 중에 집의 위치를 설명하는 문자가 눈에 보인다.
다시 한 번 그 문자를 확인하는 유림의 떨리는 눈빛.
천천히 문자를 살펴보는 유림.
차가운 유림의 표정.

111. EXT 거리 (오전)

차를 천천히 몰고 가는 유림.
은아가 전에 박준 일당에게 불려갔던 그 길을 이제는 유림이 똑같이 따라가고 있다.
차를 천천히 몰며 문자에 나와 있는 설명대로 따라가는 유림.

문자
〈사거리에서 오른쪽으로 돌아서 올라와〉

은아가 이 길을 따라 그 놈들에게 불려갈 때의 심경을 생각하니 감정이 북받이는 유림.
이 모든 공간이 낯설다.
민구의 집이 있는 빈촌 골목 앞에 들어서는 유림의 승용차.
널려있는 쓰레기, 가난의 흔적이 묻어 있는 오래된 담벼락.
그 골목을 바라보는 유림의 표정.
다시 한 번 은아의 전화기를 열어 문자를 확인하는 유림.
그때 합의실에서 보았던 민구의 부모가 유림의 차 곁을 스쳐지나간다.
무표정하게 멀어지는 민구의 부모를 바라보는 유림.
그들이 멀어지자 다시 차를 몰아 골목 안으로 들어간다.

112. EXT 한민구의 집 / 앞 (오전)

문자
〈E동으로 와〉

유림은 문자에 설명된 대로 빨간 지붕이 있는 집 앞에 서있다.
그 집은 은아가 불려가 봉변을 당했던 그 집이다.
막상 집 앞까지는 왔지만 잠시 망설여지는 유림.
은아가 그랬던 것처럼 현관문 앞에 선 유림,
조심스럽게 귀를 문에 대보지만 집 안은 적막하다.
주변을 둘러보는 유림, 이른 시간이라 지나다니는 사람도 없는 거리.
혹시나 하는 마음에 문손잡이를 돌려보는 유림.
문이 잠겨있다.

113. INT 한민구의 집 (오전)

딩동-
컴퓨터로 동영상을 보고 있던 한민구.
부스스한 한민구가 문을 연다.

유림이 서있다.
모자를 쓰고 고개를 숙인 유림을 알아보지 못한다.

유림   **수도 검침 왔어요.**

조심스럽게 집 안으로 들어선 유림.
유림의 눈에 들어온 그 집의 풍경은 은아의 아이폰 동영상 속에 있던 그 집이다.!!
차마 안으로 들어가지 못하고 신발장에 서서 천천히 집안을 둘러보는 유림.
자신도 모르게 눈물이 흘러내린다.
한 손으로 자신의 입을 틀어막은 채 조심스럽게 집 안으로 한발 한발 들어가는 유림.
이 집안의 분위기, 냄새 모든 것이 역겹다.

싱크대를 열고 수도를 보는 시늉을 하는 유림.
식탁 의자에 앉아 유림을 보는 한민구.
긴장한 표정이 역력한 유림, 고개를 숙이고 서류철을 보며.

유림   **수도에는 이상이 없네요. 부모님은 안 계세요?**

하는데, 유림의 가슴 계곡이 드러난다.
놓치지 않고 보는 한민구.
침을 꿀꺽 삼킨다.

유림   **집 안에 누구 안 계세요?**
한민구   **(주위를 훑끔 거리더니) 없는데..**

한민구, 혼자 히죽댄다.
그리고 돌아선다.
자기 방으로 가는 민구.
민구, 하던 컴퓨터 게임을 다시 시작한다.
이를 보는 유림, 일어나 가져온 칼을 들고 민구에게 다가간다.
유림, 숨소리가 거칠어진다.
한민구의 등 뒤로 다가서는 유림..... 긴장된 순간,,,
유림, 민구의 등에 칼을 박아 넣는다.
우유팩이 땅에 떨어져 쏟아진다.

한민구   **으읍..!**

유림   (고함) 니가 그랬지! 니가 우리 은아를 ! 니가 우리 은아를 욕보였지! 죽여
            버릴거야!!
            이 개새끼! 동영상 어딨어!?

유림이 다시 칼로 민구를 찌르려고 한다.
민구가 다시 유림의 손목을 간신히 잡는다.
유림아래에 침대에 누운 민구, 그 위에서 칼로 찌르려는 유림.
눈에 독기를 품고 온 힘으로 칼을 미는 유림.
민구가 이번엔 밀린다.
민구가 당황하여 소리친다.
민구의 얼굴위로 유림의 피가 뚝.뚝. 떨어진다.

민구   (힘이 부치는) 씨발..! 사, 사람 살려..! 누구 없어요..?!

그러나 한민구의 힘에 밀리는 유림.
한민구, 안간힘을 쓰며 유림을 힘껏 밀어낸다.
외마디 신음을 내며 바닥에 널브러지는 유림. 칼을 놓친다.
한민구, 일어나서 숨을 컥컥 댄다.

한민구   뭐야..? 이 씨발..!

옆구리를 움켜쥐고 쓰러져 있는 유림, 몹시 고통스러운 듯.
달려들어 민구의 목을 조르는 유림, 놀라서 몹시 저항하는 민구,
곧 민구의 힘에 밀리는 유림.
한민구, 안간힘을 쓰며 유림을 다시 팔꿈치로 가격한다.
몹시 고통스러운 듯.
한민구, 유림을 따라가며 발로 짓밟는다.

한민구   (발길질을 하며) 그래 한번 해보자는 거지.? 응?

한민구, 유림을 구타하더니 따귀를 갈긴다.
한민구의 가격으로 얼굴 획-획- 돌아간다.

유림   니가 그랬지! 니가 다 꾸민거지!

한민구 아픈지 인상을 쓰며 유림의 따귀를 갈긴다.

이번엔 한민구가 유림의 목을 조른다.

한민구   (버럭) 그래! 내가 그랬다! 내가 니 딸래미 좆나게 내가 해줬어!
그 말이 그렇게 듣고 싶어?!

민구에게 목이 졸려 점점 의식을 잃어가는 유림, 죽은 듯 몸이 늘어진다.
막상 유림의 의식을 잃자 겁이 나는 민구.
거친 숨을 헐떡이며 유림을 잠시 내려다 보다 당황한 듯 집 밖으로 뛰쳐나간다.

114. INT 한민구의 집 / 앞 (오전)

집 밖에 골목에 누가 볼까 몸을 숨기는 민구.
아직 흥분이 가라앉지 않을 듯 숨을 거칠게 헐떡인다.

민구   으..윽. 씨발. 진짜..(피가 난다.)

떨리는 손으로 핸드폰을 꺼내 박준에게 전화를 하는 민구

소리   전화기가 꺼져 있어..
민구   에이 씨발...

다시 전화기를 조작해 조한에게 전화를 거는 민구.
달각- 조한이 전화를 받는다.

민구   야, 씨발 너 어디야?
조한   왜?
민구   그 미친년이 우리 집까지 찾아왔어
조한   누구?
민구   거 왜 독서실 옥상. 전학 온 개 엄마. 니가 데리고 왔잖아?
조한   그래서? 어떻게 됐어?
민구   몰라 씨발 뒤진 거 같애
조한   지금 그 여자 어딨는데?
민구   우리 집에 있어, 야 어떻게 하냐 이제??
조한   일단 다시 가서 확실히 확인해봐 그리고 다시 연락 줘.

민구	너도 빨리 우리 집으로 와봐 개새끼야
조한	알았어, 잠깐만 있어봐.

전화를 끊은 민구, 잠시 두리번거리다 근처에 사람이 없는 것을 확인하고 다시 자기 집 쪽으로 향한다.
긴장된 걸음으로 집 안으로 들어서는 민구.

115. INT 한민구의 집 (오전)

삐그덕-
조심스럽게 문을 열고 들어오는 민구.
유림이 쓰러져 있는 자기 방 쪽으로 다가간다.
조심스럽게 다시 유림을 살펴보는 민구.
그때 유림이 낮은 신음 소리를 내며 깨어나려 한다.
깜짝 놀라는 민구, 뛰어 나가 야구배트를 들고 나온다.

민구	이 씨발년 넌 뒤졌어

유림을 향해 야구배트로 내려치는 민구, 하지만 정신을 차린 유림은 간신히 배트를 피한다.
외마디 신음을 내며 다시 바닥에 널브러지는 유림.
엉금엉금 도망간다.
한민구, 유림을 따라가며 발로 짓밟는다.
부엌까지 겨온 유림.
쓰러져서 어딘가로 손을 뻗는 유림.. 한민구가 유림을 일으켜서 온갖 욕설을 한다.
유림.. 필사적으로 한민구의 목을 움켜쥔다.
한민구의 목에 유림의 손톱이.
주룩 나오는 피..툭- 유림의 손톱 하나가 빠져버린다.

유림	아악..!

흥분한 민구가 다시 야구 배트를 치켜 올리는 순간,
푸욱-
민구, 동공이 커진다.

한민구, 멍청하게 문이 열린 싱크대를 보는데.. 싱크대 문에 달린 칼집에 칼 하나가 빈다. 미처 칼자루를 잡지 못한 유림.. 칼날을 손에 쥔 탓에 손바닥에선 피가 철철 흐른다.
뒤로 쿵- 쓰러지는 한민구.
미처 칼자루를 잡지 못한 유림.. 칼날을 손에 쥔 탓에 손바닥에선 피가 철철 흐른다.
그대로 눈을 부릅뜬 채 죽어가는 민구, 그런 민구를 보며 거친 숨을 내쉬는 유림.
만신창이가 된 유림.
민구의 주머니를 뒤져 핸드폰을 챙긴다.
민구의 핸드폰을 챙긴 후 씽크대의 물을 틀어 피범벅이 된 손과 옷을 황급하게 닦아내는 유림 덜덜 떨며 울고 있다.

116. EXT 시내도로 (오전)

휘청거리는 하이힐..
아랫배를 움켜쥐고 시내를 걷고 있는 유림.
넋이 나간 것 같은 얼굴을 하고 있다.
유림의 앞섶에는 미처 다 닦아내지 못한 민구의 피가 묻어있다.
거리의 주차된 차 비친 유림의 모습이 일그러져 반사된다.
또각또각 걷고 있는 유림.
웃는 건지 우는 건지.. 복잡한 감정이 유림 얼굴에 드러난다.

117. INT 커피전문점 (오전)

창고 같은 커피전문점 귀퉁이에 누워 끙끙 앓고 있는 유림.
유림, 아랫배를 감싸 쥐고 끙끙 앓고 있다.

118. EXT 한민구의 집 (오후)

경찰과 구급차가 출동해 있는 민구의 집 앞 모습.
동네주민 몇이 폴리스 라인 밖에서 민구의 집을 들여다보고 있다.

민구의 시체에는 흰 천이 덮여져 있고 분주한 감식반원들 사이로 오형사와 송형사의 모습이 보인다.

송 형사   이거 안 좋은데요?
오 형사   ....

굳은 표정으로 민구의 시신을 내려다보는 오형사.

오 형사   뭐 없어진 건 없지?
송 형사   예, 뭐 집안을 뒤진 흔적 같은 건 없어요
오 형사   핸드폰은?
송 형사   그게 이번에도 핸드폰만 없어졌네요.
오 형사   송형사 이놈 컴퓨터 좀 뒤져봐

cut to
민구의 컴퓨터를 검색하는 송형사.

송 형사   jpeg나 avi로 검색해 봤는데 뭐 특별한 건 없는데요? 어? 이거..형님이거..

은아가 민구의 집에서 처참하게 첼로를 연주하던 동영상이다.
오형사 놀랍고 참담하다.

오 형사   박준, 민구...조한..!!! 조한이 집이 어디지?
송 형사   여기서 안멀어요.

119. INT 조한의 아파트 (오후)

브랜드 아파트단지의 외경.
50평은 넘어 보이는 아파트이다.
송형사와 경찰 몇이 조한의 집을 뒤지고 있지만 조한의 엄마는 심드렁하게 거실에 앉아 있다.
이때 집안을 둘러보며 들어오는 오형사.
오형사에게 송형사가 다가온다.

| 송형사 | 보실게 좀 있어요 |
| 오형사 | 뭔데? |

컴퓨터 화면.
avi파일을 검색하자 죽 정렬되는 동영상 파일들.
여자아이들의 이름이 주루룩 뜬다.
심각한 표정의 송형사.
또 다른 파일들은 다른 피해 아이들이다.
컴퓨터 화면, "은아.avi" 곰플레이어를 플레이 시키는 오 형사.
못 볼 것이라도 봤는지 눈을 질끈 감는 오 형사, 옥상에서 은아를 유린하는 장면이다.
참담한 오형사.
옥상장면 화면에 박준, 한민구, 윤조한이 보인다.
근데, 그 중 옥상 문이 열리며 들어오는 여학생이 있다.
수민이다.
장면을 보고 놀라 주눅 든 수민의 표정이 어리벙벙하다.

오 형사	(화면을 보며) 이 새끼들이...!!
송형사	이거..벌써 인터넷에 퍼진 거 아닌지 모르겠습니다.
오 형사	뭐...!!

동영상 속 수민의 모습을 확인한 오형사.
놀라움으로 눈이 커진다.

오 형사   송형사. 빨리 학교 가서 윤조한이 잡아놔!

다른 형사들은 수민을 알아보지 못하는 눈치다.

오 형사   야, 아니다. 너넨 먼저 학교로 가봐. 난 들렸다 갈데가 있어.

밖을 나서는 오형사.

120. INT 커피전문점 (오후)

인서트
상가 앞 시내 도로는 꽉 막혀 있다. 더위 때문인지 땅에서는 아지랑이가 피어오른다.
간판도 없이 셔터가 내려진 한 상가 건물의 외부 모습이 보이면..
먼지 낀 환풍기가 돌고 있다. 어둡고 텅 빈, 인테리어 공사가 중단된 커피전문점.

라디오 소리　　서울 현재 낮 기온은 29도로.. 5월중 이상기온으로 최고치를 경신했습
　　　　　　　니다...이 시각 고속도로는 봄꽃구경차량들로 주차장을 방불케 하는....

통증을 호소하는 여자의 울음소리가 어디선가 들려온다.
아래 벽에 기대어 앉아있는 여자, 유림. 은아가 찍은 아이폰 동영상을 보고 있다.

회상-
유림, 은아, 수민이 세 여자가 뭔가를 골똘히 들여다보고 있다.
기름이 묻은 붓을 틀에 바르는 유림.
천에 싼 초콜릿을 틀에 짜고 있는 유림.

유림　　너, 근데 누구 줄거니?
은아　　몰라. 왜 물어봐.
유림　　물어보는 것도 안 되냐? 어차피 대답도 안 해줄 거면서.

현실-
유림은 슬픔에 가득 찬 울음을 울고 있다.
스카프로 싸여있는 왼손.
유림, 스카프를 늘어뜨리고 자리에서 일어나 걷는다.
먼지투성이 바닥에는 그녀의 손에서 흘리는 피가 뚝뚝 떨어진다.
유림이 냉장고의 문을 열자, 시원한 김이 쏟아져 나온다.

유림　　하아-

유림, 냉장고에 손을 넣어 냉기를 쏘인다.
유림이 천천히 스카프를 벗기자, 냉장고의 불빛으로 깊게 베인 손바닥에선 검붉은 피
가... 스멀스멀 나온다.
냉장고 앞에 서서 손을 내려다보던 유림, 멈칫.
깊은 자상을 입은 손바닥에서 화면 이동하면,

냉장고 안의 뭉그러진 생크림 케 이 보인다. 'Don't cry mommy.'
복잡 미묘한 표정의 유림.
또 다시 두려움과 서러운 울음이 터진다.
탕- 탕-

121. INT 커피전문점 / 건물옥상 교차 (오후)

탕- 탕-
밖에서 셔터를 두드리는 소리가 들린다.
이내 드르륵- 하며 올라가는 셔터..커피전문점으로 들어오는 오형사.
그러나 유림은 없다.

오 형사　　........

어느 건물 옥상.
박준의 휴대폰을 툭 떨어트리는 유림의 손.
유림은 건물 옥상에 아슬하게 서 있는 중이다.
자살을 결심한 유림은 복수를 끝내고 옥상 위에 서있다.
띠리리링-

커피전문점.

오 형사	여보세요? 김유림씨.
유림 (소리)	안녕하세요.
오 형사	....김유림 씨. 자수하시는 건가요? 이제 어떡하실 거죠..?
유림	수민아빠..한 가지만 부탁드릴게요.
오 형사	말씀 하시죠.
유림	다 끝났어요. 전 이제 살아야 할 이유가 없어요.. 박준, 한민구 다 제가 한 겁니다. 휴대폰도 다 없앴구요....
오 형사	...
유림	제가 왜 수민아빠한테 이런 이야기를 하는지 모르겠네요.. 아무에게도 전화 할 사람이 없었나봐요..

오 형사	김유림 씨. 아니 은아 어머니. 제 말 잘 들으세요. 지금 증거와 증인을 확보했습니다. 녀석들이 모든 걸 계획했다는 결정적인 증거가 지금 제 손에 있습니다. 마음 굳게 먹고 지금 제게 오십시오. 이 일.. 이렇게 허무하게 끝나지 않게 할 자신 있습니다. 살아있는 조한이를 재판대에 세우겠습니다. 그러려면 당신도 필요합니다. 증언해 주셔야 합니다.
유림 (소리)	그 아이가...조한이라는 아이가.. 동영상을 만든 건가요? 그 아이가 다 계획한 일인가요?
오 형사	네..조한이란 놈이 계획한 거 같습니다.. 제가 가진 은아에 대한 증거물을 법정에 서서 만천하에 알리기 위해서는.. 김유림 씨가 필요합니다.
유림	.....이제와서 법정이 무슨 소용이죠?
오 형사	네?
유림	....이미 우리 은아는 죽고 없어졌는데 그게 무슨 소용인가요?

딸깍- 전화 끊어버리는 유림.

오 형사   김유림씨! 은아 어머니!

커피전문점.
오형사, 냉장고의 은아의 케익을 본다.
은아의 케익을 보다 갑자기 뭐가 생각났는지 달려 나가는 오형사.

122. EXT 어느 건물 옥상 (오후)

유림은 큰 충격을 받는다.
이 모든 것을 꾸민 녀석이 조한이었다니.
오 형사는 자신의 전화가 유림에게 어떤 영향을 줄지 까맣게 모르고 있다.
결국 유림은 자기 전화기도 건물 아래로 던진다.
퍼석- 유림의 전화기가 부서진다.
그리고 유림은 어느 한 곳을 바라본다.
보이는 것은 은아의 학교다.
유림이 서있는 이곳은 은아의 학교가 내려다보이는 건물 옥상이었다.
복수를 종결하려고 했던 유림은 다시 은아의 학교로 걸어 들어간다.

123. INT 은아의 학교 / 교실 (오후)

같은 시각,
아무 일 없다는 듯 등교해 있는 조한, 쉬는 시간.
뭐가 재미있는 듯 친구들과 낄낄대고 있다.

124. EXT 오형사의 차 / 학교 (오후)

오형사 혼자 급하게 운전하고 있다.
오형사 거칠게 핸드폰 단축키를 누른다.
수민에게 거는 중이다.

수민(소리)	여보세요
오 형사	너 왜 말 안했어?! 응?! 왜 아빠한테 모른다고 거짓말 했어?!

쉬는 시간의 학교복도.
수민 복도에서 오형사의 전화를 받고 있다.

수민	몰라. 나도 무서웠다고!!... 걔네들이 사실대로 말하면...
	나 안 그래도, 아빠가 안 그래도, 나도 죽고 싶단 말야!!
오 형사	에이 씨-
수민	아빠 나 어떻게 해야돼? 지금이라도 사실대로 말하면
	걔네들 다 감옥에 보낼 수 있는 거야? 아빠!! 다 말할게, 빨리 걔네들 좀 어떻게 해줘....
	나 무서워...걔네들도 무섭고, 죽은 은아도 무섭고...

125. EXT 은아의 학교 (오후)

교문 밖까지 바이올린 협주 소리가 들려온다.
10여 명의 여학생들이 연주하는 곡은 '리스트의 리베스트럼(사랑의 꿈)'이다.
천천히 교문을 걸어가는 유림.
아무도 그녀를 저지하지 않는다.

복도를 걷는 유림.
아무도 그녀에게 관심을 가지지 않는다.
지나가던 체육복 여학생에게 유림..

유림   학생, 1학년은 어디 있지?

체육복 입은 여학생이 손가락으로 유림에게 가르쳐 준다.

126. EXT 은아의 학교 / 현관 (오후)

인서트
어느 건물 옥상에서 내려다 본 시내의 풍경.
여러 대의 경찰차들이 불빛을 내며 어디론가 달려간다.

현관으로 들어가려던 유림 갑자기 눈이 부시다.
하늘을 올려다보는데, 유난히 하늘이 맑다.
너무나 밝은 햇살..

127. INT 은아의 학교 / 복도 (오후)

유림에게 비현실적인 시간이 흐른다.
현관을 지나고 복도를 지나는 유림의 모습.
점심시간.
교실을 하나 둘씩 지나치는 유림.. 한 곳에 멈춰 선다.
드륵- 교실 앞문을 열고 들어가는 유림.
스카프가 바닥에 떨어진다.
벙찐 선생과 학생들의 고함 소리가 들려오고 잠시 후, 교실 뒷문 복도로 칼에 찔린 조한이 튀어나온다.
뒤따라 유림이 나오고 비명을 지르며 복도로 쏟아져 나오는 아이들과 선생들로 아수라장이다.
복도 밖으로 뛰쳐나오는 조한은 다쳐서 잘 뛰지 못한다.
유림 망연하게 조한에게로 걷는다.

몇 명의 아이들이 무서워하며 유림의 길을 열어준다.

옥상으로 올라가는 계단.
조한, 이내 비명을 지르며 쓰러진다.
그러나 다시 일어서 도망친다.
절뚝거리며 도망치는 조한, 넘어지고 구르지만 결국...

뒤늦게 복도를 뛰어오는 오형사.
몇 몇 학생들이 비명을 지르며 오형사 옆으로 뛰어 들어오며 야단이다.
학생들을 교실에 밀어 넣는 선생과 교직원들.
계단을 뛰어올라오는 오형사.
난리 난 복도.
인파를 뚫고 앞으로 나가는 오형사.
아이들 무리 속에 울고 있는 수민을 발견한다.

수민 아빠, 아줌마가..은아엄마가...
오 형사 ....

오형사가 늦었다. 그때,

무전기(소리) 치..직..오형사님,,
오 형사 (무전기에 대고)야, 구급차 왔지? 빨리 올라오라고 그래!
무전기(소리) 네..그리고 오형사님, 옥상 반대편 뒤로 와서 보세요. 김유림 씨가 거기 있습니다.
오 형사 뭐?

옥상으로 향하는 계단을 올라가는 오형사.
바닥엔 핏자국이 떨어져있다.
오 형사, 권총을 꺼내어 들고 홀로 핏자국을 따라간다.
옥상으로 향하는 곳으로 핏자국이 이어져있다.
옥상 철문을 바라보는 오 형사, 총을 겨누고 올라온다.
오 형사가 옥상 철문을 열다가 매우 놀라는 표정.
옥상 한 쪽에는 조한이 피를 흘리며 쓰러져있고 유림이 서서 내려다보고 있다.

유림 (오 형사를 발견하곤 멈칫) ..

유림, 조한의 것으로 보이는 휴대폰을 옥상 밖으로 던진다.
조한은 아직은 죽지 않았다.
오형사, 유림에게 총을 겨누고....

조한   (겁에 질려 떨며 오 형사에게) 사.. 살려주세요, 아저씨..

오 형사   김유림 씨, 칼을 버리세요. 안 그러면 현행범으로 발포 할 수밖에 없습니다.
               (방아쇠에 손가락을 올린다)
유림   ……
오 형사   말씀 드린 대로 증거를 확보했어요. 조한이 밖에 안 남았지만..
               법정에 다시 세울 수 있습니다.
조한   (당황) 증거라구요?
오 형사   그래 이 새끼야..너 컴퓨터 속에 있는 동영상들 !!
               김유림 씨, 은아를 위해서라도 법정에 서야 합니다.

오형사에게 동영상 이야기를 듣고 굳어진 채 아무 말도 못하는 조한의 표정.

유림   (피식 웃음) ...법정..
오 형사   그러지 맙시다. 은아 어머니.. 쟤 죽인다고 은아 살아 돌아오는 거 아니잖습니까?
유림   …. 수민아빠? 은아가 수민이였으면...수민아빠가 저라면 어떻게 하셨을까요?
오형사   ……
유림   나는 어차피 지옥에 가요. (혼잣말) 비라도 왔으면 좋겠어..
               너무 지쳤어.. 이제 너무 피곤해..
조한   (유림에게) 은아 저하고 상관없잖아요. 은아 그냥 저 혼자서 자살한 거잖아요..
오 형사   ....!!! 조용히 해! 이 자식아!!!?

순간 시간이 멈추어 버린 것 같이 모든 게 느려진다..
유림, 조한을 가만히 응시하더니, 칼을 치켜든다.
분노로 일그러진 유림의 표정.

오 형사   ....!!!

구름 한 점 없는 하늘 위로 유림의 칼이 다시 한 번 부웅 뜬다.
오 형사, 유림의 돌발 행동에 동물적으로 방아쇠를 당긴다.
탕-
허공에 핏방울이 흩날린다.
몸 어딘가에 총을 맞은 듯 천천히 쓰러지는 유림..
쿠웅-
옥상에 그대로 쓰러져 버리는 유림..
오 형사의 총구에서 흰 연기가 천천히 피어오른다..
참담한 표정의 오 형사.. 방아쇠를 당긴 손가락이 심하게 떨린다..

무전기 (소리) 치치직- 옥상! 옥상! 상황 보고 하라! 옥상! 옥상!..

퍼억-!
오형사가 시끄러운 무전기를 벽에 던져 산산조각을 낸다.
널브러진 유림이 눈을 뜨고 하늘을 보고 있다.
뒤늦게 구급대가 올라와 조한이 죽었음을 확인한다.
오 형사.. 쓸쓸한 얼굴로 뒤돌아 옥상을 나간다.
경찰병력들을 뒤로 하고 천천히 사라지는 오 형사..

128. EXT 은아의 학교 / 옥상 (오후)

하늘에서 내려다보는 시점이다.
너무나 맑은 하늘...
어제 밤의 비가 갠 맑은 하늘.
유림의 얼굴.
이내 주룩 흐르는 한방울의 눈물
죽은 유림에게로 다가가는 화면.
계속 다가가는 화면.....유림의 눈동자에 새파란 하늘이 담겨있다.
화이트 아웃 -

129. 에필로그 / 어느 날 오후의 성당 (오후)

페이드 인-
해가지는 오후.. 성당 밖에 마련된 작은 공원..
유림은 자리에서 꼼짝 않고 서서 어딘가를 응시하고 있다.
그녀의 얼굴은 편안하다. 그녀는 지금 성모상을 바라보고 있다.
꽃에 물주기 위해 물 뿌리게를 들고 나오던 사제가 유림을 보더니,
빙그레 웃으며 물을 뿌리며 말을 건넨다.

사제	또 오셨네요? 어제도 오시더니. 미사는 참석 안 하셨지요?
유림	(부끄러워하며) 아.. 아직 좀.. 바쁘기도 하고..
	(밝게 웃으며) 사실은 아직 자신이 없어서요.
사제	천천히 하세요. 천천히. (유림과 성모상을 번갈아 보더니) 성모님이 마음에 드세요?
유림	그럼요..(수줍게) 우린.. 같은 엄마잖아요..

수줍지만 밝은 미소의 유림 얼굴에서 프리즈..
서서히 페이드 아웃-

-The end-

2009년 성범죄 신고 건은 6만3천573건.
연간 실제 범죄건수는 통계보다 24배 많은 약 150만 여건으로 추정.
성범죄 피해자가 경찰에 신고할 확률 4.2퍼센트.

매년 성범죄는 30퍼센트 씩 증가되고 있다.

등장인물

김유림 : 女 37세, 이혼녀. 딸을 위해 사적 복수를 감행하는 어미.

이 사건이 끝나고 나면, 나 같은 여자가 어떻게 그런 일을 했는가에 대해 세상이 궁금해 할 것이다.
누군가는 반드시 해야 할 일이라고 믿었던 것을 아무도 하지 않고 있을 때, 나는 이 복수를 할 수 있는 사람이 지구상에서 나 혼자라는 것을 깨달았다.
그것이 내가 주저 없이 죄인들을 찌를 수 있었던 이유다.

유은아 : 女 16세, 고등학교 1학년생. 부모의 이혼 후, 엄마와 산다. 새로 전학을 왔다.

오 형사 : 男 43세, 형사반장. 은아의 사건 담당 형사.

전남편 : 男 40세, 교수. 유림의 전 남편. 가정에 소홀하며, 유림을 헌신짝 취급한다.

오수민 : 女 16세, 은아의 단짝 친구.

안혜수 : 女 32세, 변호사. 유림 전 남편과의 애인사이. 유림의 이혼에 일정 죄책감을 느끼고 있다. 후에, 은아 사건의 변호를 맡게 된다.

그리고.. 자신들이 무슨 짓을 저질렀는지 깨닫지 못하는 3명의 어린 범죄자들..

윤조한 : 男 17세

박 준 : 男 17세

한민구 : 男 17세